KB081976

Arsène Lupin

5

Le Bouchon
de cristal

아르센 뤼팽 전집 5
수정마개

1판 1쇄 펴냄 2015년 3월 1일
1판 3쇄 펴냄 2021년 6월 15일

지은이   모리스 르블랑
옮긴이   바른번역
감수   장경현, 나혁진
펴낸이   하진석
펴낸곳   코너스톤
주소   서울시 마포구 독막로 3길 51
전화   02-518-3919
ISBN   979-11-85546-30-8 04860

아르센 뤼팽
전집

5

A r s è n e   L u p i n

수정마개

모리스 르블랑 지음 바른번역 옮김
장경현, 나혁진 감수

코너스톤
Cornerstone

차례

1
체포

소형보트 두 대가 유원지 밖으로 뾰족하게 나온 작은 선창에 매인 채 어둠 속에서 흔들리고 있었다. 짙은 안개 사이로 호숫가 여기저기에서 불이 밝혀진 창문들이 보였다. 바로 앞에는 휘황찬란한 앙기앵 카지노가 있었다. 구름 사이로 별들이 나타나고 잔잔한 바람이 불어 수면이 일렁였다. 아르센 뤼팽은 담배를 피우던 정자에서 나와 선창 너머로 고개를 내밀었다.

"그로냐르? 르발뤼…? 다들 거기에 있나?"

각각의 보트에서 한 사람씩 나타나더니 그중 한 명이 대답했다.

"예, 대장."

"준비하게, 질베르와 보슈레이가 탄 자동차가 돌아오는 소리가 들렸으니까."

뤼팽이 유원지를 가로질러 공사 중인 집을 한 바퀴 둘러보고는 생튀르 가도로 향해 난 문을 조심스럽게 열었다. 예상은 틀리지 않았다. 지붕이 뚫린 커다란 자동차가 강렬한 빛을 내쏘며 모퉁이를 돌아들어 곧 멈춰 섰는데, 깃을 위로 세우고 챙모자를 쓴 남자 두 명이 그 차에서 뛰어내렸다.

질베르와 보슈레이였다. 질베르는 스물한두 살 정도인 청년으로 호감 가는 인상에 부드러우면서도 강인한 태도를 보였다. 보슈레이는 키가 좀 더 작고 잿빛 머리카락에 창백하고 병색이 완연한 얼굴이었다.

"그래, 의원은 봤나…?"

"예, 대장, 예상대로 파리행 7시 40분 기차를 타는 것을 봤습니다."

"그렇다면 우리가 자유롭게 행동을 개시해도 되겠나?"

"물론입니다. 마리 테레즈 별장은 우리 손에 있으니까요."

뤼팽은 좌석에 앉아 있는 운전사에게 말했다.

"여기에 차를 세우지 말게. 사람들의 시선을 끌 수 있으니까. 차에 짐을 실어야 하니 정확히 9시 30분에 다시 오게. 그나저나 작전이 실패하지 않아야 할 텐데 말이야."

"왜 실패할까 봐 염려하십니까?" 질베르가 물었다.

자동차가 떠났고 뤼팽은 새로운 동료와 함께 다시 호숫가 길로 가면서 대답했다. "왜냐고? 내가 직접 준비하지 않아서 그러네. 그럴 땐 절반밖에 믿을 수 없으니까."

"이런! 대장, 대장을 모시고 지금까지 3년 동안 일했지만… 대장께서 그렇게 생각하는 줄은 처음 알았습니다!"

"그래…. 그럴 테지." 뤼팽이 말했다. "그래서 내가 그토록 실수를 걱정하는 거야…. 자, 배에 타라고…. 그리고 보슈레이, 자네는 다른 배를 타게…. 좋아…. 이제, 노를 젓게…. 될 수 있으면 소리는 내지 말고."

그로냐르와 르발뤼는 카지노에서 조금 왼쪽인 맞은편 강으로 곧장 노를 저어 갔다.

맨 처음에 마주친 배에서는 남녀 한 쌍이 부둥켜안은 채 연애질을 했고, 뒤이어 마주친 또 다른 배에서는 사람들이 목이 터질 듯 노래를 불러댔다. 그 외에는 어떤 배도 마주치지 않았다.

뤼팽이 질베르 쪽으로 몸을 숙여 나지막한 목소리로 말했다.

"이보게, 질베르, 이번 작전을 생각한 사람이 자네인가, 보슈레이인가?"

"글쎄요, 전 아는 게 별로 없습니다… 둘이서 작전에 관해 이야기한 게 벌써 몇 주 전의 일이라서요."

"그래서 난 보슈레이를 믿지 못하겠다는 거라네. 속을 알 수가 없지. 왜 진작에 이 녀석을 쫓아버리지 않았는지 모르겠어…."

"오, 대장!"

"정말이야, 정말이라고. 위험한 녀석이지…. 몇 가지 심각한 실수를 저지른 적도 있고."

잠시 침묵을 지킨 뤼팽은 다시 입을 열었다.

"그러니까 도브레크 의원을 분명히 봤다는 건가?"

"제 눈으로 똑똑히 봤습니다, 대장."

"도브레크 의원이 파리에서 약속이 있다는 거고?"

"극장에 가기로 되어 있습니다."

"하지만 하인들이 별장에 남아 있지 않은가…."

"요리사는 해고되었습니다. 도브레크 의원이 신뢰하는 집사

레오나르는 파리에서 주인을 기다리고 있습니다. 두 사람은 새벽 1시 이후에야 돌아올 수 있습니다. 다만⋯."

"다만?"

"도브레크 의원은 변덕이 심한 인물이라 기분에 따라 생각지 못한 때에 갑자기 돌아올 수 있습니다. 결론적으로 한 시간 안에 모든 일을 처리해야 합니다."

"그 정보들은 언제 입수했지?"

"오늘 아침입니다. 보슈레이와 저는 좋은 때라고 생각했습니다. 저는 방금 우리가 나온, 건축 중인 이 집의 정원을 출발점으로 선택했습니다. 이 정원은 밤에는 감시가 없거든요. 그리고 동료 두 명에게 배를 조종하라고 일러두고 대장에게 전화한 겁니다. 여기까지가 전부입니다."

"열쇠는 있나?"

"계단 열쇠가 있습니다."

"정원으로 둘러싸인 저 별장인가?"

"예, 마리 테레즈 별장입니다. 다른 두 별장의 정원이 둘러싸고 있지만 일주일 전부터 저 두 별장에는 아무도 살지 않습니다. 여유를 부리면서 실컷 털 수 있습니다. 대장, 별로 힘들 게 없습니다."

하지만 뤼팽은 이렇게 중얼거렸다.

"모험치고는 너무 쉽군. 그러면 재미가 없지."

뤼팽 일행이 탄 배는 작은 만에 가까이 다가갔다. 작은 만에 설치된 낡은 차양 아래로 돌계단이 보였다. 뤼팽은 가구들을 옮기기가 쉬우리라고 생각했다.

그런데 갑자기 뤼팽이 말했다.

"별장에 사람이 있군. 저기… 전등 불빛이 보이는데."

"가스등 불꽃 같은데요, 대장…. 빛이 움직이지 않는 걸로 봐서요."

그로냐르는 망을 보느라 보트 가까이에 있었고 르발뤼는 생튀르 가도로 통하는 철책 문으로 갔다. 어둠 속에서 뤼팽은 다른 두 동료와 함께 기다시피 돌계단 아래까지 갔다.

질베르가 맨 먼저 올라갔다. 질베르는 어둠 속을 더듬거리며 우선 자물쇠 열쇠를 꽂았고 이어서 안전장치의 열쇠도 꽂았다. 열쇠 두 개가 잘 작동했다. 이제 세 사람이 통과할 수 있을 정도로 문짝이 빼꼼히 열렸다.

현관에는 가스등 불꽃이 빛을 뿜었다.

"보세요, 대장…." 질베르가 말했다.

"그래, 그렇군…." 뤼팽이 낮은 목소리로 말했다. "그런데 불빛은 여기서 나온 것 같지가 않아."

"그러면 어디일까요?"

"그야 잘 모르지…. 이 집의 거실은 여긴가?"

"아니요." 질베르가 대답했다. 질베르는 겁도 없이 목소리를 조금 높였다. "도브레크 의원은 노파심에서 모든 것을 2층 방과 그 옆방들에 모아두었습니다."

"그럼 계단은?"

"오른쪽, 휘장 뒤에 있습니다."

뤼팽이 휘장 쪽으로 갔다. 휘장을 걷는 순간 왼쪽으로 네 발짝 떨어진 곳의 문이 열리더니 누군가 갑자기 튀어나왔다. 얼굴이 창백하게 질리고 겁을 잔뜩 먹은 눈빛을 한 남자였다.

"도와주세요!" 남자가 외쳤다.

남자는 서둘러 다시 안으로 들어갔다.

"레오나르입니다! 하인이에요!" 질베르가 큰 소리로 말했다.

"허튼짓하면 가만두지 않겠어." 보슈레이가 으르렁거렸다.

"좀 조용히 못 하겠나, 보슈레이?" 뤼팽이 명령했다. 뤼팽은
하인 레오나르를 쫓아 달렸다.

먼저 뤼팽은 램프 곁에 접시들과 병이 그대로 놓여 있는 식
당을 가로질러 갔고 식탁 준비실에서 창문을 열려고 낑낑대는
레오나르를 발견했다.

"꼼짝 마! 농담 아니니까 잘 들어…! 아니, 이 녀석이!"

뤼팽은 팔을 들어 올리는 레오나르를 보고 재빨리 몸을 웅크
렸다. 어두운 식탁 준비실에서 세 번의 총소리가 울려 퍼졌다.
레오나르는 뤼팽에게 다리를 잡혀 휘청거렸다. 뤼팽은 레오나
르에게서 권총을 빼앗고 목을 졸랐다.

"이 녀석!" 뤼팽이 으르렁거렸다. "조금만 늦었으면 이 녀석
의 손에 죽을 뻔했어. 보슈레이, 이 신사분을 단단히 묶게."

뤼팽은 회전등으로 레오나르의 얼굴을 비추며 빈정거렸다.

"그리 잘생기지 않았군, 이 신사분…. 도브레크 의원의 종노
릇을 하기에는 책임감도 별로 없어 보이고 말이야. 다 끝났나,
보슈레이? 여기서 오래 있고 싶지 않네!"

"대장, 이제 위험하지 않습니다." 질베르가 말했다.

"아! 그래…. 아까 난 총소리를 누군가 들었을까?"

"절대로 들릴 리가 없습니다."

"어쨌든 서둘러야 해! 보슈레이, 램프를 들게. 올라가자고."

뤼팽은 질베르의 팔을 잡고 2층으로 끌고 올라갔다.

"멍청이! 무슨 정보가 그렇게 허술해? 그러니 내가 불안해하는 게 아니겠나?"

"저기, 대장. 그자가 생각을 바꿔 저녁을 먹으러 돌아올 줄은 생각도 못 했습니다."

"남의 물건을 훔치는 영광을 누리려면 모든 것을 알고 있어야 해. 이번 실수는 기억해두겠네. 보슈레이와 자네는… 재주는 있지만…."

2층에서 훔칠 가구들을 본 뤼팽은 다소 마음이 누그러졌고 예술품을 손에 넣은 수집가처럼 만족해하며 세밀한 조사부터 시작했다.

"이런! 양은 얼마 없지만 꽤 쓸 만하군. 국민의 대리인인 도브레크 의원께서는 취향이 꽤 고상해…. 오뷔송 안락의자 네 개, 페르시에와 퐁텐 서명이 분명한 책상, 구티에르 벽등 두 개, 프라고나르 그림 진품 한 점, 미국인 백만장자라면 무조건 눈독 들일 나티에 그림 모사화 한 점…. 한마디로 엄청난 자산가군. 더는 진품을 찾을 수 없다며 까탈을 부리는 사람들이 있지. 제기랄! 나처럼 열심히 찾아다니고 난 뒤에야 그런 소릴 하라고!"

질베르와 보슈레이는 뤼팽의 명령에 따라 가장 큰 가구들부터 체계적으로 옮기기 시작했다. 30분 후 첫 번째 보트가 훔친 물건들로 가득 찼고 그로냐르와 르발뢰는 먼저 출발해 자동차에 물건들을 옮겨 담았다.

뤼팽은 배와 자동차가 출발하는 모습을 꼼꼼히 지켜봤다. 그러고는 별장으로 돌아와 현관을 지나가는데, 언뜻 식탁 준비실 옆에서 말소리가 들린 듯했다. 뤼팽은 식탁 준비실 쪽으로 갔다. 손이 뒤로 묶인 채 바닥에 배를 깔고 누운 레오나르밖에 없었다.

"충복께서 혼자 중얼거리고 있나? 발버둥치지 않아도 돼. 거의 다 끝났거든. 다만 너무 크게 소리를 지른다면 어쩔 수 없이 좀 더 험하게 다룰 수밖에…. 배 좋아하나? 입안 한가득 재갈처럼 물려줄 수도 있어."

뤼팽은 다시 계단을 오르려고 했다. 바로 그때 다시 한 번 아까 들었던 말소리가 들렸다. 귀를 기울여 보니 식탁 준비실에서 거친 목소리와 신음이 분명하게 들렸다.

"도와주세요…! 살려주세요…! 도와주세요…! 날 죽이려고 해요…. 경찰에 신고해주세요…!"

"제대로 미친 녀석이군." 뤼팽이 중얼거렸다. "젠장… 저녁 9시에 경찰에 신고해달라니 누가 경찰에 들키는 꼴을 보려고 그래?"

뤼팽은 다시 작업을 계속했다. 그런데 생각보다 시간이 오래 걸렸다. 그냥 지나치기 어려운 비싼 골동품들이 장롱 속에 들어 있었고 보슈레이와 질베르가 당혹스러울 정도로 매우 자세하게 조사했기 때문이다.

결국 뤼팽은 참지 못하고 소리쳤다.

"적당히 좀 해!" 뤼팽이 명령했다. "팔리지도 않을 것들 때문에 저렇게 자동차를 세워두고 일을 망칠 순 없어. 난 배를 타겠네."

그렇게 뤼팽과 일행은 물가에 도착했다. 뤼팽이 계단을 내려가려는데 질베르가 붙잡았다.

"대장, 잠깐만요. 좀 더 살펴볼 데가 있습니다…. 5분이면 됩니다. 딱 5분만요."

"도대체 무엇이기에 그러나!"

"그게… 고대 성유물함에 관한 이야기를 들었습니다…. 매우 훌륭하다고 들었습니다…."

"그래서?"

"도저히 찾을 수가 없습니다. 식탁 준비실 생각이 계속 납니다…. 그곳에 커다란 자물쇠가 달린 벽장이 있던데…. 그냥 지나칠 수는 없지 않습니까…."

질베르는 이미 층계 쪽으로 돌아가고 있었다. 보슈레이도 따라갔다.

"10분이다…. 더 이상은 안 돼." 뤼팽이 큰 소리로 말했다. "10분 후에 난 떠나겠다."

하지만 10분이 지나도록 뤼팽은 계속 기다렸다.

손목시계를 바라봤다.

'9시 15분… 미치겠군.' 뤼팽은 생각했다.

물건을 훔치는 동안 질베르와 보슈레이는 매우 수상쩍게 행동했다. 둘은 한시도 떨어져 있지 않아 서로 감시하는 것처럼 보였다. 도대체 무슨 일이 일어난 걸까?

뤼팽은 말로 설명할 수 없는 불안감에 떠밀려 점차 별장 쪽으로 향했다. 바로 그때였다. 저 멀리 앙기앵 쪽에서 어렴풋하지만 웅성거리는 소리가 점차 가까이 들려왔다. 산책하러 나온 사람들이 내는 소리가 분명했다.

뤼팽은 휘파람을 한 번 불고 거리 주변을 둘러보기 위해 중앙 철책 문 쪽으로 갔다. 그런데 문을 열려는 순간 총소리 한 발과 함께 고통에 찬 비명이 들렸다. 뤼팽은 별장 쪽으로 달려가 건물을 한번 휙 둘러본 후 계단을 올라 식당으로 들이닥쳤다.

"제길! 지금 둘이서 뭐하는 건가?"

질베르와 보슈레이는 성이 난 듯 씩씩거리며 한데 뒤엉켜 바닥에서 굴렀다. 옷은 피로 흥건했다. 뤼팽이 달려들었다. 그 순간 질베르가 보슈레이를 바닥에 패대기친 후 무엇인가를 후다닥 빼앗았다. 너무 재빠른 행동에 뤼팽도 그 물건이 무엇인지 분간하기 어려웠다. 게다가 보슈레이는 어깨에 총을 맞아 피를 철철 흘린 나머지 기절하고 말았다.

"누가 보슈레이에게 총을 쏜 거야? 질베르, 자네 짓인가?"

"아, 아닙니다. 레오나르가…."

"레오나르라니! 묶여 있잖아."

"끈을 풀고 권총을 다시 집어들었습니다."

"한심하긴! 그 녀석은 어디에 있나?"

뤼팽은 얼른 램프를 들고 식탁 준비실 쪽으로 갔다.

레오나르는 목에 칼이 꽂힌 채 납빛이 된 얼굴로 두 팔을 가지런히 포개고 똑바로 누워 있었다. 입가에서는 핏줄기 한 줄이 흘렀다.

"아!" 뤼팽이 레오나르를 자세히 살펴보더니 놀란 목소리로 더듬거렸다. "죽었어!"

"정말입니까…? 정말인가요…?" 질베르가 떨리는 목소리로 물었다.

"죽었다고 하지 않았나."

질베르가 재빨리 말했다. "보슈레이가 그랬습니다…. 보슈레이가 찔렀어요…."

뤼팽은 얼굴이 창백해질 정도로 화를 내며 질베르를 움켜잡았다.

"보슈레이 짓이라…. 너도 마찬가지야! 이 자리에 있었으면서도 그대로 보고만 있었잖아…! 피! 피! 내가 얼마나 피를 싫어하는지 잘 알면서…. 살인보다는 차라리 목숨을 내놓는 편이 낫지. 아! 이런, 한심한 녀석들…. 너희 둘은 큰 대가를 치르게 될 거야. 단단히 각오하는 게 좋을걸!"

뤼팽은 레오나르의 시신을 다시 보자 또다시 분노가 치밀어 질베르를 마구 흔들어대며 물었다.

"왜…? 보슈레이가 이자를 왜 죽였나?"

"처음에는 옷을 뒤져서 벽장 열쇠를 빼앗으려고만 했습니다. 그런데 몸을 숙여 살펴보니 묶여 있던 팔이 풀려 있었습니다…. 그래서 겁이 난 보슈레이가 찌른 겁니다."

"아까 들린 총소리는 뭐야?"

"레오나르가 쏜 겁니다…. 손에 권총을 쥐고 있었어요…. 죽기 전에 총을 쏠 힘이 남아 있었던 것 같습니다…."

"벽장 열쇠는?"

"보슈레이가 빼앗았습니다."

"열어봤나?"

"예."

"보슈레이가 발견한 게 있나?"

"예."

"그래서 자네가 보슈레이로부터 빼앗으려고 한 거군! 성유 물함 같은 건가? 얼핏 보니 그것보다는 작아 보였는데…. 도대 체 무슨 물건인가? 어서 대답하게…."

하지만 질베르는 입을 꼭 다물었고 고집스러운 표정을 지었 다. 쉽게 대답을 받아낼 수 없을 것 같았다. 뤼팽은 위협적인 말 투로 말했다.

"말하게 될 거야. 내가 장담하건대 반드시 자백을 받아낼 걸 세. 하지만 일단 여기를 벗어나는 게 급해. 자, 어서 거들어…. 보슈레이를 배에 태워야 하네…."

뤼팽과 질베르는 식당으로 돌아왔고 질베르는 부상당한 보 슈레이 쪽으로 몸을 기울였다. 바로 그때였다.

"들어봐!"

뤼팽과 질베르는 서로 불안한 시선으로 쳐다봤다. 식탁 준비 실에서 사람의 말소리가 들렸기 때문이다. 아주 낮고 어렴풋하 게 들리는 묘한 목소리였다. 하지만 식탁 준비실에는 어두운 그림자를 드리운 채 바닥에 누운 시신 외에는 아무도 없지 않 은가.

다시 말소리가 들렸다. 불분명하고 날카롭고 오싹한 목소리. 알아듣기 어려운 웅얼거림이 계속 이어졌다.

뤼팽은 땀으로 머리가 흥건해지는 듯했다. 마치 저승에서 들 려오는 듯한 저 알 수 없는 목소리는 도대체 무엇인가?

뤼팽은 레오나르의 시신 쪽으로 몸을 굽혔다. 갑자기 말소리가 그쳤고 이어서 다시 시작되었다.

"여기에 불빛 좀 잘 비춰보게!" 뤼팽이 질베르에게 말했다.

뤼팽은 억누르기 어려운 공포심에 휩싸여 몸을 떨었다. 의심의 여지가 없다. 질베르가 전등갓마저 치우자 피 묻은 입술과 축 늘어진 레오나르 시신이 더 환히 보였고, 분명 시신에서 말소리가 들렸다.

"대장… 왠지 오싹한대요…." 질베르가 말했다.

아까와 똑같은 소리, 속삭임이 이어졌다.

뤼팽이 갑자기 웃음을 터뜨렸다. 뤼팽은 재빨리 시체를 잡고 옮겼다.

"이제 알겠어. 이제야 알겠군." 빛나는 금속을 발견한 뤼팽이 말했다. "괜히 시간만 낭비했어."

레오나르의 시체가 있던 자리에는 수화기가 반짝이고 있었고 수화기 선이 전화기가 있는 높이까지 이어져 있었다.

뤼팽은 수화기를 귀에 갖다 댔다. 아까 들렸던 어지러운 소리가 다시 들렸다. 여러 명이 한꺼번에 통화 중인 듯한 소리, 감탄사, 웅성거림, 서로 불러대는 소리였다.

"듣고 있습니까…? 대답을 안 하는데… 걱정이군요…. 아무래도 살해당한 것 같은데…. 듣고 있습니까…? 도대체 무슨 일입니까…? 조금만 버티세요…. 곧 도우러 가겠습니다…. 경찰들… 군인들…."

"젠장!" 뤼팽이 수화기를 내던지며 말했다.

순간 뤼팽의 머릿속에 한 가지 생각이 떠오르면서 이게 어찌

된 일인지 단번에 이해되었다. 처음 뤼팽과 일당이 물건을 옮기던 순간, 묶인 끈이 느슨해진 레오나르가 간신히 일어나 벽에 걸린 전화기를 입으로 물어 내려서 앙기앵 전화국에 도움을 요청한 것이다.

첫 번째 배를 출발시킨 후 뤼팽이 어렴풋이 들었던 소리도 바로 레오나르가 전화하던 소리였다. '도와주세요…! 살려주세요…! 도와주세요…! 날 죽이려고 해요…'라고 말하던 소리.

지금은 전화국에서 응답이 오는 중이다. 뤼팽은 4~5분 전에 저 멀리 정원에서 들렸던 어렴풋한 소리가 생각났다.

"경찰이다…. 어서 도망가!" 뤼팽이 식당을 가로지르며 말했다.

질베르가 반발했다. "보슈레이는요?"

"어쩔 수 없어."

그런데 정신이 들기 시작한 보슈레이가 뤼팽을 붙잡았다.

"대장, 절 이렇게 버리고 가실 순 없습니다."

위험한 순간이었지만 뤼팽은 발걸음을 멈추고 질베르의 도움을 받아 보슈레이를 일으켜 세웠다. 이미 밖에서 사람들이 몰려드는 소리가 들렸다.

"너무 늦었어!" 뤼팽이 말했다.

바로 그때 누군가 별장 뒤편으로 통하는 현관문을 두드렸다. 뤼팽은 돌계단 문으로 달려갔다. 사람들이 집을 둘러싼 채 빠른 속도로 몰려오고 있었다. 어쩌면 한발 앞서 질베르와 함께 물가로 갈 수 있을지도 모른다. 하지만 적이 쏘는 총을 피해 배에 오를 수 있을까?

뤼팽은 문을 닫고 빗장을 걸었다. "포위되었군요." 질베르가 중얼거렸다.

"조용히 하게." 뤼팽이 제지했다.

"하지만 우린 이미 눈에 띄었습니다. 대장… 문 두드리는 것 좀 보세요."

"조용히 하게." 뤼팽이 다시 말했다. "한마디도 하지 말고… 꼼짝하지 말게."

뤼팽은 냉정함을 되찾았다. 표정과 태도는 대단히 침착했고 앞에 닥친 어려운 상황을 여유 있게 살펴보는 사람처럼 생각에 잠겼다. 뤼팽은 절체절명의 순간, 즉 삶의 진가가 발휘될 순간 중 하나에 직면했다. 아무리 코앞까지 위기가 다가왔더라도 뤼팽은 다시 안정을 되찾을 때까지 혼자서 천천히 숫자를 세곤 했다. 하나… 둘… 셋… 넷… 다섯… 여섯…. 그런 뒤 매우 예민하게 집중해서 가능한 한 빈틈없이 상황을 직관하며 생각에 잠겼다. 지금도 뤼팽의 머릿속에 문제의 현실이 적나라하게 펼쳐졌다. 뤼팽은 모든 것을 예상했고 이해했으며 매우 논리적이고 정확하게 결정을 내렸다.

30~40초 후 누군가 문을 두드리고 자물쇠를 비트는 사이 뤼팽이 질베르에게 말했다.

"날 따라오게."

뤼팽은 거실로 들어가 집 옆쪽으로 향해 난 십자형 유리창과 덧창을 천천히 밀었다. 사람들이 탈출구를 봉쇄하며 왔다 갔다 했다. 갑자기 뤼팽이 숨 막힌 듯한 목소리로 고래고래 외쳤다.

"여기입니다…! 도와주세요…! 제가 범인들을 붙잡았습니다…. 여기예요!"

뤼팽은 나뭇가지에 권총을 두 발 발사한 후 보슈레이에게 돌아와 몸을 숙였다. 그러고는 보슈레이의 상처에서 흘러나온 피를 두 손과 얼굴에 묻혔다. 뤼팽은 갑자기 질베르에게 달려들어 어깨를 붙잡고 바닥에 쓰러뜨렸다.

"왜 그러십니까, 대장? 대장의 생각이란 게 이겁니까?"

"그저 내가 하는 대로 있게." 뤼팽이 단호한 말투로 말했다. "내가 모든 책임을 지겠네…. 둘을 감옥에서 빼주겠어…. 그러려면 우선 내가 여기서 자유롭게 빠져나가야 하네."

뤼팽은 서둘러 열린 창 아래로 소리쳤다.

"여기입니다…. 제가 범인들을 잡았습니다! 도와주십시오!" 뤼팽이 소리쳤다.

뒤이어 뤼팽은 침착하고 낮은 소리로 질베르에게 말했다.

"잘 생각해봐…. 내게 할 말… 우리에게 도움이 될 통신수단 같은 걸 말이야…."

뤼팽의 계획을 이해하기에는 너무나 당황한 질베르는 분노하고 길길이 날뛰었다. 반면 보슈레이는 어차피 부상을 당한 몸이라 도망칠 희망이 없음을 알기에 좀 더 침착했다. 보슈레이는 질베르를 향해 빈정거렸다.

"가만히 있어, 멍청이…. 대장이라도 먼저 위험에서 벗어나야 하잖아…. 그게 중요하지 않아?"

갑자기 뤼팽은 질베르가 보슈레이에게서 무언가를 빼앗아 주머니에 넣었던 장면을 떠올렸고 질베르의 몸을 뒤져 그게 무엇인지 살펴보려고 했다.

"아, 그건! 안 됩니다!" 질베르가 반항하며 말했다.

뤼팽은 다시 한 번 질베르를 바닥에 쓰러뜨렸다. 그때 갑자기 창문에서 두 사람이 나타나자 질베르는 단념하고 물건을 넘겼다. 뤼팽은 물건을 자세히 보지 않고 일단 주머니에 넣었다. 질베르가 중얼거렸다.

"자요, 대장, 일단…. 나중에 설명하겠습니다…. 분명…." 질베르가 말을 끝맺기도 전에 뤼팽을 돕기 위해 경찰 두 명과 이들을 따르는 다른 경찰들, 그리고 군인들이 온갖 출입구를 통해 들어왔다.

질베르는 즉각 붙잡혀 꽁꽁 묶였고 뤼팽은 몸을 추슬렀다.

"그나마 다행입니다. 이놈 때문에 애 좀 먹었지만 제가 다른 놈을 부상 입혔습니다. 하지만 이놈은…."

경찰관은 재빨리 뤼팽에게 물었다.

"하인은 보셨습니까? 이들에게 살해당했나요?"

"그건 모르겠습니다." 뤼팽이 대답했다.

"모르다니요?"

"이런! 저 역시 여러분처럼 살인이 일어났다는 소식을 듣고 앙기앵에서 온 겁니다. 다만 여러분이 별장의 왼쪽으로 돌아온 것이라면 저는 오른쪽으로 돌아왔습니다. 제가 올라가고 있을 때 이들이 내려오고 있었습니다. 그래서 이자를 총으로 쐈습니다." 뤼팽이 보슈레이를 가리켰다. "그리고 일당인 이자도 붙잡았습니다."

이 상황에서 어떻게 뤼팽을 의심할 수 있겠는가? 뤼팽은 피범벅인 데다 하인을 살해한 범인들을 경찰에게 넘겼는데 말이다. 이곳에 모인 열 명의 경찰과 군인들은 뤼팽의 영웅적인 결투 장면을 목격한 증인이 된 셈이다.

더구나 워낙에 현장이 소란스럽다 보니 이것저것 따져보고 의심할 시간이 없었다. 순식간에 마을 주민이 별장을 가득 메웠다. 모두 끔찍한 사건에 겁을 먹고 위층, 아래층, 지하실까지 여기저기 뛰어다녔다. 사람들은 서로 큰 소리로 말했다. 이러한 상황에서 그 누구도 뤼팽의 그럴듯한 진술을 의심하거나 자세히 알아볼 생각을 하지 못했다.

경찰서장은 식탁 준비실에서 하인의 시신을 발견하고는 사건을 해결해야 한다는 책임감을 느꼈다. 경찰서장은 아무도 철책 문을 통해 들어오거나 나가지 못하게 하라고 지시를 내렸다. 그리고 더 늦기 전에 현장 조사와 탐문 수사를 시작했다.

보슈레이가 이름을 밝혔다. 질베르는 변호사 앞에서만 입을 열겠다며 이름 밝히기를 거부했다. 하지만 보슈레이가 살해 혐의를 받자 질베르는 보슈레이가 살해한 게 맞다고 했다. 보슈레이도 질베르를 공격하며 자기방어에 나섰다. 두 사람 모두 경찰서장의 주의를 끌려는 의도가 빤히 보일 정도로 과장된 모습이었다. 경찰서장이 뤼팽의 증언을 들어보려고 고개를 돌렸을 때 뤼팽은 이미 그 자리에 없었다.

경찰서장은 아직까지는 별 의심 없이 부하 경찰 한 명에게 말했다.

"아까 그 신사분에게 질문할 게 몇 가지 있다고 알리게."

경찰은 뤼팽을 찾아 나섰다. 돌계단에서 담배를 피우고 있었다는 이야기를 들은 경찰은 곧 그곳으로 갔다. 하지만 그 신사는 군인들에게 담배를 나누어준 뒤 필요하면 연락하라는 말을 남기고 호수 쪽으로 갔다는 것이었다.

경찰은 신사를 소리쳐 불렀지만 아무도 대답하지 않았다.

그때 군인 한 명이 호수로 달려갔지만 신사는 이미 소형보트에 올라 노를 젓고 있었다.

경찰서장이 질베르를 바라봤고 그제야 속았음을 깨달았다.

"저자를 붙잡아." 경찰서장이 소리쳤다. "총을 쏘란 말이야! 저자도 한패다…."

경찰서장이 부하 경찰 두 명을 대동하고 뛰어나갔고 다른 경찰들은 질베르와 보슈레이 곁에 남아 있었다. 둑에 도착한 경찰서장은 100미터 정도 떨어진 곳에서 모자를 벗어 인사하는 신사의 그림자를 얼핏 알아봤다.

경찰 한 명이 총을 쐈지만 소용없었다.

미풍을 타고 노랫소리가 들려왔다. 신사는 노를 저으며 다음과 같은 노래를 불렀다.

    가거라, 어린 사공아
    바람이 너를 떠밀고 있구나….

경찰서장은 이웃 소유지의 선창에 매인 소형보트를 발견하자 두 정원 사이에 쳐진 울타리를 뛰어넘었다. 군인들에게 호숫가를 감시하고 도망자가 탄 배가 도착하면 체포하라고 지시한 후 경찰 두 명과 함께 소형보트를 타고 추적을 시작했다.

추적은 어렵지 않았다. 달빛 덕분에 도망자가 탄 배가 어디로 가는지 파악할 수 있었을 뿐만 아니라 도망자가 오른쪽을 향해, 즉 생 그라티앵 마을 쪽으로 휘어져 호수를 건너려 한다는 것까지도 알 수 있었다.

부하들이 노를 젓고 있는 데다가 배가 가벼워서 경찰서장이 탄 배는 꽤 속력을 냈고 10분 만에 도망자의 거리를 절반이나 따라잡았다.

"됐어, 놈이 정박하지 못하게 군인들까지 동원할 필요는 없겠어. 어떤 자인지 궁금하군. 배짱이 보통이 아니던데."

그런데 이상한 점이 있었다. 도망자가 도망쳐봐야 소용없다고 생각해 포기한 듯, 보트와의 거리가 이상하리만치 급격하게 줄어드는 것이다. 경찰관들은 더욱 힘차게 노를 저었다. 경찰서장이 탄 보트는 매우 빠른 속도로 수면을 미끄러졌다. 100미터 정도를 더 가니 도망자의 모습이 눈에 들어왔다.

"멈춰!" 경찰서장이 말했다.

적의 실루엣은 웅크린 채 꼼짝하지 않았다. 도망자의 노도 제멋대로 물결에 떠나가고 있었다. 아무 움직임이 없으니 오히려 수상하게 느껴졌다. 이런 악당은 공격자에게 쉽게 목숨을 내놓지 않으며 만반의 대비를 하고 있다가 오히려 공격받기 전에 먼저 총을 쏘아 공격자를 무력화시키기 마련이다.

"항복해!" 경찰서장이 외쳤다.

밤은 이미 칠흑처럼 어두워졌다. 경찰서장과 경찰 두 명은 도망자의 배에서 위협적인 움직임을 감지하고 주춤거리며 한쪽 구석으로 갔다.

경찰서장이 탄 배는 속력에 힘입어 도망자의 배에 접근했다.

경찰서장이 으르렁거리며 말했다. "놈에게 갑자기 총을 맞아서는 안 되니 이쪽에서 먼저 공격한다. 준비되었지?"

경찰서장은 다시 도망자를 향해 외쳤다. "항복해… 그러지 않으면…."

하지만 도망자는 아무런 대답도 하지 않았다. 여전히 움직임도 없었다.

"항복해…. 무기를 버려…. 그럴 마음이 없나…? 그렇다면 할 수 없지…. 자, 하나… 둘…."

경찰들은 경찰서장의 지시를 끝까지 기다리지 않고 바로 총을 쏘았다. 그런 뒤 재빨리 노를 저어 도망자 곁으로 다가갔다.

경찰서장은 권총을 든 채 상대의 조그만 미동도 놓치지 않으려고 주의를 기울이며 감시했다.

경찰서장이 손을 뻗었다.

"조금이라도 움직이면 머리통을 날려 버리겠다."

하지만 적은 그 어떤 움직임도 보이지 않았다. 경찰관 두 명이 노를 내려놓고 일격을 준비하는 동안 경찰서장은 왜 적이 저토록 고분고분하게 있는지 그 이유를 알았다. 배 안에는 아무도 없었던 것이다. 적은 이미 물에 뛰어들어 수영해 도망친 상태였고, 배 안에는 도둑질한 몇 가지 물건 더미 그리고 그 위에 놓인 윗옷과 중절모뿐이었다. 전체적인 형태가 어둑한 곳에서는 그야말로 웅크린 사람처럼 보였다.

경찰서장은 성냥불을 켜고 적이 남긴 것들을 살펴봤다. 모자 안에는 머리글자 하나 새겨 있지 않았다. 윗옷에는 신분증도 지갑도 들어 있지 않았다. 대신 이번 사건에 엄청난 파문을 일으킬 뿐만 아니라 질베르와 보슈레이의 운명에도 큰 영향을 끼칠 물건이 하나 발견되었다. 도망자가 깜빡하고 주머니에 남겨 둔 것으로 바로 아르센 뤼팽의 명함이었다.

거의 같은 시각. 경찰들은 나포한 배를 끌고 오면서 줄곧 모호한 수사를 진행했고 기슭에 배치된 군인들은 방금 벌어진 해상전의 모든 과정을 확인하기 위해 열심히 감시하고 있었다. 그동안 아르센 뤼팽은 자신이 두 시간 전에 떠나온 곳으로 조용히 접근했다.

뤼팽은 그로냐르와 르발뤼의 마중을 받으면서 지금까지 일어난 일을 빠르게 설명했다. 이어서 도브레크 하의원의 안락의자와 골동품들이 쌓인 자동차에 올라타 모피로 몸을 감싼 채 한산한 길을 따라 뇌이에 있는 개인 창고 쪽으로 갔다. 그다음에는 택시를 타고 파리로 가 생 필리프 뒤 룰 근처에 내렸다.

뤼팽의 개인 숙소는 마티뇽가에서 멀지 않은 곳에 있었다. 질베르 이외의 다른 부하들은 전혀 모르는 곳이다.

뤼팽은 마음 편하게 옷을 갈아입고 몸을 주물렀다. 아무리 체력이 좋은 뤼팽이지만 오랜 수영으로 몸이 얼어 있었다. 여느 때 저녁처럼 뤼팽은 주머니 안에 있는 내용물들을 벽난로 위에 털어놓았다. 바로 그때, 뤼팽은 지갑과 열쇠 가까이에 질베르가 위기의 순간에 손에 쥐여준 물건을 보았다.

뤼팽은 깜짝 놀랐다. 그저 평범한 술병용으로 보이는, 수정으로 만들어진 작은 병마개였다. 특별한 점이 전혀 없었다. 뤼팽은 가까이에서 살펴봤다. 여러 각도로 잘라 만든 단면이 있는 머리 부분부터 병 입구를 틀어막는 목 부분까지 금이 박혀 있었다. 그 외에는 뤼팽의 시선을 끌 특별한 점이 없었다.

'질베르와 보슈레이가 그토록 차지하려고 한 게 겨우 이 병마개인가? 고작 이것 때문에 하인을 죽이고, 서로 치고받고 싸우느라 시간을 낭비하면서 감옥행, 재판, 단두대 처형의 위험까지 감행했단 말인가…? 젠장, 이상한 일도 다 있군…!'

아무리 이상해 보여도 이미 지칠 대로 지쳐서 더는 자세히 알아볼 힘이 없던 뤼팽은 벽난로 위에 수정마개를 두고 잠자리에 들었다.

뤼팽은 악몽을 꾸었다. 질베르와 보슈레이가 감옥 바닥에 무릎을 꿇고 앉아 뤼팽을 향해 필사적으로 손을 내밀며 끔찍한 비명을 질렀다.

"살려주세요…! 살려주세요!" 두 사람이 외쳤다.

하지만 아무리 애써도 움직일 수 없었다. 보이지 않는 끈으로 묶인 듯했다. 뤼팽은 끔찍한 환영에 사로잡혀 몸을 떨면서 음산한 처형 준비 과정, 사형수를 위한 몸단장, 뒤이어 펼쳐진 끔찍한 광경을 바라보았다.

"젠장!" 악몽에서 깨어나면서 말했다. "왠지 불길한 징조인데. 우리 같은 사람들이 그나마 허약하지 않아서 다행이지! 그렇지 않았다면…."

뤼팽은 계속 혼잣말을 했다. "질베르와 보슈레이의 행동으로 보아, 단순한 부적 같은 이 수정마개는 뤼팽이 어떻게 하느냐에 따라 불길한 징조를 쫓아내고 대단한 반전을 이끌 수도 있어. 자, 수정마개 좀 살펴보자."

뤼팽은 수정마개를 자세히 살펴보기 위해 자리에서 일어났다. 그런데 뤼팽의 입에서 놀라움이 가득 밴 비명이 터졌다. 수정마개가 감쪽같이 사라져버린 것이다….

2
9에서 8을 빼면 남는 것은 1

꽤 사이가 좋고 뤼팽을 상당히 신뢰하지만, 그런 나조차 잘 이해할 수 없는 부분이 있다. 뤼팽이 어떻게 조직을 만들어왔느냐는 점이다. 뤼팽에게 조직이 있다는 사실은 분명하다. 뤼팽이 선보인 어떤 모험은 탄탄한 공모가 없었거나 다수의 강력한 힘이 어느 하나의 강력한 의지 앞에 복종하지 않았다면 도저히 이뤄질 수 없었던 것이기 때문이다. 그 의지는 어떻게 영향력을 발휘해왔을까? 어떤 중개를 통해, 어떤 지시 체계를 통해 발휘되었을까? 정말로 모르겠다. 이에 대해서는 뤼팽도 철저히 비밀에 부쳤다. 뤼팽이 비밀로 하려고 마음먹으면 결코 풀 수 없는 일이 되어버린다.

내가 떠올린 한 가지 가설은 이렇다. 소수의 강력한 정예 그룹이, 베일에 가려진 상부의 지시를 직접 따르는 많은 점조직 동맹자들이나 개별적인 단체의 보조를 받아 전국, 나아가 전 세계에서 활동한다. 질베르와 보슈레이가 정예 그룹에 속하는 요원일 것이다. 사법 당국이 이 둘에게 촉각을 곤두세우는 이유도 이 때문이다. 처음으로 정체가 드러난 뤼팽의 공범들, 살인 사건을 저지른 확실한 공범들을 잡았으니 당연한 일이다. 살인 계획이 세워졌다는 확실한 증거만 있다면 두 사람의 사형은 뻔한 일이다. 그런데 확실한 증거 하나가 이미 존재한다. 레오나르가 죽기 직전에 '도와주세요…! 살려주세요…! 도와주세요…! 날 죽이려고 해요'라고 말한 전화 한 통이다. 레오나르의 절망적인 외침은 직접 그와 통화한 전화국 직원과 동료가 증언한 터라 결코 부인할 수 없는 살인 사건의 증거로 채택된 상태다. 그 전화 한 통으로 경찰서장이 보고를 받았고, 부하들과 휴가 중이던 군인들이 마리 테레즈 별장으로 왔으니 말이다.

뤼팽은 이번 모험이 처음부터 심상치 않은 위험에 부딪혔음을 알았다. 그동안 사회 전체를 상대로 벌여온 뤼팽의 격렬한 싸움은, 새롭지만 끔찍한 단계를 맞이한 듯했다. 방향이 달라졌다고 해야 할까? 무엇보다도 뤼팽이 그토록 분노하는 살인 사건인 데다 의심스러운 호화 생활자나 부패한 재정가를 골탕먹여 사람들을 통쾌하게 해 여론의 지지를 받는 유쾌하고 시원한 도난 사건이 아니라는 점 때문이다. 덧붙여 이번 모험에서 뤼팽은 누군가를 공격하는 게 아니라 자신을 방어하는 동시에 심복 두 명의 목숨을 구해야 한다.

뤼팽은 종종 수첩에 자신이 직면한 상황을 요약해 적곤 했는데, 나는 그 수첩에서 이번 사건과 관계된 어떤 내용을 베낀 적이 있다. 이 대목은 뤼팽의 생각을 잘 보여준다.

확실한 사실이 하나 있다. 질베르와 보슈레이가 일부러 날 속였다는 사실이다. 이번 앙기앵 원정에서 마리 테레즈 별장을 턴다는 것은 허울뿐인 이유고 사실은 진짜 목적이 따로 있다. 질베르와 보슈레이는 작업하는 동안에도 진짜 목적에만 관심을 두었으며 가구와 벽장 하나하나를 뒤질 때 찾고 있던 것은 단 하나, 바로 수정마개였다. 자, 이 알 수 없는 문제를 풀기 위해 이번 사건에서 집중적으로 생각해야 할 부분이 있다. 이유는 알 수 없지만 수정마개가 두 사람에게 매우 큰 가치를 지닌 물건임이 분명하다. 하지만 수정마개는 두 사람에게만 가치 있는 물건은 아닌 듯하다. 지난밤에 누군가 여기까지 몰래 들어와 수정마개를 훔쳤으니 말이다.

뤼팽은 지난밤에 당한 도난 사건이 특히 신경 쓰였다. 해결되지 않은 두 가지 문제가 뤼팽의 머릿속을 맴돌았다. 첫째, 누가 여기에 들어왔을까? 뤼팽의 신뢰를 받고 개인 비서로도 활동하는 질베르 외에 마티농가의 구석진 이곳을 아는 사람은 없을 텐데 말이다. 그런데 질베르는 감옥에 있다. 그렇다면 질베르가 배신하여 경찰을 이곳으로 불러들인 걸까? 하지만 경찰이 뤼팽을 잡지 않고 수정마개만 들고 갔을 리는 없지 않은가?

그런데 이보다 더 알쏭달쏭한 일이 있다. 누군가 들어왔다고 하자. 아직 분명한 증거는 없지만 누군가 침입할 수는 있다. 그런데 뤼팽이 자는 방까지 어떻게 들어올 수 있었을까? 뤼팽은 매일 밤 늘 하던 대로 자물쇠뿐만 아니라 빗장까지 완전히 잠근 뒤 잠자리에 들었다. 그런데 이상하게도 자물쇠와 빗장에 누가 손을 댄 흔적이 조금도 없다는 것이다. 더구나 예민한 청각을 가졌다고 자부하는 뤼팽이 밤새 아무 소리도 듣지 못했다니!

하지만 뤼팽은 이 문제에만 신경 쓰지는 않았다. 이런 식의 수수께끼는 앞으로 더 많은 사건을 경험하면 분명 해결의 실마리를 얻을 수 있음을 잘 알기 때문이다. 다만 아주 당황한 데다 불안해진 뤼팽은 다시는 발도 들이지 않겠다는 결심으로 마티 농가에 있는 거처를 완전히 폐쇄해버렸다.

이어서 뤼팽은 즉각 질베르, 보슈레이와 교신을 시도했다. 그런데 여기서도 새로운 장애물이 뤼팽을 기다렸다. 뤼팽이 이번 사건에 개입되었다는 확실한 증거는 없지만 사법 당국은 사건 현장인 센에우아즈가 아니라 파리로 사건을 넘겨 뤼팽에 대한 대대적인 수사를 시작한 것이다. 질베르와 보슈레이도 분명히 상테 교도소에 갇혀 있을 것이다. 상테 교도소는 파리 지법 건물이 그렇듯 뤼팽과 수감자들의 교신을 철저히 경계하는 곳이라, 파리 경찰청은 물론 말단 직원까지 철저한 주의와 경계를 늦추지 말라는 지시를 받았다. 베테랑 경찰들이 질베르와 보슈레이를 밤낮으로 감시했다. 이때만 해도 뤼팽이 치안국장에 오르기 전이었다(《813》에서 뤼팽이 르노르망 국장으로 활동했던 것을 말함 – 옮긴이). 치안국장은 뤼팽이 자부심을 품는 대단한 경력 중 하나다. 어쨌든 상황이 이러하니 뤼팽은 법원에 무슨 수를 쓸 처지가 아니었다. 보름 동안 이런저런 노력을 했지만 별 성과가 없자 뤼팽은 분노에 가까울 정도로 치솟은 안타까움을 달래며 교신을 포기했다.

"매번 가장 힘든 것은 목표를 이루는 게 아니라 일을 시작하는 거지. 이번 일은 어디에서부터 시작해야 할까? 어느 길을 가야 할까?" 뤼팽이 중얼거렸다. 뤼팽은 도브레크 하의원을 생각했다. 수정마개의 원래 소유자로서 수정마개가 얼마나 중요한지를 가장 잘 아는 사람이 바로 도브레크 하의원일 것이다. 그런데 질베르는 어떻게 도브레크 하의원의 행정과 주변 상황을 상세히 알게 되었을까? 질베르는 어떤 방법으로 도브레크를 감시했을까? 사건이 일어난 저녁에 도브레크가 어디에서 시간을 보냈는지를 누구에게 들었을까? 풀어야 할 흥미로운 문제가 한두 개가 아니었다.

마리 테레즈 별장에 도둑이 든 직후 도브레크는 파리에서 겨울 휴가에 들어갔다. 도브레크는 빅토르 위고 가도 끝에 있는 라마르틴 소광장 왼쪽의 개인 소유 호텔에 머물기로 했다. 한편 뤼팽은 지팡이를 짚고 주변을 얼쩡대는 나이 든 금리생활자로 분장한 채 광장이나 가도의 벤치에서 진을 쳤다.

첫째 날, 뤼팽은 생각지 못한 한 가지 사실을 발견하고는 놀라움을 금치 못했다. 겉으로 보면 평범한 노동자처럼 보이지만 행동을 보면 어떤 역할을 수행 중인지 예상되는 남자 두 명이 언제부턴가 도브레크의 호텔을 철저하게 살피고 있었던 것이다. 도브레크가 외출하면 두 남자가 곧바로 따라붙었고 도브레크가 호텔로 돌아올 때도 약간 거리를 두면서 뒤따라왔다. 그리고 호텔 건물의 불이 꺼지는 밤이 되어서야 비로소 자리를 떴다.

이번에는 뤼팽이 이들의 뒤를 밟았다. 보아하니 치안국 소속 요원들이 분명했다.

'이런, 뜻밖의 일이군. 도브레크 의원께서 혐의를 받고 있나?' 뤼팽은 속으로 생각했다.

넷째 날의 어둑한 저녁, 지난번에 본 두 남자가 이번에는 또 다른 남자 여섯 명과 함께 라마르틴 광장의 가장 구석진 곳에 모여 이야기를 나누었다. 그런데 합류한 여섯 명 중 한 명의 키와 행동 방식이 그 유명한 프라스빌과 매우 비슷했다. 변호사, 운동선수, 탐험가였으며 현재는 엘리제 궁(대통령 관저 ― 옮긴이)의 기대를 한몸에 받는 인물, 또 수상한 이유로 파리 시 경찰청 사무국장의 자리에 오른 프라스빌 말이다. 뤼팽은 놀라지 않을 수 없었다. 특히 한 가지 기억이 떠올라 더욱 그랬다. 2년 전 팔레 부르봉 광장에서 프라스빌과 도브레크 하의원이 크게 주먹다짐을 벌인 일이 있었다. 주먹다짐을 벌인 이유는 알 수 없다. 그런데 바로 그날, 프라스빌이 정식으로 결투 입회인을 보냈고 도브레크는 더는 싸우지 않겠다고 거절했다. 그로부터 얼마 후 프라스빌이 사무국장으로 부임했다.

'이상한 일이야, 이상한 일이라고⋯.'

뤼팽은 프라스빌의 행동을 유심히 관찰하며 곰곰 생각했다.

프라스빌 일행은 7시쯤에 앙리 마르탱 가도 쪽으로 멀어져 갔다. 잠시 후 도브레크가 호텔 건물의 오른쪽에 붙어 있는 작은 정원 문으로 나왔고 형사 두 명이 그의 뒤를 밟았다. 세 명은 태부가의 전차를 탔다.

그러자 곧바로 프라스빌이 나타나더니 광장을 가로질러 호텔의 관리인 숙소로 연결된 철책 문의 벨을 울렸다. 관리인이 문을 열어주었다. 관리인과 프라스빌은 잠시 비밀스럽게 이야기를 나누었고 곧 프라스빌 일행이 안으로 들어갔다.

"떳떳하지 않은 은밀한 방문이군. 이런 때라면 나를 불러주는 게 예의 아닌가…. 내가 저런 자리에 빠질 수 없지." 뤼팽이 중얼거렸다.

뤼팽은 조금도 주저하지 않고 문이 아직 닫히지 않은 호텔 안으로 들어갔다. 연신 주변을 살피는 관리인을 지나치면서 마치 오늘 오기로 약속된 방문객처럼 이렇게 말했다. "그분들은 오셨습니까?"

"예, 서재에 계십니다."

뤼팽의 계획은 간단했다. 만일 누군가와 마주치면 물건을 팔러 온 상인 행세를 하기로 했다. 지금의 변장이 꽤 초라한 모습이라 곧이곧대로 믿어줄 것 같았다. 뤼팽은 아무도 없는 현관을 지나 역시 아무도 없는 식당으로 갔다. 그곳에서 서재 쪽으로 나 있는 격자창을 통해 프라스빌 일행 다섯 명을 볼 수 있었다. 프라스빌은 위조 열쇠로 서랍을 하나하나 열어 뒤졌다. 프라스빌이 여기저기의 서류들을 살펴보는 동안 나머지 일행 넷은 서가에서 책을 꺼내 한 장 한 장 펼쳐보았다.

'종이 같은 것을 찾고 있나 보군…. 은행권 다발 같은….' 뤼팽은 생각했다.

갑자기 프라스빌이 소리쳤다. "이런 바보 같은…. 아무것도 없잖아!"

그래도 프라스빌은 무언가를 찾는 것을 포기하지 않았다. 갑자기 오래 묵은 리큐어가 보관된 캐비닛에서 술병 네 개를 꺼내고는 마개를 하나하나 뽑아서 관찰했다.

뤼팽은 한 가지 생각이 번쩍 떠올랐다.

'그렇군! 병마개에 관심이 있는 거야! 종이 같은 것을 찾는 게 아닌 듯한데? 도대체 뭐가 어떻게 돌아가는지 모르겠군.'

프라스빌은 여러 물건을 뒤진 후 일행에게 말했다. "여기 몇 번이나 와보았나?"

"작년 겨울에만 여섯 번입니다." 일행 중 한 명이 답했다.

"방마다 샅샅이 살폈나?"

"올 때마다 종일 모든 방을 뒤져보았습니다. 도브레크가 선거 유세 중이었거든요."

"그런데… 도대체… 왜….'

프라스빌이 다시 물었다. "하인도 있지 않은가?"

"예, 현재 하인을 구하는 중인 것 같습니다. 식사는 레스토랑에서 하고 청소나 다른 가사는 관리인이 담당하고 있습니다. 물론 관리인 여자는 우리 쪽으로 완전히 끌어들였습니다."

프라스빌은 이후에도 한 시간 반 동안 계속 무언가를 찾았다. 골동품을 하나하나 들어보고 만져본 후 원래 있던 자리에 정확히 갖다 놓으면서 끈질기게 수색했다. 9시가 되자 도브레크의 뒤를 밟았던 형사 두 명이 들어왔다.

"지금 돌아오는 중입니다."

"걸어서 오나?"

"예."

"그럼 아직 시간이 있겠지?"

"물론입니다."

프라스빌과 경찰청 요원들은 여유 있게 방을 둘러보고 자신들의 간 흔적이 남지 않은 것을 확인한 다음 자리를 떴다. 하지만 뤼팽은 이들처럼 여유를 부릴 입장이 아니었다. 여기서 그냥 나갔다가는 도브레크와 마주칠 수 있고 그렇다고 남아 있자니 언제 빠져나갈 수 있을지 모를 일이었다. 다행히 식당 창문을 통해 광장 쪽으로 곧장 나갈 수 있음을 확인한 뤼팽은 일단은 잠시 남기로 했다. 도브레크는 어디선가 저녁을 먹고 올 테니 이 식당에 들어올 일은 거의 없을 듯했다. 그뿐만 아니라 여기에 있으면 도브레크의 얼굴을 볼 좋은 기회를 잡을 것 같았다.

뤼팽은 격자창에 드리운 커튼 뒤에 숨을 생각으로 기다렸다.

문이 열리는 소리가 났고 누군가 서재로 들어와 전등불을 켜는 것 같았다. 뤼팽은 도브레크를 알아봤다.

뚱뚱한 몸에 목이 짧고 구레나룻을 길렀으며 머리숱은 거의 없었다. 눈이 쉬 피로해지는 체질인 듯 안경 위에 검은색 코안경을 걸쳤다.

뤼팽은 도브레크의 강인한 얼굴, 각이 진 턱선, 튀어나온 골격을 자세히 살폈다. 커다란 주먹에는 털이 가득 났고 다리와 등이 굽었으며 걸을 때마다 엉덩이를 씰룩거려서 그런지 마치 유인원처럼 보였다. 또한 울퉁불퉁하고 주름이 깊은 넓은 이마가 얼굴 대부분을 차지했다. 얼굴 자체가 역겨운 야생동물처럼 보였다. 뤼팽은 내각에서도 도브레크가 '오랑우탄(숲의 사람)'으로 불린다는 사실을 생각해냈다. 동료 의원들과 어울리기보다는 주로 혼자 다니는 성격에 더해, 야만적으로 보이는 모습과 걸음걸이 때문에 이런 별명이 붙은 듯했다.

도브레크는 책상에 앉아 호주머니에서 해포석으로 만든 파이프를 꺼냈다. 그리고 건조된 담뱃갑 중 메릴랜드를 골라 파이프에 담배를 채운 후 불을 붙이고 편지를 쓰기 시작했다.

잠시 후 도브레크는 편지를 쓰다 말고 골똘히 생각에 잠겼다. 책상의 어느 한 부분을 뚫어지게 바라보더니 갑자기 도장갑을 들고 자세히 살폈다. 그다음에는 아까 프라스빌이 들었다 놓은 물건들의 위치를 확인하고 손으로 만졌다. 마치 도브레크에게만 보이는 흔적을 통해 무엇인가를 들으려는 듯 물건들 가까이 얼굴을 갖다 대기도 했다.

나중에 도브레크는 동그란 전기벨 장치를 잡고 단추를 눌렀다. 1분 후 관리인이 들어오자 도브레크가 물었다. "그 사람들이 왔군, 그렇지?"

관리인이 머뭇거리자 도브레크가 계속 물었다.

"클레망스, 이 작은 도장갑을 열었나?"

"아닙니다, 의원님."

"고무를 입힌 끈으로 뚜껑을 닫아놓았는데 보다시피 이렇게 끈이 끊어져 있네."

"하지만 장담하건대…."

여자가 말했다.

"그 사람들이 하는 대로 내버려 두라고 했을뿐더러 이미 다 알고 있는데 무엇 때문에 거짓말을 하는 건가?"

"그게…."

"양쪽을 왔다 갔다 하겠다는 건가? 좋아."

도브레크는 50프랑짜리 지폐를 내밀고 다시 질문했다. "그 사람들이 왔나?"

"예, 의원님."

"봄에 왔던 그 사람들인가?"

"예, 그때처럼 다섯 명이고… 지시하는 사람이 또 한 명 있었습니다."

"키가 큰가…? 갈색 머리…?"

"예."

뤼팽은 도브레크의 턱이 긴장으로 일그러지는 모습을 보았다. 도브레크는 계속 질문했다.

"그게 다인가?"

"그 사람들 다음에 또 한 명이 오긴 했는데…. 그리고 잠시 후 두 명이 더 왔습니다. 평소 호텔 앞에서 망을 보는 사람들이었습니다."

"그들이 전부 이 서재 안에 있었단 말이지?"

"예, 의원님."

"내가 돌아오자 전부 나갔다는 건가? 아마도 간발의 차이였겠군?"

"예, 의원님."

"알겠네."

관리인이 나갔다. 도브레크는 다시 편지를 쓰기 시작했는데, 갑자기 팔을 뻗어 책상 끝에 있는 하얀색 공책 위에 무언가를 적고 잘 보이게 세워두었다. 공책에 적은 것은 숫자였다. 뺄셈이 들어간 수식이었는데 뤼팽이 있는 곳에서도 아주 잘 보였다.

9-8=1

도브레크는 이를 악물고 집중하는 표정으로 무슨 말을 중얼거리더니 갑자기 큰 소리로 말했다. "틀림없어!"

도브레크는 아주 짧은 편지 한 장을 더 쓰고 봉투에다 주소를 적었다. 공책 바로 옆에 놔두었기에 뤼팽에게도 잘 보였다.

경찰청 사무국장
프라스빌

도브레크는 다시 호출벨을 눌렀다.

"클레망스, 어렸을 때 학교에 다녔나?" 도브레크가 관리인에게 물었다.

"그럼요, 의원님."

"산수도 배웠나?"

"갑자기 왜….."

"뺄셈을 하도 못하니 그러네."

"갑자기 왜 그러십니까?"

"9 빼기 8이 1이라는 것도 모르지 않나. 그런데 이 수식은 아주 중요하네. 이렇게 기본적인 수식도 이해하지 못하면 살아가기 어렵지."

도브레크는 자리에서 일어나 뒷짐을 지고 기우뚱거리며 방 안을 한 바퀴 돌았다. 그리고 또 한 바퀴 돌았다. 도브레크는 식당 앞에 서더니 갑자기 문을 활짝 열어젖혔다.

"그런데 다른 식으로 문제를 풀 수도 있지. 9에서 8을 빼면 하나가 남는데 결국 남은 한 사람은 여기에 있는 게 아닐까? 그렇지 않습니까, 신사분?"

도브레크는 뤼팽이 숨은 벨벳 커튼의 주름을 톡톡 쳤다.

"신사분, 그 안에 있으면 갑갑하지 않습니까? 더구나 내가 단도로 푹 찌르면 어쩌려고요. 햄릿의 광기와 폴로니어스의 죽음을 기억하겠지요? 이런 대사가 있습니다. '거봐라, 쥐다, 커다란 쥐…. 죽어라(셰익스피어의 4대 비극 중 하나인 〈햄릿〉에서 약혼녀의 아버지이자 삼촌의 부하인 폴로니어스가 숨어서 엿듣는 것을 알고 햄릿이 칼로 찌르며 한 말-옮긴이).' 자, 폴로니어스 씨, 이제 구멍에서 나오시지요."

뤼팽은 이런 상황이 전혀 익숙하지 않았고 심지어 매우 혐오스러웠다. 다른 사람들에게 덫을 놓고 놀리는 일은 상관없지만, 뤼팽 자신이 곤란한 상황에 놓여 웃음거리가 되리라고는 생각도 못 했다. 하지만 지금으로서는 되받아칠 방법도 없지 않은가?

"얼굴이 조금 창백하군요, 폴로니어스 씨…. 좋습니다. 며칠 전부터 광장에서 어슬렁거리던 분 같군요. 경찰일 수도 있고요. 안 그렇습니까, 폴로니어스 씨? 걱정하지 마십시오. 내가 무얼 어떻게 하겠다는 말은 아니니까요. 그나저나 클레망스, 내 계산이 정확하다는 것을 알겠나? 당신 말대로라면 아홉 명이 여기에 들어왔는데, 나는 돌아오면서 여덟 명이 빠져나가는 모습을 보았네. 그러니 아홉 명 중 한 명은 계속 여기에 남아 감시한다는 뜻이지. 이 사람을 보라!"

"그래서 어쩔 겁니까?" 뤼팽이 물었다. 뤼팽은 도브레크에게 달려들어 입을 닥치게 하고 싶었지만 꾹 참았다.

"어쩔 거냐고요? 특별한 건 없습니다. 더 이상 무엇을 바라나요? 희극은 끝났는데. 다만 대장인 프라스빌 씨에게 내가 적은 편지를 전해주시기 바랍니다. 클레망스, 폴로니어스 씨에게 나가는 길을 안내해주게. 앞으로도 여기를 찾아온다면 언제든 문을 활짝 열어드리게. 폴로니어스 씨, 언제든 환영합니다. 그럼 이만⋯."

뤼팽은 머뭇거렸다. 솔직한 심정으로는 계속 꼿꼿한 자세로 있다가 무대의 마지막 장면에서 멋진 퇴장을 하거나, 전쟁에서 명예롭게 전사하는 등장인물이 말할 법한 멋진 작별 인사를 하고 싶었다. 하지만 지금의 뤼팽은 너무나 비참한 패배를 맛본 바람에 얼른 모자를 쓰고 관리인의 안내를 받아 쿵쿵거리며 걸어나갈 뿐이었다. 화풀이치고는 너무 보잘것없었다.

"빌어먹을!" 뤼팽이 밖에 나와 도브레크가 있는 창문을 올려다보며 중얼거렸다. "비열한 자식! 나쁜 놈! 의원 따위가 감히! 어디 두고 보자고. 절대 가만 안 두겠어⋯."

뤼팽은 입에 거품을 물며 분노했지만, 도브레크라는 새로운 적의 힘과 능수능란함을 인정할 수밖에 없었다.

경찰들을 가지고 노는 배짱이나 침입자들을 향한 여유로운 빈정거림, 특히 마지막까지 남은 뤼팽을 보고도 담담하고 이성적으로 골탕먹인 태도. 도브레크는 침착하고 강인한 성격을 가졌을 뿐만 아니라 유리한 카드 패를 쥔 게 틀림없다.

유리한 카드 패? 도브레크가 손에 쥔 패는 무엇일까? 어떤 게임을 하는 걸까? 판돈은 누가 가졌으며 게임은 어디까지 이루어졌을까? 뤼팽으로서는 도저히 알 수 없었다. 아는 것 하나 없이 치열하기 그지없는 싸움 한가운데에 던져진 셈이다. 싸우는 두 패가 어떤 입장이고 어떤 무기를 가졌으며 어떤 비밀 계획을 세웠는지도 모른 채 끼어든 것이다. 하지만 분명한 사실이 하나 있다. 이 치열한 결투의 목표가 겨우 수정마개 하나를 차지하려는 것이라고는 생각하기 어렵다는 것이다.

와중에 다행스러운 점이 있다면 도브레크가 아직은 아르센 뤼팽의 정체를 모른다는 것이다. 뤼팽을 단순히 경찰서 사람으로 생각하는 듯했다. 그러니까 도브레크도, 경찰도 이번 일에 뤼팽이라는 제삼자가 끼어들었다는 사실을 모른다. 이것이 뤼팽이 가진 유리한 패다. 뤼팽이 아주 중요하게 생각하는 행동의 자유.

뤼팽은 도브레크가 경찰청 사무국장에게 전해달라고 한 편지를 바로 뜯어보았다. 내용은 다음과 같았다.

프라스빌, 자네 손 닿는 곳에 있었는데! 거의 만졌는데 말이야. 조금만 신경 썼으면 손에 넣을 수 있었을 걸세. 자넨 너무 어리석었어. 하지만 그래도 날 쓰러뜨릴 적수로 자네만 한 인물은 없지. 가여운 프랑스! 잘 있게, 프라스빌. 그런데 내 손에 걸리지 말게. 그럼 자네도 끝이니까.

—도브레크

"손 닿는 곳이라니…. 괴짜이긴 해도 헛소리할 작자는 아니지. 가장 단순한 은닉처가 제일 안전한 법이야. 어쨌든 우리가 그곳을 보긴 본 것 같아. 우선 도브레크가 모두에게 감시당하는 이유를 알아봐야겠군. 도브레크에 대한 자료도 조사해봐야겠어." 뤼팽이 흥신소를 통해 모은 정보를 요약하면 다음과 같다.

알렉시스 도브레크는 2년 전 부슈 뒤 론에서 출마한 무소속 국회의원이다. 원래 인지도가 없었으나 입후보 때 엄청나게 돈을 쓴 덕에 탄탄한 지지층을 확보했다. 그 후로 재산이 별로 남지 않은 것으로 보이지만 파리에는 호텔이, 앙기앵과 니스에는 각각 별장이 있고 노름으로 돈을 펑펑 잃고 있다. 도대체 돈이 어디에서 나오는지 모를 일이다. 정치적 영향력이 꽤 있어서 내각에 별로 참석하지 않아도 원하는 바를 얻어낸다. 하지만 정치권에서는 친분이나 인간관계가 거의 없는 듯하다.

"특별한 자료는 아니군. 도브레크의 개인적인 사생활을 자세히 알려면 사적인 장부나 호텔 숙박부 같은 것이 필요해. 그래야 알 수 없는 이 복잡한 싸움에서 제대로 활동할 수 있고, 도브레크와 상대할 때 제대로 버틸 수 있을지 가늠할 수 있을 거야. 젠장, 서둘러야겠군!"

당시 뤼팽이 가장 자주 머물던 숙소는 개선문 근처 샤토브리앙가에 있었다. 여기서 뤼팽은 미셸 보몽이라는 이름을 사용했다. 숙소는 안락한 편이었고 아실이라는 이름의 인도인 하인도 있었다. 아실은 뤼팽의 부하들에게서 온 숱한 전화를 취합해

보고해주는 일을 했다.

숙소로 돌아온 뤼팽은 노동차 옷차림을 한 여자가 못해도 한 시간 전부터 기다린다는 말에 상당히 놀랐다.

"그게 무슨 소리인가? 날 만나러 이곳에 올 사람이 없는데. 젊은 여자인가?"

"아니요, 그런 것 같지는 않습니다."

"그런 것 같지는 않다니?"

"모자 대신 만틸라(에스파냐, 멕시코 등지에서 여성이 머리에서 부터 어깨까지 덮어쓰는 쓰개 – 옮긴이)를 쓰고 있어서 얼굴을 자세히 볼 수 없었습니다. 종업원 같기는 한데 허름한 상점에서 일하는 것 같았습니다."

"여자는 누굴 찾던가?"

"미셸 보몽 씨를 만나고 싶다고 했습니다." 하인이 대답했다.

"이상하군. 무슨 일로 날 보자고 하던가?"

"앙기앵 사건에 대한 것이라는 말만 했습니다. 그래서 제 생각으로는…."

"앙기앵 사건? 내가 그 사건에 연류되었다는 것을 안다는 소리 아닌가! 여기까지 날 찾아온 것을 보면…."

"여자에게 알아낸 건 없지만 제 생각으로는 만나보셔야 할 것 같습니다."

"알겠네. 지금 어디에 있나?"

"거실에 있습니다. 불을 켜놓았습니다."

뤼팽은 서둘러 건넌방을 지나 거실 문을 열었다.

"이게 어떻게 된 일인가? 아무도 없지 않은가?"

"아무도 없다니요?" 아실이 허겁지겁 들어와 말했다. 정말로 거실에는 아무도 없었다.

"아니, 이럴 수가! 20분 전만 해도 있었습니다. 잘못 봤을 리가 없습니다." 하인이 외쳤다.

"자, 진정하게. 여자가 기다리는 동안 어디에 있었나?"

"현관에 있었습니다. 한순간도 자리에서 벗어나지 않았습니다. 여자가 거실에서 나왔다면 제가 못 봤을 리 없습니다."

"어쨌든 거실에는 없네."

"그렇긴 하지만 기다리다가 지쳐서 갔다고 해도 어디로 나갔는지 도통 이해할 수 없습니다." 하인이 당황한 채로 말했다.

"어디로 나갔느냐고? 조금만 생각해보면 알 수 있지."

"예?"

"창문! 여길 보라고, 아직 반쯤 열려 있어. 여긴 1층이고 밤에는 한산하니까 이리로 나갔을 테지."

뤼팽은 재빨리 주위를 둘러보았으나 없어지거나 어지럽혀진 물건은 없었다. 수상한 여자가 갑자기 방문했다가 갑자기 사라진 상황이 이해될 만큼 값진 골동품이나 중요한 서류가 있는 것도 아니었다. 도대체 여자는 왜 갑자기 사라졌을까.

"오늘 전화 온 곳은 없었나?" 뤼팽이 물었다.

"없습니다."

"편지도?"

"저녁 막바지 배달 시간쯤에 편지가 한 장 왔습니다."

"이리 줘보게."

"평소처럼 주인님의 방 벽난로 위에 놓아두었습니다."

뤼팽의 방은 거실과 맞붙어 있었으나 그 사이를 연결하는 문은 일부러 폐쇄한 상태였다. 즉 거실에서 방으로 가려면 현관을 지나야 했다.

방에 들어간 뤼팽은 전등을 켰고 잠시 후 말했다. "어디… 안 보이는데…."

"그럴 리가요…. 장식 컵 옆에 두었습니다."

"아무것도 없네."

"잘 찾아보세요."

하지만 컵과 탁상용 추시계를 옮겨가며 찾아봐도, 또 몸을 숙여 이리저리 살펴봐도 편지는 보이지 않았다.

"아, 빌어먹을…. 그 여자… 여자가 가져간 거예요…. 편지를 손에 넣자 곧바로 도망친 겁니다…. 교활한 여자 같으니…." 하인이 중얼거렸다.

뤼팽이 하인의 말에 토를 달았다. "말도 안 되는 소리지! 안 보이나? 방 사이가 막혀 있잖아."

"그럼 도대체 누가 편지를 가져간 겁니까?"

두 사람은 서로 아무 말도 하지 않았다. 뤼팽은 최대한 흥분을 가라앉히고 생각을 가다듬으려고 애쓴 후 이렇게 물었다.

"편지는 살펴봤는가?"

"예!"

"특이한 점은?"

"없습니다. 봉투도 평범했고 주소는 연필로 적혀 있었습니다."

"아! 연필로?"

"예, 서둘러 적은 듯 글씨가 엉망이었습니다."

"수신인 서명은… 어떤 식으로 되어 있었지?"

뤼팽이 불안한 표정을 지으며 물었다.

"그 부분이 이상하긴 해서 기억하고 있습니다."

"말해보게, 어서!"

"드 보몽 미셸 씨라고 적혀 있었습니다."

뤼팽은 하인을 잡고 흔들었다.

"분명히 '드'라고 되어 있었나? 분명해? 미셸이 보몽 다음에 적혀 있었단 말이지?"

"분명히 그랬습니다."

"아! 질베르에게서 온 편지야!" 뤼팽이 목멘 소리로 중얼거렸다.

뤼팽의 얼굴이 일그러졌고 이내 창백해졌다. 그렇게 꼼짝하지 않고 서 있었다. 그래, 질베르에게서 온 편지가 분명했다. 뤼팽의 지시대로 질베르는 수년 전부터 뤼팽과 교신할 때 이런 방식으로 수신인을 표시해왔다. 감옥 속에서 질베르는 외부로 편지를 보낼 방법을 겨우 찾아내 급하게 편지를 작성한 게 분명했다. 질베르가 얼마나 이 순간을 기다렸으며 얼마나 마음을 졸인 끝에 방법을 발견했을지 상상이 됐다. 편지 내용은 무엇이었을까? 감옥에 갇힌 딱한 죄수로서 질베르는 어떤 정보를 알려주려고 했을까? 어떤 도움을 청하려고 했을까? 어떤 작전을 제안하려고 했을까?

뤼팽은 방 안을 꼼꼼하게 살폈다. 방은 거실과 달리 중요한 서류가 가득했다. 그런데 그 어떤 수납공간이나 잠금장치에도 손을 댄 흔적이 없었다. 여자가 노린 것은 처음부터 질베르의 편지가 분명했다. 뤼팽은 침착하려고 애쓰며 다시 하인에게 물었다.

"여자가 있을 때 편지가 왔나?"

"여자와 편지가 동시에 왔습니다. 여자가 오고 동시에 관리인의 벨소리가 울렸거든요."

"여자가 봉투를 봤을까?"

"그랬을 겁니다."

결론은 저절로 난 셈이다. 이제 여자가 어떤 식으로 편지를 훔쳤는지 구체적으로 알아보는 일만 남았다. 일단 거실 창문을 통해서 나갔다가 다시 이 방 창문으로 들어왔을까? 불가능하다. 아무리 다시 살펴봐도 방 창문은 꼭 잠겨 있었기 때문이다. 어딘가에서 들어왔다가 나가려면 출구가 있어야 한다. 몇 분만에 일을 완수하려면 출구가 미리 마련되어 있고 이 점을 여자가 알고 있어야 한다. 이러한 가정이 떠오르자 뤼팽은 문 자체에 관심을 두었다. 벽장, 벽난로, 심지어 간단한 벽걸이용 천조차 없어서 벽은 그 어떤 통로도 숨길 수 없었기 때문이다. 뤼팽은 다시 거실로 가 거실 문을 자세히 조사하다가 곧 너무 놀라 몸서리를 쳤다. 문틀을 이루는 가로대 사이를 메운 여섯 개의 판자 중에서 왼쪽 제일 아래에 있는 판자가 약간 틀어져 있었기 때문이다. 반사된 빛이 다른 판자들처럼 고르지 않아서 대번에 알 수 있었다. 뤼팽은 상체를 숙이고 들여다봤다. 두 개의 쇠가 액자 틀에 붙은 나무판자처럼 툭 튀어나와 있었다. 그것들을 벌리자 판자가 쉽게 떨어져 나갔다.

"아!" 아실은 깜짝 놀랐다. 뤼팽은 놀랄 일이 더 있다는 듯 이렇게 말했다. "놀라기는 아직 이르네. 해명이 제대로 된 게 아니니까. 가로 15~18센티미터에 세로 40센티미터 정도밖에 안 되는 직사각형 구멍이야. 열 살짜리 마른 아이도 들어갔다 나오기 어려울 정도로 좁은데, 설마 성인 여자가 이 구멍으로 빠져나갔다고 생각하는 건 아니겠지!"

"하지만 팔을 집어넣어 빗장을 풀 수는 있겠지요."

"아래 빗장은 가능하지만 위에 있는 빗장은 불가능하네. 거리가 너무 멀단 말이지. 한번 직접 해보면 알 수 있을 거야."

아실이 시도했다가 곧바로 포기했다.

"그럼 어떻게 된 걸까요?"

뤼팽은 오랫동안 생각에 잠긴 후 다시 입을 열었다. "내 모자와… 외투를…."

뤼팽은 무언가 급히 생각난 듯 밖으로 뛰어나가 얼른 택시를 잡아탔다.

"마티뇽가로! 어서…!"

뤼팽은 수정마개를 도둑맞은 자신의 거처 입구에 도착하자 얼른 택시에서 뛰어내린 후 전용 출입구를 박차고 계단을 올라 거실로 뛰어 들어갔다. 그런 뒤 방으로 통하는 문 앞에 납작 엎드려 살폈다.

역시나 작은 판자 중 하나가 아까 본 방식과 똑같이 떨어져 나갔다.

샤토브리앙가에 있는 거처에서처럼 겨우 팔 하나 집어넣을 수 있는 구멍이라 위의 빗장을 벗겨내기는 불가능해 보였다.

"이런 젠장…!"

뤼팽은 두 시간 전부터 참고 있던 분노를 더 이상 억누르기 어려웠는지 소리를 질렀다.

"제길! 결론을 내리려면 끝도 없겠어!"

집요한 성격의 뤼팽은 얼마든지 자신에게 유리하게 상황을 만들어갈 수 있었으나 생각지 못한 일로 그 기회를 놓쳤고 이렇게 헤매고 있으니 얼마나 답답하겠는가! 질베르가 넘겨 준 수정마개, 질베르가 어렵게 보낸 편지, 이 모든 것이 갑자기 흔적도 없이 사라져버린 것이다.

그뿐만 아니라 뤼팽의 처음 생각과 달리 각 상황은 모두 밀접하게 연결되어 있었다. 그랬다. 이번 사건은 명확한 목표를 추구하는 어떤 의지가 만들어냈으며 목표를 이루기 위해 엄청나게 천재적인 방법과 교묘함이 동원된 게 분명하다. 뤼팽이 가장 안전하다고 믿은 은신처까지 침입해 뤼팽을 놀라게 한 사건이다. 뤼팽은 누구와 맞붙어야 하고 어떻게 방어해야 할지조차 알 수 없었다. 지금까지 많은 모험을 했으나 이렇게 강력한 도전과 장애물을 만나기는 처음이었다.

뤼팽은 불현듯 앞으로 일어날 일들이 불안하게 느껴졌다. 머릿속에 어떤 날짜, 바로 사법 당국을 상대로 복수하기로 정한 날짜가 떠오른 것이다. 4월의 어느 아침, 뤼팽과 함께한 두 부하가 사형을 선고받고 단두대 위에 오를 날짜가 가까워지고 있었다.

3
알렉시스 도브레크의 사생활

경찰의 가택 수사가 있던 다음 날, 관리인 클레망스는 점심을 먹고 돌아온 도브레크 하의원을 불러 세워 믿을 만한 요리사를 구했다고 알렸다. 잠시 후 나타난 여자 요리사는 신뢰할 만한 사람들의 보증이 담긴 최고의 요리 자격증을 보여주며 자신을 소개했다. 나이가 조금 들어 보였지만 매우 적극적인 성격이었고 다른 하인의 도움 없이도 혼자서 모든 일을 할 수 있다고 말했다. 도브레크는 염탐을 당하지 않기 위해 될 수 있으면 곁에 여러 사람을 두고 싶어 하지 않았다. 그래서 모든 일을 할 줄 아는 요리사를 찾고 있었는데, 마침 조건에 딱 맞는 후보가 나타난 것이다. 더구나 여자 요리사가 마지막으로 근무했던 곳은 도브레크와 같은 하의원인 솔르바 백작의 집이었다. 도브레크는 즉각 백작에게 전화를 걸었다. 솔르바 백작 대신 전화를 받은 집사는 여자 요리사에 칭찬을 아끼지 않았다. 도브레크는 여자 요리사를 즉시 정식으로 채용했다. 여자 요리사는 짐을 풀자 곧바로 일을 시작했는데, 종일 청소한 후에 식사를 준비했다. 도브레크는 오랜만에 집에서 저녁을 먹고 외출했다. 밤 11시가 되자 관리인이 잠자리에 들었고 요리사는 정원의 철책 문을 조심스럽게 열었다. 남자 한 명이 다가왔다.

"도련님이세요?" 요리사가 물었다.

"예, 뤼팽이에요." 남자가 말했다.

요리사는 정원과 이어진 4층의 자기 방으로 뤼팽을 데려갔고 곧바로 넋두리를 늘어놓았다.

"아직도 속임수를 쓰는 건가요, 아직도! 나를 이런 일에 끌어들이지 말고 조용히 좀 내버려 둘 순 없나요?" 빅투아르가 말했다.

"나도 어쩔 수 없어요, 유모. 점잖은 외모에 올곧은 성격을 가진 사람이 필요하면 유모가 제일 먼저 생각나는 걸요. 오히려 반가워해야 하잖아요."

빅투아르가 한숨을 쉬었다. "늘 그런 식이지요! 나를 또다시 늑대의 입속에 던져놓고 농담이나 하고 계시는군요."

"무얼 걱정하세요?"

"무얼 걱정하느냐고요? 내가 보여준 자격증은 모두 가짜잖아요!"

"자격증이 가짜이긴 하지요."

"도브레크가 눈치라도 채면 어쩌시겠어요? 따로 확인해볼 수 있잖아요!"

"이미 모두 확인했더군요."

"뭐라고요? 그게 무슨 소리예요?"

"전에 유모가 일한 솔르바 백작 집에 도브레크가 전화를 했더군요."

"거봐요, 이제 난 큰일 났어요!"

"백작의 집사는 유모를 칭찬했어요."

"날 모르잖아요?"

"내가 그 집사를 잘 알거든요. 솔르바 백작 집에 유모를 취직시킨 사람도 바로 나고요. 이제 이해되겠네요…."

빅투아르는 다소 안심하는 눈치였다.

"그렇다면 하느님의 뜻에 맡기는 수밖에 없겠네요…. 아니, 도련님의 뜻에 맡기는 수밖에 없다고 해야겠군요. 좋아요, 이번 일에서 내가 해야 할 일은 무엇인가요?"

"먼저 날 좀 여기에서 재워주세요. 내게 젖을 먹여주었던 옛날처럼요. 유모 방의 반만 제게 주세요. 난 의자에서 잘게요."

"그다음에는?"

"그다음이요? 내게 먹을 것 좀 가져다주세요."

"그다음에는?"

"내가 알려드리는 대로 유모도 모든 수색 작업에 참여할 거예요. 목표는…."

"목표라니요?"

"전에 이야기한 아주 귀한 물건을 찾는 일입니다."

"그 귀한 물건이 뭔데요?"

"수정마개요."

"수정마개…. 이런! 대단한 일이군요. 만일 그 귀한 수정마개를 찾지 못한다면 어찌 되나요?"

뤼팽은 빅투아르의 팔을 잡고 진지한 목소리로 말했다. "만일 못 찾아내면… 유모도 잘 알고 아끼는 질베르가 보슈레이와 함께 목을 내놓아야 해요."

"보슈레이 녀석이야 알 바 아니지요. 하지만 질베르는…."

"오늘 자 석간신문 읽어봤어요? 상황이 점점 안 좋아지고 있어요. 보슈레이는 계속 질베르가 하인을 찔렀다고 주장하고 있습니다. 운 나쁘게도 보슈레이가 사용한 칼은 질베르의 것이에요. 상황이 이렇게 돌아가니 똑똑하기는 하지만 배짱이 부족한 질베르는 자신에게 불리한 말만 늘어놓았어요. 어떤가요. 날 도울 건가요?"

자정이 되었고 도브레크가 돌아왔다.

며칠 동안 뤼팽은 도브레크의 스케줄에 맞춰 행동했다. 도브레크가 호텔을 나서면 뤼팽은 집 안을 조사했다. 조사는 매우 체계적으로 이루어졌다. 방마다 여러 부분으로 자세하게 나눈 후 한 부분의 가장 구석진 곳까지 살펴보고 나서 그다음 부분을 조사했다. 갖가지 조사 방법이 사용되었고 조사할 수 있는 모든 범위를 조사했다. 빅투아르도 뤼팽을 도왔다. 조금이라도 그냥 지나치는 부분이 없었다. 탁자와 의자의 다리, 마루 널빤지 사이, 기둥이나 문살의 쇠시리, 거울이나 그림의 액자 틀, 탁상용 추시계와 조각상의 받침 부분, 커튼의 장식단, 전화기와 각종 전기기기…. 교묘하게 숨겨둘 만한 장소는 전부 조사해갔다. 뤼팽은 또한 도브레크의 행동도 늘 주의 깊게 관찰했다. 무엇보다도 무의식적인 행동이나 시선, 도브레크가 주로 살펴보는 책과 작성 중인 편지에 많은 관심을 기울였다. 이 같은 작업은 의외로 쉬웠다. 도브레크는 모든 것을 공개적으로 드러내는 사람 같았다. 문은 잠그지 않았으나 그렇다고 누구를 초대하지도 않았다. 도브레크의 생활은 규칙적인 기계장치처럼 움직였다. 오후에는 의회에 갔다가 저녁에는 클럽에 가는 일을 반복했다.

"무언가 이상한 점이 분명 있을 거야…" 뤼팽이 중얼거렸다.

그러자 빅투아르가 대꾸했다. "제가 뭐라고 했나요? 우리는 시간 낭비만 하고 있어요. 이렇게 있다간 오히려 들키기나 할 거예요."

빅투아르는 창문 아래로 자주 지나다니는 치안국 형사들만 보면 놀라기 일쑤였다. 형사들이 자신을 잡기 위해 자꾸 이곳에 나타난다고 생각한 것이다. 빅투아르는 시장에 갈 때마다 형사 한 명이 자신의 어깨에 손을 올려놓고 당장 붙잡지 않는 것을 오히려 이상하게 생각했다.

어느 날 빅투아르가 매우 당황한 표정으로 뛰어왔다. 빅투아르의 팔에 걸린 식료품 바구니가 부르르 떨렸다.

"또 왜 그러세요, 유모? 얼굴이 새파랗게 질려서는!" 뤼팽이 말했다.

"새파랗게 질렸지요…? 그럴 만한 이유가 있어요…."

빅투아르는 일단 어디에 앉아야 했다. 그리고 한참을 진정하려 노력한 끝에 더듬더듬 이야기를 시작했다.

"누군가… 누군가… 내게 다가왔어요…."

"그래서요? 유모를 납치하려고 하던가요?"

"그건 아니고… 편지 하나를 주더라고요…."

"하하, 뭐가 문제입니까? 연애편지 같은데!"

"그게 아니라니까요…. 그 사람이 편지를 주며 '댁의 주인에게 전해주십시오'라고 해서 내가 '아, 주인이요!'라고 했어요. 그랬더니 그 사람이 '그렇습니다, 댁의 방에 있는 신사분 말입니다'라고 하더라고요!"

뤼팽은 그 말에 깜짝 놀랐다.

"그 편지 좀 줘보세요."

뤼팽은 빅투아르에게서 얼른 편지 봉투를 잡아챘다.

봉투에는 수신인이 적혀 있지 않았으나 봉투 안에 있는 또 하나의 봉투에는 다음과 같이 적혀 있었다.

아르센 뤼팽 씨에게.
빅투아르를 통해 전하는 편지.

"젠장! 황당하군." 뤼팽이 중얼거렸다.

지금 벌이는 일은 쓸데없을 뿐만 아니라 위험하기까지 합니다….
그만 손 떼시길 바랍니다….

빅투아르는 매우 놀라서 한숨을 내쉬다 쓰러졌다. 뤼팽은 엄청난 모욕을 당한 사람처럼 귓불까지 새빨개졌다. 마음속에 품은 비밀스러운 의도를 상대방이 빈정거리며 낱낱이 공개한 것 같았다. 지독한 수치심과 함께 화가 치솟아 가슴이 이글거렸다.

뤼팽은 아무 말도 하지 않았다. 빅투아르도 잠시 후 정신을 차리고 해야 할 일을 했다. 뤼팽은 방 안에 틀어박혀 곰곰이 생각했다.

뤼팽은 잠을 자지 않고 혼잣말만 계속했다.

"이렇게 생각만 해봐야 무슨 소용이 있겠어? 생각한다고 해결될 문제도 아니고. 이번 사건에 끼어든 게 나 혼자만이 아닌 건 분명해. 도브레크와 경찰 사이에 제삼자로 끼어들었지만 또 다른 도둑이 있는 거지. 이 도둑은 나름대로 계산하고 나를 속속들이 잘 아는 인물이야. 도대체 누구지? 내가 혹시 무언가를 잘못 알고 있는 건 아닐까? 아, 이런! 일단 잠이나 자자!"

그러나 잠이 오지 않았고 그렇게 밤이 흘렀다.

새벽 4시. 집 안에서 어떤 소리가 들렸다. 뤼팽은 자리에서 일어나 층계 꼭대기에서 내려다봤다. 도브레크가 2층 계단을 내려가 정원 쪽으로 가고 있었다. 1분 정도 지나자 철책 문을 열고 모피 옷깃 깊숙이 얼굴을 파묻은 누군가를 데리고 서재 쪽으로 안내했다. 뤼팽은 이런 경우를 대비해 철저히 준비해 두었다. 지금 머물고 있는 방과 도브레크의 서재는 건물 뒤쪽에 있고 창문은 모두 정원 쪽을 향해 있기 때문에 우선 줄사다리를 발코니에 고정한 후 천천히 내려, 서재 창문 바로 위까지 타고 내려갔다. 창문은 덧창으로 닫혀 있었다. 그러나 창문 윗부분이 둥근 아치형인 데다 덧창으로 가려져 있지 않아 소리는 들리지 않아도 벌어지는 일을 대충 볼 수 있었다.

놀랍게도 방문객은 남자가 아닌 여자였다. 검은 머리에 군데군데 회색 머리카락이 섞였지만 꽤 젊었다. 몸매가 날씬했고 퍽 미인이었는데, 청초한 우아함을 풍기는 얼굴은 고통에 익숙한 듯 피로하고 우울한 표정이었다.

'어디서 본 것 같군. 저 눈빛과 표정… 분명 어디선가 봤는데….' 뤼팽은 생각했다.

여자는 책상에 기댄 채 담담하게 도브레크의 말을 들었다. 도브레크는 무언가에 대해 열변을 늘어놓는 듯했다. 그는 뤼팽에게 등을 지고 서 있었으나 몸을 약간 숙이자 맞은편 거울을 통해 표정이 비쳤다. 여자를 바라보는 도브레크의 눈빛이 아주 거칠고 야만적이며 기묘해서 깜짝 놀랄 정도였다. 여자도 도브레크의 눈빛이 불편한 듯 의자에 털썩 앉아 시선을 아래로 내리깔았다. 도브레크는 당장이라도 팔을 두를 듯 여자 쪽으로 몸을 기울였고 도브레크의 주먹은 아주 무식해 보였다. 뤼팽은 여자의 우울한 얼굴에 눈물이 흘러내리는 것을 보았다. 여자의 눈물 때문이었을까? 도브레크는 이성을 잃은 듯 갑자기 여자를 끌어안았다. 여자는 강한 증오심을 내비치며 도브레크를 밀어냈다. 도브레크의 흉한 얼굴이 더욱 일그러졌다. 도브레크와 여자는 벌떡 일어나 승강이를 벌이며 마치 철천지원수처럼 서로 막말을 내쏟는 듯했다.

이어서 두 사람은 아무 말도 하지 않았다. 도브레크는 의자에 앉아 완고하고 심술궂은 냉소적인 표정을 지었다. 그러고는 어떤 조건을 제시하는 듯 책상을 탁탁 두드리며 무슨 말을 중얼거렸다.

여자는 더 이상 움직이지 않고 멍한 눈으로 도브레크를 내려다보았다. 뤼팽은 여자의 굳건하면서도 우울한 얼굴에서 눈을 떼지 않았다. 또한 여자가 고개를 돌리면서 은밀하게 움직이는 팔을 바라보며 어렴풋한 기억을 떠올리기 위해 애썼다. 여자는 슬쩍 팔을 풀었다. 동시에 뤼팽은 책상 끝에 놓인 물병을 바라봤고 머리 부분이 황금으로 된 병마개에 시선이 멈추었다. 여자는 손을 물병 가까이 가져갔고 물병에 손이 닿자 몰래 더듬으며 병마개를 집어들었다. 여자는 흘끗 병마개를 바라보더니 곧바로 제자리에 놓았다. 여자가 원한 물건이 아닌 듯했다.

'젠장! 저 여자도 수정마개를 찾는 건가? 갈수록 복잡해지는군.' 뤼팽은 생각했다.

다시 여자의 얼굴을 바라봤다. 그런데 뜻밖에도 여자의 얼굴에 사악하면서도 음산한 표정이 스쳐 뤼팽은 깜짝 놀랐다. 여자는 계속 책상 위를 더듬으며 은밀하게 책들을 밀쳐냈고, 어지럽게 쌓인 종이들 사이에서 날카로운 날을 내민 단도에 손을 뻗었다.

여자가 단도를 잡았다.

도브레크는 여전히 말하는 중이었다. 도브레크의 등 위로 여자의 손이 떨림 없이 올라갔다. 칼을 꽂을 지점을 고른 듯 여자는 도브레크의 목덜미를 광기 어린 시선으로 바라보았다.

'부인, 지금 큰 실수를 하는 겁니다…' 뤼팽이 속으로 중얼거렸다.

뤼팽은 얼른 이곳을 떠나 빅투아르를 데리고 올 방법을 생각했다.

하지만 이상하게도 여자는 팔만 치켜들 뿐 찌르지 않고 머뭇거렸다. 그렇게 머뭇거리는 것도 잠시, 여자는 다시 이를 악물었다. 여자는 증오심으로 잔뜩 일그러진 얼굴로 도브레크 의원을 찌르기 일보 직전이었다.

바로 그때, 도브레크는 자세를 낮춰 의자에서 일어나더니 재빨리 몸을 돌려 여자의 가느다란 손목을 잡았다. 더욱 특이한 일이 벌어졌다. 도브레크는 여자가 방금 하려고 한 행동이 일상적이고 자연스럽다는 듯 여자를 다그치지도 않았다. 그저 어깨만 으쓱할 뿐 아무 말 없이 방 안을 왔다 갔다 했다. 힘없이 단도를 떨어뜨린 여자는 두 손에 얼굴을 파묻고 온몸을 들썩이며 울었다.

도브레크는 여자 곁으로 와 다시 책상을 두드리며 무슨 말인가를 계속했다.

여자는 줄곧 거부하는 몸짓을 하다가 더는 참지 못하겠다는 듯 발을 구르며 소리를 질렀다. 여자의 목소리가 어찌나 큰지 뤼팽의 귀에까지 들렸다.

"절대 안 돼…! 절대로…!"

도브레크는 더 이상 아무 말도 하지 않고 여자가 두르고 온 모피 망토를 어깨에 걸쳐주었다.

그리고 문까지 여자를 배웅했다.

그로부터 2분 뒤 정원의 철책 문이 다시 닫혔다.

'저 수상한 여자를 따라가 도브레크에 대해 이야기를 나누어야 하는데…. 저 여자와 협력하면 생각보다 일을 쉽게 해결할 수 있을지도 몰라.' 뤼팽이 생각했다.

뤼팽으로서는 밝혀내야 할 의문점이 한 가지 생겼다. 겉으로는 도브레크가 단정하고 모범적으로 보이지만 경찰의 감시가 없는 늦은 밤에 수상한 방문객을 집 안에 들였기 때문이다. 뤼팽은 빅투아르를 통해 부하 두 명에게 며칠간 도브레크의 개인 호텔 주변을 감시하라고 지시했다. 뤼팽은 잠을 자지 않고 기다렸다.

전날과 마찬가지로 새벽 4시가 되자 어떤 소리가 들려왔다. 도브레크는 역시 누군가의 방문을 맞이했다.

뤼팽은 재빨리 줄사다리를 내려 지난번처럼 아치형 창틀까지 내려와 살폈다. 이번에 방문한 사람은 어떤 남자였다. 남자는 발아래에 엎드려 도브레크의 무릎을 끌어안고 절망적으로 흐느꼈다.

도브레크는 몇 번이나 빈정대는 웃음을 흘리며 남자를 떼어놓았다. 남자는 도브레크의 무릎에 더욱 불쌍하게 매달렸다. 그러다 남자는 갑자기 신경질적으로 몸을 반쯤 일으켜 도브레크의 목을 주먹으로 때렸다. 도브레크는 안락의자 위로 넘어졌다. 갑자기 당해 잠시 어리둥절하던 도브레크는 이내 씩씩대며 놀라운 힘으로 상황을 역전시키고 남자를 덮쳐 눌렀다.

도브레크는 한 손으로는 남자를 내리누르고 나머지 한 손으로 남자의 따귀를 두 번 정도 세게 때렸다.

남자는 천천히 몸을 일으켰고 창백한 표정으로 비틀거렸다. 남자는 잠시 안정을 취하더니 침착하게 호주머니에서 권총을 꺼내 도브레크를 겨누었다.

그러나 도브레크는 눈 하나 깜짝하지 않았다. 심지어 입가에 도전적인 미소를 지었고 마치 어린아이의 장난감 권총 앞에 서 있는 것처럼 전혀 당황하지 않았다.

그렇게 15~20초 동안 남자는 총을 겨눈 채 도브레크 앞에 서 있었다. 그리고 남자는 자제심을 발휘해 여유 있는 동작으로 다른 호주머니에서 지갑을 꺼냈다.

도브레크는 남자에게 다가갔다.

남자의 펼쳐진 지갑 사이로 두둑한 지폐 다발이 보였다.

도브레크는 지폐 다발을 재빨리 가져가 세어보았다.

1000프랑짜리 지폐 서른 장이었다.

남자는 그저 바라보기만 했다. 반항이나 저항의 몸짓은 하지 않았다. 도브레크에게 말이 먹히지 않는다는 것을 이해한 듯했다. 도브레크는 이야기해봐야 듣는 사람이 아니었다. 애원이나 위협, 폭력 등은 전혀 통하지 않는 방법이다. 무엇하러 이런 방법으로 시간을 낭비하겠는가? 무엇하러 잡히지 않는 적을 붙잡으려고 손을 뻗겠는가? 도브레크가 죽는다 해도 남자는 도브레크에게서 완전히 자유로워질 수 없다는 점을 이해한 듯했다.

남자는 모자를 쓰고 자리를 떴다.

아침 11시. 빅투아르가 시장에서 돌아와 부하들이 건넨 쪽지를 뤼팽에게 전했다.

어젯밤 도브레크의 집을 찾아온 남자는 독립 좌파의 대표인 랑즈루 하의원임. 재산은 별로 없고 대가족임.

'결론적으로 도브레크는 상습적인 공갈 협박범인 거지.' 뤼

팽이 속으로 생각했다. '그런데 도브레크가 사용하는 방법은 매우 효과적으로 보이는군.'

뤼팽의 이러한 생각은 이후에 계속 일어난 일들로 확고해졌다. 사흘 뒤 도브레크를 찾아온 방문객도 엄청난 액수의 돈을 남기고 갔다. 그로부터 이틀 뒤 찾아온 새로운 방문객은 진주 목걸이를 남기고 갔다.

첫 번째 방문객은 장관을 지낸 드쇼몽 상의원이었고 두 번째 방문객은 나폴레옹 대군 쪽 정치사무소장을 담당하다가 현재는 보나파르트 정파에 속한 하의원인 알뷔펙스 후작이었다.

두 사람 모두 랑즈루 하의원과 다르지 않게 잠시 격렬하고 비장하게 버텼지만 결국 도브레크의 승리로 끝났다.

'늘 이런 식이군….' 이 같은 정보를 알게 된 뤼팽은 곰곰이 생각했다. '지금까지 네 명이 도브레크의 집을 방문했고 똑같은 장면을 연출했어. 앞으로 열 명, 스무 명, 아니 서른 명이 더 방문한다 해도 결과는 똑같을 거야…. 이제부터는 감시 담당 부하들을 동원해서 방문객들의 이름을 알아내야겠군. 이 방문객들을 한 명씩 만나볼까…? 아니, 그래 봐야 별 소용없을 거야…. 내게 솔직하게 이야기를 들려줄 것 같지도 않으니까. 그렇다면 여기에서 이렇게 진전도 없는 조사를 계속해야 할 이유가 있을까? 빅투아르 혼자서도 충분히 조사할 수 있는데 말이야.'

뤼팽은 매우 초조했다. 질베르와 보슈레이의 예심 관련 소식이 점점 안 좋은 방향으로 치달으며 시간만 흘렀다. 이렇게 하다가는 지금의 노력이 언젠가 성과가 있다 해도 원래의 목표와는 별 관계없는 그저 그런 성과만 거두는 게 아닌가 하는 생각이 들었다. 도브레크의 은밀한 사생활을 알아내기는 했지만 그렇다고 질베르와 보슈레이를 구할 수 있을까?

그러던 어느 날 일어난 한 사건이 뤼팽의 고민을 거두어주었다. 점심을 마친 도브레크가 전화하며 하던 말 중 일부를 빅투아르가 우연히 들은 것이다.

뤼팽은 빅투아르의 보고를 듣고 도브레크가 저녁 8시 30분에 어느 귀부인과 만나 극장에 가기로 했다는 결론을 내렸다.

"6주 전과 마찬가지로 1층 칸막이 좌석을 잡지요." 도브레크가 이렇게 말했고, 히죽 웃으며 다음과 같이 덧붙였다고 한다.

"그동안 도둑이나 들지 않았으면 좋겠군요."

뤼팽은 상황을 확실하게 파악했다. 도브레크는 6주 전 앙기앵 별장이 털릴 때와 똑같은 방법으로 저녁 시간을 보내려는 게 분명했다. 이제 알아내야 할 중요한 일은 도브레크가 만나려는 사람이 누구인지, 도브레크가 저녁 8시부터 새벽 1시까지 집을 비운다는 사실을 질베르와 보슈레이가 어떻게 알아냈는지였다.

뤼팽은 빅투아르에게서 도브레크가 평소보다 좀 더 일찍 저녁 식사를 하기 위해 돌아온다는 말을 전해 듣고 그날 오후 빅투아르의 도움을 받아 호텔에서 나왔다.

뤼팽은 샤토브리앙가의 숙소로 돌아가 부하 세 명을 전화로 불렀다. 그런 뒤 연미복으로 갈아입고 금발에 짧게 다듬은 구레나룻을 한 러시아 공작으로 변장했다.

뤼팽 일행은 자동차로 도착했다.

그때 하인 아실이 미셸 보몽 씨 앞으로 온 전보가 있다며 건네주었다. 전보 내용은 다음과 같았다.

오늘 저녁 극장에 오지 마십시오. 괜히 끼어들다가는 모든 것을 잃을지도 모릅니다.

뤼팽은 가까운 벽난로 위에 놓인 꽃을 집어던져 박살을 냈다.

"알겠다, 알겠어…. 내가 다른 사람들을 가지고 놀듯 날 가지고 놀겠다? 똑같은 방식과 술수로 말이야. 하지만 난 다른 사람들과는 다르지."

어떤 점이 다를까? 사실 뤼팽도 잘 몰랐다. 뤼팽도 다른 사람과 다를 바 없이 당황하고 정신없는 상태였다. 그저 자존심으로 버틸 뿐이었다. 평소의 활기와 당당함을 잃고 그저 버티는 것이다.

"가자." 뤼팽은 부하들에게 말했다.

뤼팽의 지시대로 운전사는 라마르틴 광장에서 별로 멀지 않은 곳에 차를 세우고 그대로 시동을 걸어놓았다. 치안국 형사들의 감시망을 따돌리기 위해 도브레크가 택시를 탈 것으로 예상했기에 거리를 두고 싶지 않았다.

그러나 이는 교활한 도브레크를 과소평가한 것이었다.

저녁 7시 30분, 정원 철책 문이 활짝 열렸고 오토바이 한 대가 빠르게 나왔다. 오토바이는 보도를 훌쩍 뛰어넘어 광장을 지나 자동차 앞으로 방향을 틀더니 도저히 따라갈 수 없을 정도로 빠르게 블로뉴 숲 쪽으로 달렸다.

"즐거운 여행 되십시오, 뒤몰레 씨!(모리스 르블랑이 소설을 쓸 당시의 유행어로 애써 힘쓴 일이 허사가 되었을 때 쓰임 - 옮긴이)"

뤼팽은 농담이나 하려고 애썼지만 속으로는 잔뜩 화가 났다. 뤼팽은 부하 중 누구라도 자신을 비웃기를 은근히 바라고 있었다. 그래야 화풀이라도 할 수 있을 테니.

"돌아가자." 잠시 후 뤼팽이 말했다.

뤼팽은 부하들에게 식사할 시간을 준 다음 시가를 물었다. 그런 뒤 다시 자동차로 출발해 도브레크와 여자가 좋아할 만한 오페레타와 보드빌을 공연하는 극장들을 찾아다녔다. 한 좌석을 차지한 채 1층 칸막이 좌석을 둘러본 후 곧장 자리를 떠나는 식이었다.

그다음에는 진지한 공연을 하는 르네상스 혹은 짐나즈 같은 극장들로 수색 범위를 넓혔다.

밤 10시 무렵 극장 보드빌에서 양쪽 칸막이로 가려진 칸막이 석 하나가 뤼팽의 눈에 띄었다. 뤼팽이 여자 안내원을 매수해 알아본 바로는 칸막이 좌석에 키 작고 통통한 중년 남자와 두꺼운 레이스로 얼굴을 가린 부인이 있다고 했다.

마침 맞은편 칸막이 좌석이 비어 있어서 뤼팽은 부하들에게 필요한 지시를 내린 다음 재빨리 자리를 잡고 앉았다.

막간 휴식 동안 불이 켜지자 도브레크의 옆얼굴이 얼핏 보였지만 구석에 앉은 여자의 얼굴은 보이지 않았다.

도브레크와 여자는 작은 목소리로 계속 이야기를 나누었다. 다시 막이 오른 뒤에도 이야기가 이어졌지만 너무 작은 소리라서 알아들을 순 없었다.

　10분이 흘렀다. 도브레크와 여자가 있는 좌석 출입문에 노크하는 소리가 들렸고 극장 감독관이 들어와 도브레크 의원에게 물었다. "도브레크 의원님이십니까?"

　"그렇습니다만 내 이름을 어떻게 알았습니까?" 도브레크가 놀란 듯 물었다.

　"어떤 분이 전화를 걸어 여기 22번 칸막이 좌석을 부탁했습니다."

　"누가요?"

　"알뷔펙스 후작님입니다."

　"예? 아니, 어떻게…?"

　"뭐라고 전해드릴까요?"

　"직접 가서 받겠습니다."

　도브레크는 자리에서 일어나 감독관을 따라갔다.

　도브레크가 자리를 비우자마자 뤼팽은 앉아 있던 칸막이 좌석에서 나와 옆 칸을 통과해 여자 곁에 앉았다. 여자가 놀라 비명을 질렀다.

　"조용히 하십시오…. 긴히 할 말이 있어서 그럽니다. 아주 중요한 이야기입니다." 뤼팽이 작은 목소리로 말했다.

　"아… 아르센 뤼팽…." 여자가 잇새로 중얼거렸다.

　뤼팽이야말로 깜짝 놀랐다. 여자가 어떻게 자신을 알아본단 말인가? 아르센 뤼팽을 아는 것도 그렇지만 변장한 얼굴을 바로 알아보는 게 더 놀라웠다. 예상치 못한 상황에 익숙한 뤼팽도 지금 이 순간은 너무나 당황스러웠다.

"절 아십니까?" 뤼팽이 부인하지 못하고 더듬거리며 물었다.

뤼팽은 갑자기 여자의 베일을 확 벗겼다. 여자가 미처 뿌리칠 틈도 없었다.

"아니, 이럴 수가!" 뤼팽은 더욱 충격을 받았다.

바로 며칠 전에 도브레크 집에서 본 그 여자였다. 증오심 가득한 표정으로 도브레크를 향해 단도를 치켜들고 찌르려 했던 여자.

여자도 당황스러워했다.

"그쪽도 절 아나요?"

"그래요. 언젠가 밤에 도브레크의 개인 호텔에서 부인이 하는 행동을 지켜본 적이 있습니다."

여자가 도망치려고 하자 뤼팽은 재빨리 여자를 붙잡았다.

"부인이 누구인지 내가 알아야 합니다. 그래서 내가 가짜 전화로 도브레크를 불러낸 겁니다." 뤼팽이 말했다.

여자는 다시 한 번 놀랐다.

"전화가 알뷔펙스 후작에게서 온 게 아니었나요?"

"그렇습니다. 내 부하가 건 전화였습니다."

"그럼 도브레크가 잠시 후면 오겠군요."

"그렇습니다. 하지만 이야기할 시간은 아직 있습니다…. 내 말 잘 들으세요…. 우린 다시 만나게 될 겁니다. 도브레크는 부인의 적입니다. 내가 부인을 구해줄 수 있을 겁니다."

"왜지요? 어떤 목적으로요?"

"날 의심하지 않아도 됩니다…. 우리는 원하는 것이 같습니다. 어디서 다시 볼까요? 내일은 어떻습니까? 시간은요? 장소는요?"

"그러시다면…."

여자는 머뭇거리는 눈빛으로 뤼팽을 바라봤다. 여자는 어떻게 해야 할지 몰라 불안하고 걱정 어린 시선으로 입을 열 듯 말 듯했다.

"부탁입니다. 어서 대답해주세요, 어서. 이러다 내가 여기에 있는 모습이 발각되면 큰일입니다. 그러니 어서 대답해주십시오."

마침내 여자는 또렷한 목소리로 대답했다. "내 이름은 말해봤자 소용없고 우선 만나요. 그리고 이야기를 들어보겠습니다. 좋아요, 만나요. 내일 오후 3시, 장소는…."

바로 그때였다. 칸막이 좌석 출입구가 열리더니 도브레크가 들어왔다.

"이런, 제길!"

뤼팽은 간발의 차이로 들킨 상황이 무척 억울했다.

"이럴 줄 알았지. 어쩐지 이상한 느낌이 들더군. 여봐요, 가짜 전화는 한물간 수법 아닙니까? 왠지 이상해서 반도 안 가고 되돌아왔습니다." 도브레크가 빈정거렸다.

그런 후 뤼팽을 앞으로 밀어내고 태연하게 여자 옆에 있는 자기 자리에 앉았다.

"자, 슬슬 정체 좀 밝혀보시지요. 보나 마나 경찰청 머슴이겠지. 뭐하는 사람인지 누구나 얼굴에 쓰여 있는 법이거든."

도브레크가 뤼팽을 쏘아봤다. 뤼팽은 태연했다. 도브레크는 폴로니어스로 비꼬았던 그 사람이 지금의 뤼팽과 같은 사람인

줄은 모르는 듯했다. 뤼팽은 도브레크에게서 시선을 떼지 않은 채 열심히 머리를 굴렸다. 지금 여기에서 싸움을 포기할 수는 없다. 도브레크를 원수로 생각하는 여자를 겨우 만났는데 이 좋은 기회를 그대로 놓칠 수는 없는 것이다. 여자는 움직임 없이 도브레크와 뤼팽을 바라봤다.

"밖에 나가서 이야기하는 게 나을 것 같습니다." 뤼팽이 도브레크에게 말했다.

"여기서 하지요. 조금 있으면 또 막간 시간이니 여기서 이야기하는 게 낫습니다. 그래야 아무에게도 방해되지 않겠지요."

"하지만…."

"허튼수작 부리지 말고 움직이지 않는 게 좋아."

그리고 도브레크는 놓지 않으려는 듯 뤼팽의 옷깃을 꽉 움켜쥐었다.

건방진 행동이 아닐 수 없다. 뤼팽이 절대 받아들일 수 없는 행동이다. 더구나 첫눈에 반할 정도로 우아한 아름다움을 가진 이 여인에게 뤼팽은 도와주겠다는 약속까지 하지 않았는가. 여인 앞에서 이런 꼴을 당하니 남자로서 자존심이 발동했다.

그럼에도 뤼팽은 입을 다문 채 어깨를 누르는 도브레크의 손을 그대로 두었다. 겁에 질려 힘없이 굴복하는 듯한 인상마저 주었다.

"놀랍군." 도브레크가 한층 더 빈정거렸다. "더 이상 잘난 체할 생각은 포기했나 보군."

무대 위의 배우들은 요란스럽게 결투하는 장면을 연기하고 있었다.

도브레크의 힘이 누그러졌다. 이 순간이 기회라고 생각한 뤼팽은 재빨리, 마치 도끼질을 하듯 도브레크의 팔을 세게 내리쳤다.

도브레크는 극심한 통증에 깜짝 놀랐다. 뤼팽은 움직임이 자유로워지자 상대의 목을 공격했고 도브레크는 급히 방어 태세를 취했다. 도브레크가 뒤로 물러나며 팔을 뻗자 뤼팽과 도브레크는 서로의 손을 그러쥔 채 팽팽히 대치한 자세가 되었다.

서로 움켜쥔 두 손으로 엄청난 힘이 모였다. 특히 도브레크의 손에서 전달되는 힘은 괴력에 가까웠다. 뤼팽은 무쇠 바이스 같은 힘과 대치하며 인간이 아니라 덩치 큰 고릴라를 상대하는 기분을 느꼈다.

두 사람은 문에 기댄 채 상대에게 결정적인 공격을 날릴 순간을 노렸다. 서로 움켜쥔 두 사람의 손에서 뼈마디가 우두둑거렸다. 먼저 물러서는 사람이 목이 졸릴 판이었다. 마침 무대 위에서는 한 명의 배우가 조용한 목소리로 대사를 외우는 장면이라서 사방이 조용했다. 한편 여자는 겁에 질린 듯 두 남자의 긴장된 대결을 지켜봤다. 여자가 조금이라도 도움을 주는 쪽이 이길 상황이었다.

여자는 누구의 편을 들어야 할까? 여자의 눈에는 뤼팽이 어떤 사람으로 보일까? 친구일까, 적일까?

여자는 갑자기 칸막이 좌석 앞으로 가 몸을 내밀어 무언가 신호를 보내더니, 문 쪽으로 가려고 눈치를 살폈다.

뤼팽은 여자를 도우려는 듯 서둘러 말했다.

"이 의자 좀 치워주십시오."

중간에 가로막힌 의자 때문에 뤼팽은 도브레크와의 결투에 방해를 받고 있긴 했다. 여자는 몸을 숙여 의자를 치웠다. 뤼팽은 이 순간을 기다렸다는 듯 서둘러 행동에 나섰다. 걸리적거리던 의자가 치워지자 뤼팽은 반장화의 앞부분으로 도브레크의 다리를 세게 쳤다. 아까 도브레크의 팔을 공격했을 때와 비슷한 효과가 나타났다. 도브레크는 강한 고통 때문에 움찔하며 주춤했고 팔을 내렸다. 이 틈을 이용해 뤼팽은 도브레크의 목을 잡아 졸랐다.

도브레크의 저항이 만만치 않았다. 목을 조르는 손을 떼기 위해 거세게 발버둥쳤다. 하지만 숨이 막혀왔고 서서히 기운이 빠졌다.

"이 늙은 원숭이 같은 놈!" 뤼팽은 도브레크에게 더욱 달려들어 씩씩거렸다. "왜 도와달라고 요청하지 않는 거야? 소란 피우는 건 두려운가 보지?"

도브레크가 쓰러지면서 쿵 소리가 났다. 옆 칸에서 조용히 하라는 뜻으로 간이벽을 두드렸다.

"이봐, 연극은 연극이고 여긴 여기대로 볼일이 있어! 이 고릴라 같은 놈을 완전히 넉다운시킬 때까지 말이지." 뤼팽이 나지막한 목소리로 말했다.

시간은 그리 오래 걸리지 않았다. 도브레크는 숨이 찬 상태에서 뤼팽에게 아래턱을 한 대 맞아 기절했다. 경보벨이 울리면 괜히 소란스러워질 수 있으니 뤼팽은 그전에 여자를 데리고 이곳을 빠져나갈 생각이었다.

그러나 뤼팽이 고개를 돌렸을 때는 이미 여자가 사라진 후였다. 뤼팽은 여자가 멀리 가지 못했을 것이라는 생각에 칸막이 좌석에서 얼른 나와 여자 안내원이나 검표원을 그냥 지나쳐 달렸다.

뤼팽은 1층 홀까지 내려왔고 그때 여자가 쇼세 당탱가 보도를 지나는 모습이 문 사이로 보였다. 서둘러 달려갔으나 여자는 이미 차를 타고 문을 닫았다.

뤼팽이 차 문 손잡이를 잡았다.

바로 그때였다. 차 안에서 누군가 주먹으로 뤼팽의 얼굴을 쳤다. 뤼팽이 도브레크에게 한 방 먹인 것만큼 능숙한 솜씨는 아니었으나 꽤 셌다.

갑작스러운 공격에 뤼팽은 얼떨떨했으나 주먹을 휘두른 장본인과 변장한 채 운전석에 앉은 사람을 알아봤다.

바로 그로냐르와 르발뤼였다. 앙기엥의 그날 저녁에 배를 몰았던 두 사람이다. 질베르와 보슈레이의 친구이자 자연히 뤼팽의 공범들인 그 두 사람이 아닌가!

뤼팽은 샤토브리앙가의 숙소로 돌아와 피 묻은 얼굴을 씻고 지친 사람처럼 한 시간 이상을 그대로 있었다. 뤼팽은 처음으로 배신의 고통을 느꼈다. 함께하던 일당이 대장에게 등을 돌리는 일은 이번이 처음이었다.

뤼팽은 기분 전환을 위해 무의식적인 행동으로 우편물을 가져와 그중 신문 하나를 펼쳤다. 거의 끄트머리에 실린 어느 기사에서 눈에 띄는 내용을 발견했다.

마리 테레즈 별장에 관한 소식이다. 하인 레오나르를 죽인 사람들 가운데 하나인 보슈레이의 정체가 드디어 밝혀졌다. 보슈레이는 죄질이 나쁜 상습 절도범으로 또 다른 이름으로 이미 두 번이나 결석재판을 받았다. 보슈레이의 동료인 질베르 역시 진짜 이름이 곧 밝혀질 것이다. 예심판사는 현재 본 사건을 빨리 기소화해 법정에 회부하기로 했다.

신문과 전단 사이에서 편지 하나가 떨어졌다. 뤼팽은 놀라며 편지를 집어들었다. "질베르에게서 온 편지군!" 뤼팽은 반가워하며 편지 봉투를 뜯었다. 편지 내용은 다음과 같았다.

> 대장, 도와주세요!
> 무섭습니다….
> 무서워요….

그날도 뤼팽은 불면과 악몽의 밤을 보냈다. 끔찍하고 무시무시한 환영들이 계속되는 밤이었다.

4
적들의 대장

"가여운 녀석! 얼마나 괴로울까!" 뤼팽이 중얼거렸다. 뤼팽은 다음 날에도 질베르의 편지를 다시 읽었다.

뤼팽은 첫 만남 때부터 유쾌하고 천진난만한 덩치 큰 질베르에게 남다른 호감을 품었다. 질베르 역시 뤼팽의 손짓 하나에 목숨을 내놓을 정도로 충성했다. 뤼팽은 질베르의 유쾌한 성격과 순박함, 솔직하고 호감 어린 표정 모두를 아끼고 좋아했다.

뤼팽은 질베르에게 이런 말을 해주곤 했다.

"질베르, 자네는 정직한 사람이야. 내가 자네라면 이런 일에서 깨끗이 손을 털고 올바른 삶을 살 거야."

"대장 먼저 그렇게 살면 저도 따르겠습니다." 질베르가 씩 웃으며 대답했다.

"그렇게 사는 게 싫은가?"

"예, 싫습니다, 대장. 정직한 사람은 삶이 고되잖아요. 열심히 일만 해야 하고요. 어릴 때는 제게도 이런 성향이 조금은 있었지만 지금은 예전으로 다시 돌아갈 수가 없어요."

"자네를 그렇게 만든 사람이 누구인가?"

이 질문이 나오면 질베르는 입을 다물었다. 뤼팽이 아는 바로는 질베르가 고아로 자랐고 희한한 산전수전을 일찌감치 겪으며 살아왔다는 것뿐이다. 질베르에게는 그 누구도 다가갈 수 없는 비밀이 가득했다. 사법 당국도 밝히기 어려운 비밀 같았다.

그렇다고 해서 사법 당국이 사건을 미룰 리는 없다. 이름이 질베르이건 아니건 정의의 심판이라는 명목으로 보슈레이와 한패로 법정에 세울 것이고, 곧 두 사람에게 가혹한 형벌을 내릴 것이다.

"가여운 녀석!" 뤼팽은 연거푸 한탄했다. "이렇게 어려움에 부닥친 것도 나 때문이야. 사법 당국은 질베르와 보슈레이가 탈옥할까 봐 사건 처리를 서두르는 거야. 재판부터 한 다음 빨리 둘을 없애려고 하겠지. 질베르는 이제 겨우 스무 살 정도인 젊은이야. 살인한 적도, 도운 적도 없는 친구인데."

하지만 아무리 안타까워해도 질베르가 살인하지 않았다는 것을 증명할 방법이 없었다. 오히려 다른 방향으로 노력해야 했다. 어떻게 해야 할까? 이제는 수정마개 찾는 일을 단념해야 할까?

뤼팽은 결정을 내릴 수 없었다. 잠깐 방향을 틀어봤자, 그로냐르와 르발뤼가 머물던 앙기앵으로 가서 살인 사건 이후 방치된 마리 테레즈 별장을 확인하는 것뿐이다.

그게 아니라면 도브레크를 계속 붙잡고 늘어질 수밖에 없다. 지금 당장 뤼팽이 알아내야 할 수수께끼가 있기는 하다. 그로냐르와 르발뤼가 왜 배신했는지, 이들이 잿빛 머리 여인과 어떤 관계인지, 왜 자신을 기분 나쁘게 염탐하는지를 알아내야 한다. 하지만 뤼팽은 이런 일에 머리를 쓰고 싶지 않았다.

"마음을 가라앉히자, 침착하자." 뤼팽이 혼자 중얼거렸다. "들떠 있으면 잡념만 떠오를 뿐이야. 호들갑 떨지 말자…. 무엇이든 대충 생각하면 안 돼! 출발점도 확실하지 않은데 대충 사실만 짜맞춰 예상하는 것은 바보 같은 짓이야. 모두 이런 식으로 하다가 자신만의 생각에 갇히는 거야. 본능에 귀를 기울여야 해. 직관이 이끄는 대로 나가야 해. 모든 논리나 추론을 다 떠나서 이번 사건은 그놈의 수정마개를 둘러싸고 벌어진 사건이 분명해. 그래, 한번 해보자고! 도브레크, 그리고 수정마개와 붙어보자고!"

하지만 뤼팽은 당장에 무언가를 할 계획이 있는 건 아니었다. 혼잣말로 연신 중얼거리기만 할 뿐 지금은 낡은 외투와 목도리를 걸친 가난한 연금 생활자 노인으로 변장한 채 라마르틴 광장에서 멀찍이 떨어진 빅토르 위고가의 벤치에 앉아 있을 따름이었다. 보드빌에서 결투가 벌어진 지 벌써 사흘째다. 빅투아르는 뤼팽이 지시한 대로 매일 아침 같은 시각에 뤼팽이 앉아 있는 벤치 앞을 지나갔다.

"그래." 뤼팽이 중얼거렸다. "수정마개가 모든 사건의 원인이야. 그것을 손에 넣는다면…."

빅투아르가 식료품 장바구니를 팔에 걸고 나타났다. 빅투아르의 얼굴은 심상치 않은 흥분을 드러내며 창백했다.

"왜 그러세요?" 뤼팽이 자연스러운 태도로 유모 옆을 걸으며 물었다.

빅투아르는 사람들로 붐비는 시장에 들어서자 뤼팽을 바라봤다.

"도련님이 찾던 물건이에요." 빅투아르가 떨리는 목소리로 말했다.

빅투아르는 바구니에서 무언가를 꺼내 내밀었다. 뤼팽은 당황하며 수정마개를 손에 쥐었다.

"이럴 수가! 이럴 수가!" 뤼팽이 중얼거렸다. 뤼팽은 일이 너무 쉽게 풀려 오히려 당혹스러웠다.

그러나 아무리 들여다보고 만져봐도 수정마개였다. 모양과 크기, 단면 속으로 잦아드는 황금빛 심지가 전에 보았던 그 수정마개였다. 다만 꼭지 부분에 약간 긁힌 자국이 없는 점이 달랐다. 하긴 그때 본 수정마개도 그저 흔히 볼 수 있는 수정마개였다. 다른 병마개와 아주 다른 특별한 점이 있지도 않았다. 기호나 숫자가 새겨진 것도 아니고 그저 단순한 수정마개였다.

"이게 뭘까?"

뤼팽은 자신이 무언가를 크게 잘못 알고 있다는 생각이 들었다. 수정마개가 어떤 가치가 있는지 모르면서 그저 손에 넣는 게 과연 무슨 의미가 있을까? 수정마개는 그 자체가 중요하기보다는 이것과 관련 있는 어떤 의미 때문에 중요한 것일 텐데 말이다. 수정마개를 손에 넣기 전에 먼저 이것과 연관된 비밀을 밝혀야 했다. 도브레크에게서 수정마개를 훔쳐낸 일이 쓸데없는 바보 같은 짓이 아니라는 사실을 밝혀야 하는데 누가 도와줄 수 있을까? 풀기 어려운 알쏭달쏭한 수수께끼임이 틀림없다. 뤼팽은 수정마개를 주머니에 넣으면서 중얼거렸다. "정신 똑바로 차려야겠군. 그러지 않으면 큰일 나겠어….”

뤼팽은 빅투아르를 계속 쳐다봤다. 빅투아르는 점원 한 명과 함께 판매대 이곳저곳을 다닌 다음 계산대 앞에서 한참이나 시간을 끌더니 뤼팽 곁을 지나갔다. 이때 뤼팽이 빅투아르에게 작은 목소리로 말했다.

“장송 고등학교 뒤에서 봐요.”

얼마 후 빅투아르와 뤼팽은 인적이 드문 장송 고등학교 뒤에서 만났다.

“누가 내 뒤를 밟으면 어쩌려고 그러세요?” 빅투아르가 불안한 표정으로 말했다.

“괜찮아요. 이미 살펴봤어요.” 뤼팽이 자신 있게 대답했다. “그런데 이 수정마개는 어디에서 찾으셨나요?”

“도브레크의 침대 머리맡에 있는 탁자 서랍에서요.”

“그곳은 우리가 이미 뒤졌잖아요?”

“그렇긴 하지요. 나도 어제 아침에 한 번 더 살펴보긴 했어요. 그러니 어젯밤에 도브레크가 수정마개를 놔둔 것 같아요.”

“그러면 도브레크가 그곳에 있는 수정마개를 찾겠군요.”

“그렇긴 하지요.”

“그런데 수정마개가 없어진 사실을 안다면?”

빅투아르는 갑자기 어쩔 줄 모르는 표정을 지었다.

“어떻게 생각해요? 만일 도브레크가 서랍을 다시 봤다가 수정마개가 없어진 사실을 알았다면 유모를 의심할까요?”

“그럴 테지요….”

“어서 이 수정마개를 제자리에 갖다 놓으세요, 어서!”

"이런! 도브레크가 눈치채면 안 되는데…. 어서 이리 주세요!"

"자, 여기요."

뤼팽은 호주머니를 뒤졌다. 빅투아르는 초조해했다.

"어서 주지 않고 뭐하세요?" 빅투아르가 손을 내밀며 말했다.

그런데 뤼팽이 말했다. "없어요."

"뭐라고요?"

"이런, 없다고요…. 누가 슬쩍한 것 같습니다."

뤼팽은 갑자기 웃음을 터뜨렸다. 씁쓸함이 묻지 않은 유쾌한 웃음이었다.

빅투아르가 화를 냈다. "이 상황에서 웃음이 나오나요…? 이런 상황에서?"

"그럼 어쩌라고요? 웃기는 일 아닙니까. 보통 드라마가 아닙니다. 동화라고 해야 할까요? 〈악마의 알약〉, 〈양의 발굽〉 같은 황당한 동화요. 몇 주 푹 쉬면 나도 〈마법의 병마개〉, 〈딱한 아르센의 실패담〉 같은 제목의 동화를 써낼 수 있겠어요."

"그나저나… 누구 짓일까요?"

"무슨 소리입니까? 누구 짓이라니요…? 수정마개 혼자서 사라져버렸습니다. 믿기 어렵지만 내 호주머니 속에서 사라져버렸다고요…. 마술처럼 말입니다."

뤼팽은 빅투아르를 한쪽으로 밀며 진지한 목소리로 이렇게 말했다. "집으로 가세요. 걱정할 필요 없어요. 누군가 유모가 내게 수정마개를 건네는 모습을 본 게 틀림없어요. 혼잡한 시장통 분위기를 이용해 누군가 슬쩍한 겁니다. 최고 실력을 갖춘 상대에게 철저히 감시당하고 있는 거예요. 하지만 걱정하지 마세요. 착한 사람은 마지막에 반드시 승리하니까요…. 그나저나 내게 할 말은 더 이상 없나요?"

"어젯밤 도브레크가 외출 중일 때 누군가 왔어요. 정원 나무에 빛이 비치는 모습을 분명히 봤거든요."

"관리인 여자는 무얼 하고 있었어요?"

"글쎄, 자고 있지는 않은 듯한데…."

"그렇다면 경찰청 사람들이 다녀간 걸 겁니다. 계속 찾고 있는 거예요. 이따 봐요, 유모…. 조금 있다가 날 집에 들여보내 줘야 해요."

"정 그렇다면…."

"내게 위험할 일이 뭐가 있어요? 유모 방은 4층이잖아요. 도브레크가 의심할 리는 없어요."

"하지만 다른 사람들은요?"

"다른 사람들이요? 날 가만 안 둬둘 생각이었으면 진작에 그랬을 거예요. 내가 영 거슬리는 존재이긴 하니까요. 하지만 그저 거슬리는 존재일 뿐인 거지요. 이따 5시 정각에 봅시다, 유모."

뤼팽을 기다리는 놀라운 소식이 하나 더 있었다. 그날 저녁, 빅투아르가 전해준 이야기로는 도브레크의 침대 머리맡 탁자 서랍을 열어보니 수정마개가 있었다는 것이다. 하지만 이 마술 같은 상황에 뤼팽은 별다른 동요를 보이지 않고 그저 이렇게만 말했다. "누군가 가져다 놓았나 보군요. 도브레크의 개인 호텔로 들어가 제자리에 가져다 놓은 사람도 나처럼 수정마개가 갑자기 없어지면 곤란하다고 생각했겠지요. 도브레크는 누군가 자신의 침실까지 뒤진다는 사실을 이미 알고 있습니다. 그러니 수정마개를 늘 같은 자리에 놓는 거예요. 유모는 어떻게 생각해요?"

사실 뤼팽은 딱히 떠오르는 생각이 없었다. 하지만 아무리 머리 아픈 생각을 안 하려고 해도 이리저리 추론하지 않을 수 없다 보니, 마치 터널 출구를 저만치 앞둔 듯한 어렴풋한 예감이 들었다.

'언젠가 분명히 다른 이들과 대결하겠지. 그때는 내가 모든 상황을 완전히 틀어쥐고 있어야 해.' 뤼팽이 속으로 생각했다.

아무런 성과 없이 닷새가 흘렀다. 엿새째 되는 날 아침, 새로운 손님이 도브레크를 찾아왔다. 같은 동료 하의원 래바흐였다. 래바흐 역시 도브레크의 발밑에 엎드려 애원하다가 결국 거액인 2만 프랑을 내놓고 갔다. 다른 방문객들의 행동과 똑같았다.

그로부터 이틀이 지난 밤, 새벽 2시쯤이었다. 뤼팽은 3층 층계참에 서 있었다. 그런 뤼팽의 귀에 저 아래 현관과 정원을 연결하는 문이 삐걱거리는 소리가 들렸다. 두 명의 낯선 이가 어둠 속에서 계단을 올라와 2층 도브레크 방문 앞에 멈추어 섰다. 무엇을 하려는 걸까? 도브레크가 밤마다 방문의 빗장을 단단히 잠그기 때문에 들어갈 수도 없는데.

문에서 무슨 일을 꾸미는 듯한 소리가 들렸다. 또 두 사람이 속삭이는 목소리도 들렸다.

"잘돼?"

"그래, 완벽해. 하지만 내일까지 미루는 게 좋겠어. 이유는⋯."

안타깝게도 마지막 말은 뤼팽의 귀에까지 들리지 않았다. 두 명의 낯선 이는 어둠 속을 더듬으며 계단을 내려갔다. 현관문과 정원의 철책 문이 조용히 닫혔다.

'도브레크가 경찰의 감시에도 아랑곳하지 않고 이 집에서 이상한 행동을 벌이고 있는데 그야말로 온갖 사람이 이 집을 드나드는군. 참 희한한 일이야. 빅투아르는 날 들여보내고 관리인은 경찰청 사람들을 들여보내고 말이야. 그야말로 배신이 난무하는군. 그런데 저 낯선 이들은 단독으로 행동하는 건가? 대단한 용기군. 게다가 이곳을 속속들이 알고 있어.' 뤼팽이 생각했다.

오후에 도브레크가 외출하자 뤼팽은 어젯밤 낯선 이들이 들어온 2층 문을 살펴봤다. 한눈에 들어온 특이점이 있었다. 문짝 아래쪽 판자 중 하나가 눈에 잘 띄지 않는 몇 군데를 제외하고는 교묘하게 분리되어 있었다. 어젯밤 여기에 침입한 낯선 이들은 마티뇽가와 샤토브리앙가의 숙소에서 같은 일을 벌인 사람들이 분명했다.

이 같은 교묘한 침입은 오래전부터 이루어진 게 분명하다. 필요한 경우를 대비해 누군가 미리 구멍을 뚫어놓은 것이다. 뤼팽에게는 하루라는 시간으로는 부족했다. 알아내야 할 게 너무 많다. 어떻게 해봐도 문의 위쪽 빗장까지는 손이 닿지 않는데 구멍을 어떤 방식으로 이용하는 걸까? 정면으로 대결할 날

이 머지않았는데 적의 정체는 무엇일까? 그런데 예상치 못한 일이 생겨 이 같은 의문점을 풀기가 어려워졌다. 도브레크는 저녁 식사 때부터 계속 피곤하다고 했고 밤 10시에 돌아왔다. 돌아와서는 현관문에 빗장까지 채워가며 단단히 걸어 잠갔다. 어젯밤에 들어온 괴한들이 이제 어떻게 도브레크의 방까지 갈 수 있을까? 뤼팽은 도브레크가 방 불을 끈 것을 확인하고도 한 시간을 더 기다렸다가 줄사다리를 내려 3층 층계참에서 주변을 살폈다.

얼마 지나지 않아 어젯밤보다 한 시간 일찍 누군가 현관문을 열려고 했다. 현관문이 단단히 잠겨 있자 몇 분 동안 아무런 소리도 들리지 않았다. 뤼팽은 아무도 들어올 수 없겠구나 하고 생각했다.

하지만 아무 소리 없이 누군가 현관문을 지나는 듯한 느낌이 들어 뤼팽은 깜짝 놀랐다. 그 누군가는 계단 양탄자 위를 소리 없이 걸었다. 뤼팽은 계단 난간에 손을 얹고 있었는데 그 난간이 미세하게 흔들렸다. 이러한 진동이 없었다면 누군가 계단을 오르고 있음을 전혀 눈치채지 못했을 것이다. 뤼팽은 이상하다는 느낌을 받았다. 누군가 들어오기는 했는데 아무 소리도 나지 않고 계단 난간의 작은 진동만 있었기 때문이다. 계단을 하나씩 오를 때마다 난간에 진동이 느껴졌고 그 덕에 뤼팽은 상대가 어디까지 올라왔는지 대충 짐작했다.

어둠 속이라 보이지도 않고 소리도 나지 않아서 침입한 이가 과연 누구인지 알 수 없었다. 뤼팽은 컴컴해도 그림자가 있으리라고, 또 아무리 조용해도 무엇인가 감지되리라고 기대했으나 헛된 바람이었다. 아무도 없다는 생각이 들 정도로 보이지 않고 소리도 나지 않는 상대였다. 더는 계단 난간에서 진동이 느껴지지 않았다.

뤼팽은 이성적인 판단 대신 이상한 생각이 들었다. 지나치게 긴장한 탓에 헛것을 느낀 건 아닐까. 뤼팽은 오랫동안 어떤 생각을 해야 할지, 어떤 행동을 해야 할지 몰라 그냥 그렇게 있었다. 그런데 갑자기 이상한 일이 일어나는 바람에 정신이 번쩍 들었다. 추시계가 2시를 알리는 종소리를 울렸다. 도브레크의 추시계가 틀림없다. 방 안에서 들린다고 생각하기 어려울 정도로 또렷했다.

뤼팽은 서둘러 계단을 올라가 문 쪽으로 갔다. 문은 닫힌 상태였으나 아래 왼쪽 판자 하나가 떨어져서 구멍이 나 있었다. 뤼팽은 귀를 기울였다. 도브레크는 침대에서 몸을 뒤척이며 거친 숨소리를 냈다. 도브레크의 방 안에서 누군가 옷깃을 스치는 소리가 들렸다. 도브레크가 침대 옆에 벗어놓은 옷들을 뒤지는 소리였다.

'이제 뭐가 어떻게 되는지 서서히 윤곽이 드러나겠군…. 여긴 어떻게 들어간 거지? 도브레크가 빗장을 채워놓았을 텐데 도대체 어떻게 들어간 거지? 그리고 왜 빗장을 걸어 또다시 문을 잠근 거지?' 뤼팽이 생각했다.

보통은 사건의 진실이 간단하게 드러나는데 이번에는 도대체 뭐가 어떻게 되는지 뤼팽으로서도 알 수 없었다. 뤼팽 같은 사람에게는 매우 드문 일이었다. 뤼팽은 그저 이번 사건이 매우 이상하게만 느껴졌다.

뤼팽은 몸을 웅크리고 계단을 내려가 도브레크의 방문과 현관문 사이로 갔다. 즉 도브레크의 적이 뤼팽, 그리고 자신의 일행을 반드시 만나는 지점에 서 있는 셈이었다. 뤼팽은 마음을 졸이며 컴컴한 어둠 속을 바라보았다. 도브레크의 적이자 자신의 적인 상대방의 정체를 조금 있으면 확실히 알게 될 것이다. 상대방이 꾸미는 일이 무엇인지는 모르지만 상대방의 계획을 방해하게 될 것이며 도브레크에게서 훔친 것을 뤼팽이 차지하게 될 것이다. 현관문 뒤에 숨어 있거나 정원의 철책 문 뒤에 있는 상대방의 일행은 영문도 모른 채 대장이 돌아오기만을 기다릴 것이다.

드디어 낯선 자가 도브레크의 방을 나온 듯했다. 이번에도 계단 난간의 진동으로 상대방의 움직임을 느낄 수 있었다. 뤼팽은 신경을 바짝 곤두세웠고 오감을 총동원했다. 어둠 속에서 점점 다가오는 상대방을 보기 위해 집중했다. 가장 어두운 곳에 몸을 숨긴 터라 뤼팽이 상대방의 눈에 띌 염려는 없었다. 상대방이 조심스럽게 난간을 잡고 천천히 걸어오는 게 아주 어렴풋이 보였다.

'도대체 어떤 놈이길래 이렇게 감쪽같은 거야?' 뤼팽이 생각했다.

뤼팽은 곧 정체를 밝힐 생각에 가슴이 뛰었다. 하지만 예상치 못한 일이 발생했다. 뤼팽이 무심코 움직였는데 상대방이 그 움직임을 느꼈는지 걸음을 멈춘 것이다. 상대방이 뒷걸음질 치거나 도망칠까 봐 걱정된 뤼팽은 상대방이 있으리라 예상되는 지점에 달려들었다. 그러나 어렴풋하게 보였던 상대방은 사라졌고 뤼팽은 허공 속에서 몸을 날려 계단 난간에 부딪혔다. 매우 날쌘 인물인 듯했다. 뤼팽은 다시 정신을 가다듬고 현관으로 달려가 상대방이 문으로 도망치기 전에 덮쳤고 이번에는 성공했다.

상대방은 비명을 질렀고 현관문 반대편에서도 소란이 이는 듯했다.

"아니, 이게 뭐야?" 뤼팽이 중얼거렸다. 뤼팽의 강한 팔 안에 잡힌 상대는 자그마했고 벌벌 떨며 신음했다. 뤼팽은 상황을 분명히 깨닫자 황당했다. 현관문 밖에서는 누군가 더 호들갑을 떨었다. 도브레크가 잠에서 깰 것 같았다. 뤼팽은 자그마한 포로의 입을 손수건으로 틀어막고 윗도리로 감싼 다음 안아서 계단 세 층을 성큼성큼 올라갔다.

"자, 보세요. 우리의 만만치 않은 대장이 납시었습니다. 젖병이라도 있으면 하나 주시지요." 뤼팽이 빅투아르에게 말했다.

빅투아르는 잠에서 깬 침대에서 벌떡 일어났다.

뤼팽이 의자에 털썩 내려놓은 상대는 예닐곱 살 정도의 아이였다. 회색 저지 재킷 차림에 양모로 만든 빵모자를 쓰고 있었다. 귀엽게 생긴 아이는 얼굴이 창백했고 놀랐는지 눈에서 눈물이 흘러내렸다.

빅투아르는 매우 놀랐다. "이 아이는 어디서 데려온 거예요?"

"도브레크의 방에서 빠져나오는 걸 계단 아래에서 잡았어요."

뤼팽은 아이가 도브레크의 방에서 가지고 나온 무언가를 찾아보려고 아이의 옷을 여기저기 뒤졌다.

빅투아르의 얼굴에 아이에 대한 연민이 드러났다.

"가여운 아이 같으니! 이 아이 좀 보세요…. 울고 싶어도 억지로 참고 있어요…. 이런, 손이 너무 차네! 얘야, 무서워하지 마라. 아무도 널 해치지 않을 거니까…. 이 아저씨는 나쁜 사람이 아니야."

"그래, 난 나쁜 사람이 아니란다." 뤼팽도 거들었다. "그런데 말이야, 여기에 나쁜 아저씨가 있어. 현관문에서 누군가 소란을 피우면 이 나쁜 아저씨가 잠에서 깰지도 몰라. 저 소리 들려요, 빅투아르?"

"누구 소리예요?"

"이 어린 대장이 데리고 온 일행입니다."

"그래서요?" 빅투아르는 벌써 걱정에 휩싸였다.

"그래서라니요. 이대로 붙잡힐 수는 없으니 바로 도망가야지요. 자, 꼬마 대장, 나랑 함께 갈 거지?"

뤼팽은 아이의 얼굴만 내놓고 담요로 둘둘 말아 재갈을 물렸다. 뤼팽은 빅투아르의 도움으로 아이를 어깨에 둘러업었다.

"꼬마 대장, 이제 신나게 노는 거다. 새벽 3시에 아저씨들이 뛰어노는 거 보고 싶지 않아? 자, 날아다니는 놀이를 해보자. 어지러워하는 건 아니지?"

뤼팽은 창턱에 한쪽 다리를 걸치고 미리 내려놓은 줄사다리에 발을 디뎌 재빨리 정원까지 내려갔다. 뤼팽은 계속 귀를 기울였다. 현관문을 두드리는 소리가 점점 커졌다. 이런 상황에서도 도브레크가 잠에서 깨지 않는 게 더 놀라웠다.

'내가 나서야지. 안 그러면 저 바깥 녀석들이 일을 다 망치겠어.' 뤼팽이 생각했다. 뤼팽은 호텔 모퉁이 어둠 속에 몸을 숨기고 철책 문까지 어느 정도 거리인지 재보았다. 문은 열려 있었다. 오른쪽 현관 앞 낮은 층계 위에는 사람들이 난리를 떨고 있었고 왼쪽에는 관리인의 사무실이 있었다.

관리인 여자는 이미 숙소에서 나와 층계 앞에서 어쩔 줄 몰라 했다.

"조용히 해요! 조용히! 곧 나올 거예요."

'역시 저 관리인 여자도 한패였군. 완전히 양쪽을 왔다 갔다 하는군.' 뤼팽이 생각했다.

뤼팽은 관리인을 덮쳐 목덜미를 잡았다.

"네 패거리에 전해. 아이는 내가 데리고 있다고…. 언제라도 좋으니 샤토브리앙가에 있는 내 집에서 아이를 찾아가라고 해!" 뤼팽이 말했다.

길가에서 그리 멀지 않은 곳에 택시가 서 있었다. 침입자 일당이 세워둔 택시 같았다. 뤼팽은 마치 일당 중 한 명이라도 되는 것처럼 택시에 타 숙소로 돌아갔다.

"얘야, 어땠어? 생각한 것보다 무섭지는 않았지…? 이제 아저씨네 침대로 가서 잠을 자자."

하인 아실은 쿨쿨 자고 있었기에 뤼팽이 아이의 잠자리를 마련해주었다. 뤼팽은 아이를 부드럽게 다독였다. 아이는 마치 몸이 마비된 듯 꼼짝하지 않았다. 작은 얼굴은 겁에 질렸으면서도 티를 내지 않으려는 마음, 소리를 지르고 싶은 마음과 참으려는 마음이 뒤섞여 매우 딱딱한 표정을 띠었다. 한마디로 불쌍해 보였다.

"애야, 울어도 돼. 우는 게 몸에 좋아."

하지만 아이는 울지 않았다. 대신 뤼팽의 친절하고 다정한 목소리에 긴장이 풀린 듯 경직된 눈빛과 입술이 점차 풀어졌다. 아이를 유심히 바라보던 뤼팽은 아이가 누군가를 닮았다는 생각이 들었다. 그동안 막연하게 짐작만 해왔던 일들이 이제는 확실해진 듯했다. 뤼팽의 생각이 옳다면 상황이 역전되어 유리한 순간이 마련될 것이다. 그렇게만 된다면 뤼팽에게는 매우 좋은 일이다. 바로 그때 초인종이 울렸다. 이어서 초인종이 두 번 더 울렸다.

"엄마가 널 데리러 왔나 보다. 움직이지 말고 얌전히 있어라." 뤼팽이 아이에게 말했다.

뤼팽이 달려가 문을 열었다.

문이 열리자 여자가 헐레벌떡 들어와 외쳤다. "아, 내 아들! 내 아들 어디 있어요?"

"내 방에 있습니다."

여자는 뤼팽에게 더 이상 묻지 않고 마치 이미 길을 아는 사람처럼 뤼팽의 방으로 냅다 달려갔다.

"잿빛 머리의 여자가 도브레크의 여자 친구이자 적이었군. 역시 내 생각대로…." 뤼팽이 중얼거렸다.

뤼팽은 창가로 다가가 커튼을 젖혔다. 맞은편 길에 남자 두 명이 서성였다. 그로냐르와 르발뤼였다.

"숨지도 않는군. 다행이야. 이제 드디어 진짜 대장을 알아보나 보군. 남은 건 잿빛 머리의 아름다운 여자야. 좀 어렵겠지….

아기 엄마, 우리 이야기 좀 하지요!"

여자와 아이는 서로 부둥켜안고 있었다.

여자는 눈물범벅인 얼굴로 초조해하며 아이에게 물었다. "아픈 데는 없고? 정말이니? 얼마나 무서웠을까, 우리 자크!"

뤼팽이 듣고 있다가 말을 걸었다. "아이가 아주 야무지더군요."

여자는 아무 말 없이 한 손으로 아이의 저지 재킷을 더듬었다. 뤼팽이 했던 행동 그대로 아이가 심부름을 제대로 했는지 알아보는 중이었다. 여자가 작은 목소리로 무언가를 묻자 "아니요, 엄마…. 정말 아니에요." 아이가 말했다.

여자는 아이를 부드럽게 안고는 다정하게 얼러주었다. 아이는 워낙 놀란 데다가 피곤했는지 금방 잠이 들었다. 여자는 오랫동안 아이를 바라봤다. 여자도 매우 지쳐 보였다.

뤼팽은 여자를 그대로 가만히 놔두었고 눈치채지 못할 정도로 조심스럽게 여자의 얼굴을 관찰했다. 처음 봤을 때보다 눈그늘과 여기저기의 주름살이 더욱 두드러져 보였다. 그럼에도 생각보다 훨씬 아름답다고 느꼈다. 섬세하고 인간적인 사람이 고통에 익숙해지면서 가지는 우수 어린 표정이 깃든 미인이었다. 여자의 표정이 너무나 애처로워 뤼팽은 동정심을 느꼈고 천천히 다가갔다.

"어떤 계획이 있는지는 모르지만, 어찌 되었든 도움을 받는 게 좋을 겁니다. 혼자서는 성공하기 어려워요." 뤼팽이 여자에게 말했다.

"난 혼자가 아니에요."

"저 밖에 있는 두 남자요? 나도 아는 사람들입니다. 별로 믿을 만한 사람들은 아니지요. 내 도움을 받아보세요. 지난밤, 극장 칸막이 좌석에서 있었던 일을 기억하시지요? 그때 무엇인가를 내게 말하려고 했습니다. 오늘 그 이야기를 하셔도 됩니다."

여자는 시선을 돌려 뤼팽을 한참이나 물끄러미 바라봤다. 하지만 쉽게 경계를 풀지 않았다.

"정확히 무엇을 알고 있나요? 나에 대해 무엇을 알고 있습니까?"

"아직은 아는 게 많지 않습니다…. 부인의 이름조차 모르지요. 하지만…."

여자는 손짓으로 뤼팽의 말을 막았다. 그리고 오히려 상대를 압도하는 태도로 말했다.

"소용없어요. 당신이 무엇을 알아내든 소용없습니다. 별로 중요하지 않은 정보가 될 겁니다. 당신도 어떤 계획이 있는 것 같은데… 왜 나를 돕겠다는 건가요? 이번 일에 무턱대고 끼어들고 내 앞길을 매번 가로막는 것을 보면 나름대로 계획이 있나 보군요…. 그 계획이 무엇인가요?"

"이런, 내가 그동안 한 행동은…."

"둘러댈 생각하지 마세요!" 여자가 강하게 말했다. "적당히 둘러댈 생각은 하지 마세요. 서로 믿음을 주려면 솔직해져야 합니다. 예를 들어 도브레크는 매우 가치 있는 물건을 가지고 있습니다. 그 자체가 가치 있다기보다는 용도에 따라 가치 있는 셈이지요. 당신은 그 물건이 무엇인지를 알고 있고요. 두 번이나 손에 넣었잖아요. 그리고 두 번 모두 내가 빼앗았습니다. 당신이 그 물건에 관심을 두는 이유는 개인적인 이익을 위해서 잖아요?"

"지금 무슨 소리를 하는 겁니까?"

"분명해요. 개인적인 이득을 위해서 어떤 계획을 세우고 이용하려는 거겠지요. 당신의 상황에 따라…."

"상황이라고 해봐야 도둑질입니다." 뤼팽이 말했다.

여자는 아무 말도 하지 않았다. 뤼팽은 여자의 눈빛에서 마음을 읽으려는 듯 열심히 바라봤다. 여자는 무슨 대답을 원하는 걸까? 무엇을 두려워하는 걸까? 여자는 뤼팽을 의심하고 있지만 여자 역시 도브레크에게 돌려주기 위해 수정마개를 두 번이나 뤼팽에게서 훔쳐갔으니, 이 여자를 의심해야 하는 건 아닐까? 여자는 도브레크와 원수 사이이면서 도브레크에게 어느 정도 약점이 잡혀 있는 걸까? 뤼팽이 솔직하게 이야기하면 여자가 도브레크에게 전하는 건 아닐까?

하지만 여자의 눈빛은 매우 진지했고 표정은 진실했다. 이는 분명했다.

뤼팽은 곧바로 이렇게 말했다. "내 목적은 간단합니다. 질베르와 보슈레이를 구해내는 것입니다."

갑자기 여자가 불안한 눈빛으로 바라보며 놀라는 눈치였다.

"정말이에요? 정말인가요?"

"내가 어떤 사람인지 잘 모르는군요."

"알고는 있습니다. 어떤 사람인지는 알고 있어요. 당신은 잘 모르겠지만 몇 달 전부터 당신의 삶에 나도 어느 정도 관련되어 있습니다. 하지만 의심하는 몇 가지 이유가….”

“그러니까 나를 잘 모른다는 겁니다. 나를 잘 안다면 내 두 부하, 비겁한 보슈레이는 그렇다 쳐도 질베르만이라도 끔찍한 상황에서 구해내기 위해 내가 쉴 수 없다는 것을 알아야지요.”

뤼팽이 더욱 단호하게 말했다.

“뭐라고요? 지금 뭐라고 하셨나요? 끔찍한 상황이라고요? 그렇다면 정말… 그렇게 생각하는 거예요?”

뤼팽은 지금부터 들려줄 말이 여자를 얼마나 놀라게 할지를 알기에 조용히 말을 이었다.

“제때에 목적을 이루지 못하면 질베르는 죽을 겁니다.”

“그만…! 그만하세요….”

예상대로 여자는 많이 놀란 듯했다. 여자가 뤼팽을 잡고 마구 흔들었다. “그만하라고요…. 그런 말은 더 이상 하지 마세요…. 그럴 리가 없어요…. 그저 당신의 생각일 뿐….”

“내 생각이 아닙니다…. 질베르의 생각도 그렇습니다.”

“예? 질베르가! 어떻게 알 수 있지요?”

“질베르 본인이 직접 그렇게 말했습니다.”

“질베르가요?”

“그렇습니다. 나밖에는 믿을 사람이 없고 이 세상에 자신을 구할 사람은 오직 한 사람밖에 없다고 생각하고 있어요. 질베르는 감옥에서 며칠 전부터 날 애타게 부르고 있습니다. 여기 질베르가 쓴 편지가 있습니다.”

여자는 뤼팽이 건넨 편지를 낚아채 서둘러 읽었다.

대장, 도와주세요!

무섭습니다….

무서워요….

편지를 떨어뜨린 여자의 손이 허공에서 부르르 떨었다. 여자
의 눈빛은 마치 끔찍한 환영을 보는 듯했다. 급기야 날카로운
비명을 지른 후 그 자리에서 기절하고 말았다.

5
27인의 명단

아이는 침대 위에서 깊이 잠들었다. 여자는 뤼팽의 부축을 받아 옮겨간 긴 의자에 축 늘어져 있었지만 호흡이 점차 안정되었고 혈색도 정상으로 돌아오고 있었다. 조만간 깨어날 듯했다.

뤼팽은 여자의 결혼반지를 지금에서야 처음 봤다. 뤼팽이 몸을 기울여 여자의 블라우스 위에 늘어진 메달을 뒤집어보았다. 메달에는 조그만 사진이 끼워져 있었다. 사십 대의 남자와 초등학생 복장을 한 아이가 찍힌 사진이었다. 뤼팽은 고수머리에 해맑은 표정을 한 아이의 사진을 자세히 바라봤다.

"그랬던 거로군…. 가여운 여자야!" 뤼팽이 중얼거렸다.

뤼팽이 쥔 여자의 손이 점점 따뜻해졌다. 여자의 눈꺼풀이 잠시 열렸다가 다시 닫혔다.

"자크…."

"걱정하지 마세요…. 아이는 지금 자고 있습니다…. 아무 문제 없습니다."

여자는 완전히 깨어났다. 하지만 여전히 쉽게 입을 열지 않았다. 뤼팽은 여자의 입을 열기 위해 차근차근 하나씩 질문했다. 먼저 사진이 끼워진 메달을 가리키며 물었다. "사진 속 아이, 질베르가 맞지요?"

"그래요." 여자가 대답했다.

"질베르가 아들입니까?"

여자는 순간 멈칫하더니 속삭이듯 말했다. "그래요, 질베르는 제 아들입니다. 큰아들이에요."

그렇다! 지금 살인 혐의를 뒤집어쓰고 상테 교도소에 갇혀 형을 기다리는 질베르는 이 여자의 아들이다!

"그럼 사진 속 남자는 누구입니까?" 뤼팽이 물었다.

"남편이에요."

"남편이요?"

"그래요, 3년 전에 세상을 떠났지요."

여자가 몸을 일으켰다. 여자는 인생에서 겪은 공포로 몸서리쳤고 위협적이고 끔찍한 사건들이 다시 생각났는지 무척 괴로워했다.

뤼팽은 여자에게 계속 질문했다.

"남편의 성함은 무엇입니까?"

여자는 잠시 머뭇거리다가 대답했다.

"메르지."

뤼팽은 깜짝 놀라 큰 소리로 말했다. "빅토리앵 메르지 하의원이요?"

"예."

긴 침묵이 흘렀다. 너무나 유명했던 자살 사건, 뤼팽은 그 사건이 일으킨 엄청난 파장을 아직도 기억한다. 3년 전, 메르지 하의원이 의회 복도에서 자신의 머리에 총을 쏴 자살했다. 이유를 알 수 없는 자살이었다. 그 누구도 메르지가 왜 갑자기 자살했는지 알지 못했다.

"아직도 정확한 자살 이유는 모르는 겁니까?" 뤼팽이 큰 소리로 물었다.

"모릅니다."

"질베르는요?"

"모를 거예요. 질베르는 몇 년 전에 이미 제 아빠에게 쫓겨났으니까요. 그 당시 남편의 마음속 고통도 엄청났을 겁니다. 하지만 다른 이유도 있었을 거예요."

"그 다른 이유라는 게 무엇인가요?"

이번에는 뤼팽이 다그쳐 물을 필요가 없었다. 여자는 지난 과거를 되새기는 일이 괴롭지만 더 이상 말하지 않을 수 없다고 생각했는지, 천천히 입을 열어 이야기를 들려주었다.

"25년 전이었어요. 결혼 전 제 이름은 클라리스 다르셀이었습니다. 부모님은 모두 살아계셨고요. 니스에서 열린 어느 사교 모임에서 세 청년을 만났습니다. 훗날 이번 사건과 관련된 세 남자지요. 한 명은 알렉시스 도브레크, 나머지 두 명은 빅토리앵 메르지와 루이 프라스빌이었습니다. 그 세 명은 학교 동창이자 군대 동기였습니다. 당시 프라스빌은 니스 오페라 극장에서 노래를 부르던 여배우를 사랑했습니다. 메르지와 도브레크는 저를 좋아했고요. 사소한 사건에 대해서는 대충 넘어가겠습니다. 그저 그런 일이 있었다는 정도로요. 나는 첫눈에 빅토리앵 메르지가 마음에 들어 그를 선택했습니다. 솔직하게 제 마음을 드러내지 않았던 게 문제였던 것 같아요. 사랑이 진심일수록 더 수줍고 머뭇거려지지요. 저 역시 제 마음을 완전히 확신하고 자연스러운 분위기가 마련되어서야 비로소 진심을 밝혔습니다. 하지만 서로에게 마음을 둔 남녀는 이러한 기다림의 시간이 감미롭지만 도브레크는 오히려 자신에게 기회가 오지 않을까 하고 희망을 품었던 것 같습니다. 나중에 제가 빅토리앵을 택하자 도브레크는 엄청나게 분노했어요."

여자는 잠시 숨을 돌린 후 목소리 톤을 바꾸어 이야기를 계속했다.

"그때의 일을 절대 잊지 못할 거예요…. 우리 셋은 살롱에 함께 있었습니다. 도브레크는 끔찍한 증오와 협박의 말을 했는데 아직도 귓가에 선합니다. 빅토리앵도 당혹스러워했어요. 친구인 도브레크의 그런 모습을 본 적이 없었거든요. 도브레크의 역겹고 야수 같은 표정… 야수나 다름없었습니다…. 이를 갈면서 발을 굴렀지요. 도브레크는 두 눈에 핏발을 세운 채 부라렸습니다. 당시에 도브레크는 안경을 쓰지 않았습니다. 도브레크는 '복수할 거야…. 꼭 복수하겠어…. 너희 둘은 내게 어떤 능력이 있는지 모르지! 10년, 20년도 기다릴 거다…. 끔찍한 순간은 언젠가 갑자기 찾아올 거야…. 너희는 이해할 수 없겠지…. 복수라는 것… 복수가 얼마나 신나는지! 나는 태어날 때부터 악인이야…. 너희 둘은 언젠가 내게 무릎을 꿇고 고개를 숙일 거다…. 무릎을 바짝 꿇고…'라고 했습니다. 마침 살롱에 들어온 우리 아버지와 하인은 그 역겨운 도브레크를 겨우 내쫓았습니다. 그로부터 6주 후에 저는 빅토리앵과 결혼했습니다."

"도브레크는 어떻게 되었습니까?" 뤼팽이 중간에 끼어들었다. "별다른 짓은 안 했나요?"

"예…. 하지만 루이 프라스빌은 도브레크가 만류했는데도 우리 두 사람 결혼의 증인이 되어주었습니다. 그런데 프라스빌이 집에 와보니 사랑하는 오페라 여배우가 목이 졸린 채 죽어 있었다고 합니다."

뤼팽이 깜짝 놀랐다.

"정말인가요?" 뤼팽이 놀라며 물었다. "그럼 도브레크가…."

"밝혀진 바로는 도브레크가 며칠 동안 그 여배우를 끈덕지게 쫓아다녔다고 할 뿐, 그 이상은 알려진 게 없습니다. 프라스빌이 집에 없을 때 누가 출입했는지가 완전히 미스터리였습니다. 흔적 자체가 없었거든요…."

"하지만 프라스빌의 생각은…."

"프라스빌과 우리 부부는 당연히 도브레크를 의심했습니다. 아마 도브레크가 오페라 여배우를 거칠게 다루면서 납치하려고 했겠지요. 하지만 여배우가 반항하자 승강이를 벌였을 테고, 도브레크가 화를 참지 못해 목을 졸랐을 거예요. 욱하는 성질에 그랬겠지요. 하지만 증거가 없었기 때문에 도브레크는 용의 선상에 오르지도 않았습니다."

"그 후에는 어떻게 되었습니까?"

"몇 년 동안 도브레크의 소문을 듣지 못했습니다. 도박으로 파산한 후 미국으로 갔다는 이야기만 들었을 뿐입니다. 저 역시 도브레크가 분노하며 내뱉었던 협박의 말을 점점 잊어갔습니다. 도브레크가 더 이상 저에 대한 마음을 접고 복수 계획도 포기했으리라고 자연스럽게 생각했습니다. 더구나 우리 부부는 너무나 행복해서 우리 두 사람의 사랑, 남편의 정치적 경력, 아들 앙투안의 건강 외에 다른 것은 신경 쓰지 않았습니다.”

“앙투안이요?”

“질베르의 원래 이름이에요. 가엾게도 그 아이는 자신의 정체를 숨기며 살았습니다.”

“질베르라는 이름은 언제부터 사용했습니까?” 뤼팽이 물었다.

“정확히는 모르겠습니다. 전 그 아이의 진짜 이름보다 질베르라는 이름으로 부르는 게 더 좋았어요. 어릴 때 질베르는 지금과 하나도 다르지 않았습니다. 평소 늘 다정하고 서글서글했어요. 단, 조금 게으르고 제멋대로인 성격은 있었습니다. 질베르가 열다섯 살이 되자 우리 부부는 질베르를 파리 외곽에 있는 중학교에 입학시켰습니다. 부모와 떨어져 독립적으로 살아 보는 게 좋으리라고 생각했지요. 그런데 2년 후 학교에서 질베르를 집으로 돌려보냈습니다.”

“이유는요?”

“행실이 불량했나 봐요. 이유 없이 몇 주 동안 외박했다더군요. 학교에서 이유를 물어보니 질베르는 집에 갔다 왔다고 답했답니다. 하지만 집에 오지는 않았고 혼자서 어딘가를 다녀온 거예요.”

“그동안 무엇을 하면서 지낸 겁니까?”

“놀러 다녔대요. 경마하거나 카페를 기웃거리거나 공공 무도

회에 가거나 하면서요."

"돈이 있었나 보지요?"

"예."

"누가 준 돈입니까?"

"글쎄, 잘 모르겠어요. 질이 나쁜 사람을 사귄 것 같았어요. 부모 몰래 학교를 빠져나오게 하고 나쁜 길로 빠지게 해 우리 부부 곁을 완전히 떠나게 한 누군가가 있었습니다. 그가 질베르에게 거짓말하는 법과 갖가지 방탕한 태도, 도둑질을 가르쳐 준 거예요."

"당연히 도브레크였겠지요?"

"맞아요."

여자는 두 손을 깍지 끼어 이마를 가렸다. 여자의 이마는 빨갛게 달아올라 있었다. 그리고 힘없는 목소리로 말을 이어갔다.

"도브레크가 복수한 셈이지요…. 남편은 질베르를 집에서 쫓아냈는데 바로 그 다음 날 편지 한 장이 도착했습니다. 빈정거림이 가득한 도브레크의 편지였어요. 도브레크는 어떤 방법으로 우리 아들을 망쳤고 이를 위해 얼마나 치밀하게 준비했는지를 밝혔습니다. 도브레크의 편지에는 이런 내용도 있었어요. '일단은 가벼운 경범재판소에 넘겨지지만 좀 더 시간이 지나면 중죄재판소에 가게 될 거야. 그리고 결국에는 단두대에서 처형당하겠지'라고요."

뤼팽은 큰 소리로 말했다.

"그렇다면 이번 사건도 도브레크의 계략에 말려든 겁니까?"

"그건 아니에요. 단순한 우연이었어요. 도브레크가 그때 편지에 적은 말은 단순히 내뱉은 저주의 말에 지나지 않습니다. 하지만 그래도 끔찍했어요! 제가 병까지 들 정도였으니까요. 그러는 가운데 막내아들 자크가 태어났습니다. 질베르는 계속해서 못된 짓을 저지르고 다녔고요. 다른 사람의 사인을 위조하거나 사기를 쳤어요. 우리 부부는 이웃 사람들에게 큰아들이 외국에 나갔다고 둘러댔고 나중에는 그냥 죽었다고 했습니다. 사는 게 사는 게 아니었어요. 더구나 남편의 정치 생명을 위협할 사건이 일어나서 더욱 그랬습니다."

"그게 무슨 말씀입니까?"

"스물일곱 명의 명단 사건이라 하면 바로 이해되겠지요. 우리 남편이 그 명단에 올랐습니다."

"이런!"

뤼팽은 눈앞의 장막이 완전히 걷히는 느낌이었다. 빛이 비추어 지금까지 어두워 잘 보이지 않던 부분이 드디어 보이는 것 같았다.

여자가 좀 더 또렷한 목소리로 말을 이었다.

"그래요, 남편 이름이 스물일곱 명의 명단에 올랐습니다. 하지만 억울했습니다. 운이 따라주지 않아 남편은 희생양이 된 거였어요. 남편은 '두 바다(태평양과 대서양을 의미 – 옮긴이)'를 의미하는 되메르 프랑스 운하를 탐사하는 위원회에 속해 있었습니다. 남편은 건설회사의 계획에 찬성하는 다른 위원들과 의견을 같이했습니다. 솔직히 액수까지 말할 수 있습니다. 남편도 돈을 만지긴 했는데 총 1만 5000프랑이었어요. 하지만 남편은 다른 사람을 위해 돈을 만진 거예요. 전적으로 믿었던 정치 동료를 위해 한 행동이었는데 남편이 이용당한 것이었어요. 옳은 일을 하려다가 잘못된 경우였지요. 회사 대표가 자살하고 회계 관리인은 잠적했습니다. 이 사건으로 온갖 부정부패가 공개되었고요. 남편은 그제야 많은 동료 의원이 매수되었다는 사실을 알았습니다. 그리고 동료 의원들과 함께 자신의 이름도 명단에 올랐다는 것을 알았어요. 그때는 정말 하루하루가 괴로움 그 자체였습니다. 명단이 공개될지, 그때 남편의 이름도 폭로될지…. 그렇게 우리 부부는 매일 고민하면서 하루하루를 보냈습니다. 고문과 같은 나날이었어요. 남편만 그런 것은 아니었어요. 그 당시에는 말도 안 되는 밀고와 이에 대한 공포로 의회 전체가 난리였습니다. 명단을 가진 사람이 누구인지 알 수 없었습니다. 다만 그 명단이 존재한다는 것은 모두가 알았습니다. 명단이 존재한다는 것만 알려졌어요. 먼저 의원 두 명의 이름이 공개되었습니다. 하지만 고발한 사람이 누구였는지, 어디서 말이 나왔는지 알 수 없었습니다."

"도브레크의 짓이었겠지요…." 뤼팽이 말했다.

"아니요, 그렇지는 않아요." 여자가 큰 소리로 말했다. "당시에 도브레크는 영향력이 없었어요. 전혀 그럴 만한 인물이 아니었습니다. 잘 생각해보세요. 진실은 이러했습니다. 명단을 가진 사람은 전직 대법원장이자 건설회사 사주의 사촌인 제르미노였어요. 제르미노가 명단을 공개했습니다. 제르미노는 폐결핵에 걸려 목숨이 위독했고 파리 시 경찰청장에게 편지를 보냈습니다. 자신이 죽으면 방 안 금고에 있는 스물일곱 명의 명단을 가져가라는 내용이었습니다. 형사가 급파되고 집이 포위되었습니다. 경찰청장은 제르미노의 곁에서 밤을 지새웠고 제르미노가 숨을 거두자 즉각 금고를 열었는데 금고가 텅 비어 있었습니다."

"이번은 도브레크의 짓이었겠지요." 뤼팽이 확신하며 말했다.

"맞아요, 도브레크의 짓이었습니다." 여자가 말했다. "알렉시스 도브레크는 6개월 전부터 감쪽같이 변장해 제르미노의 비서로 일했습니다. 제르미노가 명단을 가졌다는 사실을 도브레크가 어떻게 알았는지는 중요하지 않습니다. 중요한 것은 도브레크가 제르미노가 죽기 전에 금고를 열었다는 사실이에요. 조사를 통해 이 같은 사실이 밝혀졌고 도브레크의 정체도 밝혀졌습니다."

"그런데도 도브레크는 체포되지 않은 겁니까?"

"체포해봐야 이득이 없으니까요! 도브레크가 명단을 눈에 안 띄는 곳에 숨겼으리라고 생각한 거예요. 도브레크를 체포해봤자 추문만 커지고 다시금 상황이 복잡해졌을 거예요. 모두 질려서 이제는 덮으려는 사건을 또 꺼내봐야 좋을 건 없었지요."

"그래서 어떻게 되었습니까?"

"도브레크와 흥정했습니다."

뤼팽이 웃음을 터뜨렸다.

"이런… 도브레크와 흥정하다니 바보 같은 짓입니다."

"그래요, 정말 바보 같은 짓이었지요." 여자는 또렷한 말투로 계속 말을 이어갔다. "도브레크는 흥정하는 척하면서 파렴치한 자신의 목적을 이루기 위해 일을 꾸몄어요. 도브레크는 명단을 훔치고 여드레 후에 의회로 가 남편과 면담을 요청했습니다. 남편에게 스물네 시간 안에 3만 프랑을 내놓으라고 협박했어요. 만일 돈을 내놓지 않으면 명단을 공개하겠다고 말이에요. 남편은 도브레크가 어떤 인간인지 잘 알고 있었습니다. 양심은 전혀 없고 냉혹하기 이를 데 없는 인물이지요. 남편은 이성을 잃고 자살을 선택했습니다."

"이런, 안타깝군요!" 뤼팽이 말했다. "도브레크가 가진 건 스물일곱 명의 명단입니다. 그중 한 명의 이름을 공개하려면 믿을 만한 정보임을 증명해야 하는데 그러려면 명단 전체를 공개해야 합니다. 명단 자체를 내놓거나 사본이라도 내놓아야 하지요. 그렇게 되면 스캔들은 일어나도 모든 것이 밝혀진 이상 공갈 협박은 통하지 않을 겁니다."

"그렇기도 하고 아니기도 합니다." 여자가 대답했다.

"왜 그런가요?"

"도브레크가 그랬거든요. 어느 날 도브레크가 절 찾아와 남편과 면담하면서 한 이야기를 빈정대며 들려주었습니다. 명단 하나만 있는 게 아니라고 했어요. 회계 관리인이 이름과 액수를 적어놓고 회사 사주가 서명한 그 명단만 있는 게 아니라고 했습니다. 관계자들이 잘 모르는 좀 더 모호한 증거들이 여러 개 있다고 했습니다. 사주와 회계 관리인, 사주와 자문 변호사가 주고받은 편지 같은 게 있다고 했어요. 가장 중요한 게 명단 자체이긴 하지만요. 명단이야말로 확실한 증거라서 베끼거나 사본을 만들어봤자 아무 소용이 없을 겁니다. 명단은 최고로 엄격한 검증을 받아야 진실하다는 것이 입증되니까요. 명단 외에 다른 자료들도 파문을 일으킬 수 있는 자료입니다. 이미 하의원 두 명이 몰락했어요. 도브레크는 이를 잘 이용할 줄 아는 인간입니다. 희생자를 미리 선택한 뒤 집중적으로 협박해 겁을 주지요. 스캔들이 터질 수밖에 없다는 생각을 품게 합니다. 그러면 누구나 도브레크가 요구하는 액수의 돈을 줄 수밖에 없어요. 아니면 우리 남편처럼 자살을 택하는 거고요. 이해되나요?"

"예." 뤼팽이 대답했다.

잠시 침묵이 흘렀다. 그동안 뤼팽은 도브레크라는 인물에 대해 생각했다. 별것 아닌 평범한 인간이 중요한 명단을 손에 넣은 후 막강한 힘을 가졌다. 그리고 그 힘을 이용해 희생자들로부터 돈을 갈취하고 그 돈을 정치권에 뿌려 상·하의원 자리를 독식했다. 오직 공갈 협박으로 막강한 권력을 휘두르게 된 것이다. 정부는 후폭풍이 두려워 도브레크와 전쟁을 선포하느니 그대로 가만히 있기로 했고 공권력도 도브레크를 함부로 하지 못했다. 도브레크는 기존 정치권에서 증오의 대상이 되었다. 그래서 순전히 개인적인 이유로 도브레크를 증오하는 것 하나만으로 신인인 프라스빌이 기득권 후보자들을 누르고 경찰청 사무국장이 된 것이다.

"나중에 도브레크와 만난 적이 있습니까?" 뤼팽이 계속 질문했다.

"만나야만 했어요. 남편은 비록 세상을 떠났지만 아직 명예가 손상되지는 않았으니까요. 아무도 진실을 알지 못하는 상황이지요. 남편의 명예만이라도 지키기 위해 도브레크가 처음으로 만나자고 했을 때 만나야만 했습니다."

"처음이라면… 그 후에도 여러 번 만났습니까?"

"여러 번 만났어요." 여자가 목소리를 달리하며 대답했다. "꽤 여러 번 만났지요…. 극장에서… 때때로 저녁에 앙기앵에서… 파리에서도 만났어요…. 주로 밤에 만났어요…. 그자를 만나는 게 창피해서 다른 사람 눈에 띄고 싶지 않았습니다. 하지만 만날 수밖에 없었어요. 그럴 만한 의무감이 절실했지요…. 남편의 복수를 해야 한다는 의무감이요."

여자는 뤼팽에게 다가가 힘주어 말을 이었다. "오직 복수만을 위해 움직였어요. 복수만이 유일한 목표예요. 남편의 복수, 잃어버린 큰아들에 대한 복수, 제게 한 행동에 대한 복수, 그자가 저지른 악행에 대한 복수…. 다른 꿈이나 목표는 없습니다. 오직 도브레크의 몰락, 파탄, 눈물만이 제 목표예요. 그런 자에게 눈물이 있을지 모르겠지만요. 어쨌든 도브레크가 절망적으로 통곡하는 모습을 보고 싶습니다."

"그자의 죽음도 보고 싶겠군요." 뤼팽은 도브레크의 서재에서 두 사람 사이에 있었던 일을 떠올리며 말했다.

"아니요, 죽음은 원치 않아요. 죽일 생각도 여러 번 했고 시도도 했습니다…. 하지만 그래 봐야 소용없는 짓이에요. 도브레크는 죽을 경우를 대비해 이미 만반의 준비를 해놓았어요. 도브레크가 죽어도 명단은 존재할 거예요. 그리고 죽이면 복수가 아니지요…. 증오심에 사로잡히면 더 잔인한 것을 원하게 되지요…. 저는 도브레크를 너무나 증오합니다. 그래서 도브레크가 완전히 망하고 반신불수가 되기를 바랍니다. 이를 위해서는 한 가지 방법밖에 없어요. 힘을 없애는 거지요. 힘이 되어주는 명단을 빼앗으면 도브레크는 더 이상 아무것도 아닌 존재가 될 거예요. 그게 바로 그자의 파멸이지요. 완전히 몰락해 불쌍한 존재가 되는 겁니다. 저는 그것을 원해요."

"하지만 도브레크도 부인의 의도를 알고 있겠지요?"

"물론이에요. 그래서 도브레크와의 만남이 이상한 거예요. 저는 도브레크의 말에 숨은 의도를 알아내기 위해 귀를 기울이고… 도브레크는 나름대로…."

"자신이 가지고 싶은 대상을 호시탐탐 노리는 거겠지요…." 뤼팽은 여자의 마음을 간파하고 대신 말을 이어주었다. "여전히 미련을 가진 상대… 아직도 사랑하는 여인… 정말로 원했고 가지고 싶은 존재 말입니다."

"예." 여자가 고개를 숙이며 대답했다.

서로 맞설 수밖에 없는 도브레크와 여인의 대결이 희한하기는 했다. 여인에 대한 갈망이 커질수록 도브레크는 그 여인을 자기 곁에 둘 수 있지만 동시에 언제라도 여인에게 목숨을 잃을 수 있다. 그런데도 도브레크는 안전한 상황에 놓여 있으니 정말로 이상했다.

"부인이 추구하는 목표는 어디까지 이루었습니까?" 뤼팽이 물었다.

"오랫동안 도브레크의 주변을 조사했으나 별로 얻은 게 없어요. 당신이 벌인 수색 작업과 경찰이 하는 작전은 이미 수년 전에 저도 해본 것입니다. 그런데 별 성과가 없었어요. 그래서 절망했지요. 그러던 어느 날, 앙기앵에 있는 도브레크의 별장에 갔다가 서재 책상 아래에 있는 편지들을 보았습니다. 편지들은 휴지통에 구겨진 채 버려져 있었습니다. 도브레크가 서툰 영어로 쓴 편지였어요. 편지 내용은 다음과 같았습니다."

수정의 안쪽을 감쪽같이 파내십시오.

"그런데 정원에 있던 도브레크가 헐레벌떡 뛰어와 수상한 표정을 지으며 휴지통을 뒤졌습니다. 도브레크가 휴지통을 뒤졌기 때문에 그제야 그 편지에 관심을 두었습니다. 도브레크가 의심하는 눈으로 바라보면서 '여기 편지가 있었는데…'라고 했습니다. 저는 못 알아듣는 척했습니다. 도브레크는 더 이상 묻지 않았지만 당황한 듯한 표정이었습니다. 그래서 더욱 편지에 관심을 두게 되었지요. 한 달 후에 앙기앵 별장의 거실 벽난로 속 잿더미를 뒤졌고 영어로 된 송장을 찾아냈습니다. 스타워브릿지의 유리세공사 존 하워드가 견본과 같은 수정병을 도브레크에게 보냈다는 내용이었습니다. 수정이라는 단어에 정신이 번쩍 들었지요. 저는 서둘러 스타워브릿지로 달려가 유리세공 공방의 감독관을 매수해 수정마개가 주문장에 따라 만들어졌다는 사실을 알게 되었습니다. 아무도 모르게 수정의 내부를 파라는 주문이었어요."

"그 정보만으로도 의심의 여지가 없군요. 하지만 그 정도 크기의 금관 아래는 공간이 너무 좁아서…."

"좁아도 충분해요." 여자가 대답했다.

"그걸 어떻게 아십니까?"

"프라스빌에게 들었어요."

"프라스빌을 만났다는 건가요?"

"남편이 자살한 이후로 만났습니다. 그전에는 우리 부부가 몇몇 사건도 있고 해서 프라스빌과의 모든 관계를 끊었습니다. 프라스빌은 도덕적으로 그리 모범적이지 않은 인물이었거든요. 양심보다는 야심을 따랐고 되메르 운하 사건에서도 석연치 않은 일을 했습니다. 돈도 꽤 받았을 겁니다. 하지만 그건 중요하지 않았어요. 어쨌든 그 사람의 도움이 필요했으니까요. 프라스빌은 이제 막 부임한 신임 경찰청 사무국장이었어요. 그래서 프라스빌을 만나보기로 했습니다."

"프라스빌이 질베르의 행실을 알고 있지 않던가요?"

"아니요, 그렇지는 않더군요. 처음에는 조심했습니다. 다른 사람들에게 말했듯 프라스빌에게도 질베르는 가출해서 이 세상을 떠났다고 했어요. 나머지는 사실대로 이야기했습니다. 남편이 자살한 이유와 제 복수 계획에 대해서 있는 그대로 이야기했습니다. 모든 이야기를 듣자 프라스빌이 펄쩍 뛰었습니다. 프라스빌은 여전히 도브레크를 증오하고 있는 것 같았어요. 프라스빌과 오랫동안 이야기를 나누었지요. 프라스빌은 문제의 명단이 아주 얇은 타자 용지에 적혀 있고 조그만 공처럼 돌돌 말려서 아무리 좁은 공간이라도 넣을 수 있다고 했습니다. 이제 우리 둘은 명단이 어디에 있는지 알게 되었으니 망설일 이유가 없었지요. 우리는 각자의 방법대로 계획을 밀고 나가기로 하되 비밀리에 연락을 주고받기로 했습니다. 우리 사이의 연락은 중간에서 라마르틴 광장의 여자 관리인인 클레망스가 담당하기로 했어요. 클레망스는 언제나 제게 성심을 다했지요."

"하지만 여자 관리인은 프라스빌에게는 그리 성심을 다하는 것 같지는 않더군요. 관리인이 배신했다는 증거도 있습니다."

"지금이야 그럴지 몰라도 처음부터 그러진 않았습니다. 경찰도 가택 수사를 좀 더 자주 했습니다. 질베르가 제 인생에 다시 들어오게 된 건 이보다 10개월 전쯤이었습니다. 엄마라면 자식이 어떤 일을 하고 다녀도 애정을 끊을 수 없지요. 질베르는 멋있게 컸더군요. 질베르를 잘 알고 계시지요. 질베르는 많이 울었어요. 동생 자크를 안고도 많이 울었고요. 전 질베르를 이미 용서했습니다."

여자는 바닥을 바라봤다. 그리고 작은 목소리로 말을 이었다. "그때 용서하지 말았어야 했는데. 그때로 돌아갈 수 있으면 좋겠어요. 그때 이를 악물고 질베르를 쫓아냈어야 하는 건데. 가엾은 것, 이번엔 제가 질베르를 망친 거예요."

여자는 수심이 가득한 표정으로 말을 이었다. "만일 질베르가 제가 상상한 대로 방탕하고 사악한 인간이 되어 돌아왔다면 저도 용기를 내 쫓아낼 수 있었을 거예요. 그런데 질베르는 얼굴은 많이 변했으나 정신적으로는 좀 더 성숙해진 것 같았습니다. 당신이 질베르를 맡아서 그런지 생활 방식은 모범적이지 않아도 심지가 굳고 정직한 사람이 된 것 같았어요. 쾌활하고 행복해 보였습니다. 질베르가 당신에 대해 이야기할 때 애정이 느껴졌습니다."

여자는 뤼팽 앞이라 질베르의 생활 방식을 강하게 비판할 수도 없고 그렇다고 칭찬할 수도 없어서 적당한 말을 고르려고 노력하는 것 같았다.

"그래서요?" 뤼팽이 물었다.

"질베르와 자주 만났어요. 질베르가 몰래 저를 보러 오거나 제가 질베르를 만나러 가서 함께 들판을 산책하곤 했지요. 그러면서 전 그동안 있었던 일을 이야기해주었습니다. 이야기를 듣던 질베르가 펄펄 뛰었습니다. 질베르는 아버지의 원수를 갚겠다고 했습니다. 수정마개를 빼앗아 자신을 타락시킨 도브레크에게 복수하겠다고 했어요. 질베르가 처음 한 생각은 당신과 의논하겠다는 것이었습니다. 줄곧 그렇게 생각했어요."

"당연히 그래야지요!" 뤼팽이 큰 소리로 말했다.

"저도 그렇게 생각해요. 하지만 질베르는 마음이 약한 면이 있다는 걸 아시지요? 그만 동료 한 명의 꾐에 빠지고 말았습니다."

"보슈레이 말이군요?"

"예, 보슈레이였어요. 정신이 불안하고 불만과 욕심도 많은 성격이지요. 야비한 야심이 있는 데다가 교활하고 엉큼합니다. 하필 보슈레이가 질베르에게 영향력을 끼친 것 같아요. 질베르가 보슈레이에게 조언을 구한 게 처음부터 잘못한 일이었습니다. 그래요, 여기서부터 일이 잘못되었어요. 보슈레이는 질베르뿐만 아니라 저까지 설득시켰습니다. 이번 일은 우리끼리 해결하자고 했지요. 보슈레이는 모든 조사를 열심히 했고 적극 나섰습니다. 그러다가 뤼팽 씨까지 끌어들여 앙기앵의 마리 테레즈 별장을 털자고 계획을 세운 거예요. 그곳은 하인 레오나르가 빈틈없이 감시하기 때문에 프라스빌과 부하들이 가택 수사를 할 엄두조차 못 냈습니다. 보슈레이의 계획은 정신 나간 짓이었어요. 차라리 경험 많은 뤼팽 씨에게 모든 것을 맡기든가, 아니면 일이 잘못되거나 서투르게 행동하다 위험이 생기는 한이 있어도 뤼팽 씨를 이번 일에서 완전히 제외했어야 했습니다. 하지만 방법이 없었어요. 주도권은 보슈레이가 쥐고 있었으니까요. 저는 도브레크와 만나기로 했습니다. 그동안 수정마개를 찾는 작업을 벌이기로 한 거예요. 그런데 별장으로 돌아왔을 때는 끔찍한 사건이 기다리고 있었습니다. 레오나르는 살해되었고 질베르가 체포되었지요. 곧바로 불길한 예감이 떠올랐습니다. 도브레크의 저주가 실현되리라는 예감이었지요. 중죄재판소와 유죄 판결이 떠올랐습니다. 무엇보다도 제 잘못으로, 미련한 저 때문에 질베르가 나올 수 없는 깊은 나락으로 떨어진 거예요.”

클라리스는 흥분해서 두 손을 꼬면서 몸을 떨었다. 자식이 단두대에 오르는 것을 두고 봐야 하는 어머니의 마음만큼 고통스러운 게 또 있을까. 뤼팽은 마음이 아팠다.

“질베르는 우리가 반드시 구해낼 겁니다. 정말로요. 그러나 질베르를 구하기 위해서는 내가 모든 사실을 자세히 알고 있어야 합니다. 나머지 이야기를 전부 들려주십시오…. 어떻게 해서 앙기앵에서 일어난 일을 자세히 알 수 있었습니까?”

“뤼팽 씨의 부하들, 아니, 보슈레이의 부하라고 해야겠군요. 보슈레이의 심복 두 명이 알려주었습니다. 그 보트를 몰았던 사람들….” 클라리스는 마음을 진정시킨 후 우수 어린 표정으로 말을 이었다.

"밖에 있는 그로냐르와 르발뤼 말이군요?"

"예. 뤼팽 씨가 별장에서 나오자마자 배를 타고 쫓아오는 경찰서장을 겨우 따돌린 후 호숫가에서 상황을 간단히 설명해주었다고 했습니다. 그리고 뤼팽 씨는 자동차를 타고 갔다고 했어요. 이들 두 명은 제가 사는 집까지 한걸음에 달려왔습니다. 전에 우리 집에 한 번 온 적이 있었거든요. 그리고 제게 끔찍한 소식을 전해주었습니다. 이런, 세상에, 질베르가 감옥에 가다니! 아, 정말 무서운 밤이었습니다. 어떻게 해야 할지 도무지 알 수 없었습니다. 뤼팽 씨를 찾아갈까 생각했습니다. 도움이 필요했으니까요. 하지만 뤼팽 씨를 어디서 찾을 수 있을지 몰랐습니다. 그러는 중에 궁지에 몰린 그로냐르와 르발뤼가 동료인 보슈레이가 자신들 가운데 어떤 위치에 있고 보슈레이의 야심과 오랜 계획이 무엇인지를 알려주었습니다."

"나를 제거한다는 거였겠지요?" 뤼팽이 냉소적으로 말했다.

"그래요. 보슈레이는 뤼팽 씨가 질베르를 신뢰하고 있음을 알고 있었습니다. 그래서 질베르를 감시해 뤼팽 씨가 묵는 숙소를 전부 알아놓았지요. 보슈레이는 며칠 후면 수정마개를 얻어 막대한 힘을 가지리라고 생각했고 그때가 되면 뤼팽 씨를 경찰에 넘긴다는 계획을 세워두었습니다. 보슈레이는 뤼팽 씨가 사라지면 부하들이 자기 밑으로 들어올 테니, 이번 일에는 특별히 부하들을 끌어들이지 말자고 생각한 거예요."

"바보 같은 놈! 애송이 같은 놈이 어딜 감히!" 뤼팽이 작은 소리로 중얼거렸다.

뤼팽이 계속 질문했다.

"그나저나 문짝의 판자는 어떻게 된 겁니까?"

"보슈레이가 생각해놓은 거예요. 당신, 그리고 도브레크와의 결투에 대비해 만든 장치입니다. 보슈레이는 그 작은 구멍을 통과할 수 있을 정도로 삐쩍 마른 난쟁이 곡예사를 두고 있었습니다. 난쟁이 곡예사가 이 구멍으로 드나들면서 뤼팽 씨에게 배달되는 편지와 비밀 사항을 전부 알아놓겠다는 계획을 세웠습니다. 이 이야기도 그로냐르와 르발뤼가 전해주었어요. 그 말을 듣고 제가 그 구멍을 사용해보자는 생각이 들었습니다. 용기 있고 똑똑한 자크를 구멍으로 들어가게 해 형 질베르를 구해보자는 생각이었지요. 우리는 밤에 출발했고 그로냐르와 르발뤼가 알려주는 대로 질베르가 묵었던 숙소를 찾아가 마티뇽가에 있는 당신의 숙소 열쇠를 얻었습니다. 가는 길에 그로냐르와 르발뤼의 말을 들으며 더욱 결심을 굳혔습니다. 저는 제 나름대로 수정마개를 훔칠 생각을 했고, 터놓고 도움을 요청할 생각은 하지 않게 되었어요. 앙기앵에 수정마개가 있었다면 당신이 가져갔으리라고 생각했습니다. 제 생각이 틀리지 않았지요. 자크가 재빨리 당신 방으로 들어가 수정마개를 가지고 왔습니다. 수정마개를 얻은 저는 희망을 품고 재빨리 숙소를 빠져나왔습니다. 그 수정마개를 프라스빌에게 알리지 않고 혼자 차지하게 된 저는 도브레크를 마음대로 조종할 수 있다고 생각했습니다. 도브레크는 질베르를 구하기 위해 대대적인 구명 운동을 위해 교섭할 것이고, 질베르를 감옥에서 빼주든가 적어도 형은 선고받지 않게 해주리라고 생각했지요."

"그래서 어떻게 되었습니까?"

클라리스는 갑자기 자리에서 벌떡 일어나 뤼팽을 향해 몸을 숙여 조그만 목소리로 대답했다. "수정 덩어리 안에는 아무것도 없었어요. 아시겠어요? 종이 하나 없었습니다. 안에는 숨길 만한 공간도 없었어요. 앙기앵 작전은 아무 소용없는 짓이었어요. 레오나르는 괜히 살해당했고 질베르도 억울하게 체포된 거예요."

"왜 그렇게 된 겁니까?"

"왜 그랬느냐고요? 당신이 도브레크에게서 훔쳐낸 수정마개는 도브레크의 주문에 따라 맞춤 제작된 게 아니라 스타워브릿지의 유리세공사 존 하워드에게 견본으로 보내진 것이었어요."

클라리스가 너무 괴로워했기에 뤼팽은 빈정댈 수 없었다. 평소의 뤼팽이라면 운명의 장난과 마주칠 때 으레 그랬듯 빈정거렸을 것이다. 하지만 상황이 상황인지라 뤼팽은 이렇게 중얼거릴 뿐이었다.

"정말 일이 이상하게 돌아갔군요. 도브레크의 경계심만 높이는 결과만 낳았으니 상황이 더욱 이상해졌어요."

"그렇지는 않아요. 그날 앙기앵으로 가봤지만 어수선한 상황인데도 도브레크는 단순히 도둑이 든 줄만 알고 있었어요. 지금도 그렇고요. 누군가 자신의 물건에 손대려고 한다고만 생각하고 있어요. 당신이 개입했기에 더욱 그렇게 생각하고 있지요." 클라리스가 대답했다.

"하지만 사라진 수정마개는…."

"견본에 대해선 그리 크게 신경 쓰지 않고 있어요."

"그 문제의 수정마개가 견본이라는 것은 어떻게 아는 겁니까?"

"그 후 영국에서 알아봤어요. 수정마개 견본은 목 부분에 긁힌 자국이 있거든요."

"그건 그렇다 칩시다. 그렇다면 고작 견본인 수정마개를 보관한 벽장 열쇠를 하인이 어째서 그리 꼼꼼하게 감시한 겁니까? 파리의 도브레크 집 탁자 서랍에도 그 견본이 있던데, 그건 왜 그런 거지요?"

"중요한 물건이라면 견본에도 애착을 느끼지요. 도브레크도 수정마개에 아주 무관심하다고는 할 수 없어요. 그래서 저는 도브레크가 수정마개 견본이 없어진 사실을 알아차리기 전에 얼른 벽장 속에 다시 놔둔 거예요. 두 번째에도 역시 자크를 시켜 당신의 호주머니 속에 있는 수정마개를 꺼낸 뒤 관리인 여자에게 주어 제자리에 가져다 놓게 했고요."

"도브레크는 결국 아무것도 눈치채지 못했나요?"

"예. 도브레크는 문제의 명단을 사람들이 찾고 있다는 사실은 알지만 프라스빌이나 제가 그 명단이 감춰진 곳을 안다고는 생각하지 못하거든요."

뤼팽은 자리에서 일어나 골똘히 생각에 잠긴 채 이리저리 왔다 갔다 했다. 그런 뒤 클라리스 옆에 섰다.

"결국 앙기앵 사건 이후로 전혀 진전이 없는 셈이군요?" 뤼팽이 물었다.

"전혀요…. 그로냐르, 르발뤼와 함께 열심히 움직이고는 있지만 어떤 정확한 계획을 세워둔 건 아니에요."

"그저 막연하게, 어떻게 해서든 도브레크에게서 명단을 빼내겠다는 생각만 하는 거군요?"

"그래요. 어떻게 해야 할지 모르겠어요. 당신의 행동도 신경이 쓰였어요. 도브레크가 새로 고용한 요리사가 뤼팽 씨의 유모 빅투아르라는 사실도 쉽게 알아냈어요. 빅투아르가 당신을 방에 머물게 한다는 사실도 관리인 여자를 통해 알아냈습니다. 나로서는 당신이 무슨 꿍꿍이속인지 신경이 쓰였습니다."

"이 일에서 손 떼라고 편지를 보낸 사람도 부인이군요?"

"예."

"지난번 저녁에 내게 보드빌 극장에 가지 말라는 편지를 보낸 사람도 부인이고요."

"예. 도브레크와 제가 통화하는 것을 빅투아르가 엿듣는 모습을 관리인 여자가 보았거든요. 도브레크의 집을 계속 감시하던 르발뤼가 당신이 서둘러 외출한다는 이야기를 들려주었습니다. 르발뤼 말로는 당신이 분명 저녁에 도브레크를 미행하기 위해 외출한 것이라고 했어요."

"어느 늦은 오후에 내 집에 찾아온 노동자 차림의 여자도 부인이었고요?"

"그래요. 너무 불안해서 당신을 만나보려고 왔어요."

"그러다가 질베르의 편지를 가져갔고요?"

"예. 겉봉의 필체가 질베르의 필체였거든요."

"그런데 그때는 자크와 함께 오지 않았지요?"

"예. 자크는 르발뤼와 차 안에 있었어요. 나중에 거실 창문으로 자크를 들여보낸 뒤 이 방의 문짝 구멍으로 들어가게 한 거예요."

"질베르의 편지 내용은 무엇이었습니까?"

"당신을 원망하는 내용이었어요. 자신을 버리고 본인 일에만 신경 쓴다는 거였어요. 그 편지를 읽으면서 당신을 더욱 의심하게 되었습니다. 그래서 당신을 만나려던 생각을 접고 그대로 달아난 거예요."

뤼팽은 어깨를 으쓱했다. 안타까운 마음이 들었다.

"시간만 낭비했군요! 서로 어긋나기만 했으니 운이 없었어요. 부인과 나는 숨바꼭질만 한 셈이고요. 서로에게 쓸데없는 덫이나 놓고… 그러는 동안 귀한 시간만 흘려보냈습니다."

"당신의 생각도 그렇군요…. 저도 그렇게 생각합니다…. 당신도 앞으로의 일을 걱정하고 있군요." 클라리스가 떨면서 말했다.

"전혀 걱정하지 않습니다! 다만 좀 더 일찍 손을 잡았으면 어느 정도 성과를 거둘 수 있었을 텐데 그렇지 못해 안타까울 뿐입니다. 우리가 일찍 협력했다면 실수도 피할 수 있었을 거예요. 지난번 밤에 부인이 도브레크의 옷을 뒤진 일 역시 쓸데없는 행동이었어요. 우리가 그동안 서로 오해하느라 쓸데없이 경쟁하고 소란만 떨어서 도브레크가 더욱 경계 태세를 높이게 된 상황이 안타까울 뿐입니다."

"제 생각은 달라요." 클라리스가 고개를 저으며 말했다. "우리가 소란을 피웠다고 해도 도브레크는 잠에서 깨지 않았을 거예요. 관리인이 도브레크가 마실 와인에 강한 수면제를 타기를 기다리느라 하루 늦게 계획을 실행한 거니까요."

이어서 클라리스는 조용한 목소리로 말을 이었다.

"한 가지 알아두어야 할 사실이 있습니다. 아무리 예상치 못한 일이 생겨도 도브레크는 경계 태세를 늘릴 필요가 없어요. 도브레크는 살아오면서 워낙 위험에 대비하는 데 익숙해져서 늘 경계하고 살았습니다. 경계하는 게 생활 습관으로 굳어진 거예요…. 더구나 도브레크는 유리한 패를 전부 가지고 있고요."

"그게 무슨 소리입니까? 그렇다면 앞으로 전혀 희망이 없다는 말이군요…. 목표를 이룰 방법이 아무것도 없다는 겁니까?" 뤼팽이 여자에게 다가가 물었다.

"방법이 하나 있긴 해요…. 하나가…."

클라리스는 이렇게 중얼거리며 다시 손에다 얼굴을 묻었다. 뤼팽은 얼굴을 묻기 전에 클라리스의 창백해진 얼굴을 보았다. 괴로워하는 이유를 알 것 같기에 더욱 안타까운 마음이 들었다. 뤼팽은 클라리스 쪽으로 몸을 숙였다.

"부탁이니, 솔직하게 전부 털어놓으세요…. 질베르 때문입니까? 다행히 비밀에 싸인 질베르의 과거까지는 사법 당국도 모르고 있습니다. 질베르의 본명도 아직 모르고 있고요. 그런데 본명을 아는 누군가가 있는 거지요? 바로 도브레크고요…. 도브레크는 질베르가 앙투안이라는 것을 알아본 겁니다. 그렇지요?"

"예…. 그래요…."

"도브레크가 질베르를 구해주겠다고 했겠군요? 석방이든 탈옥이든 감옥에서 빼내주겠다고 말입니다…. 부인이 도브레크를 칼로 찌르려고 했던 밤에 도브레크는 그런 제안을 했고요."

"예…. 그래요…. 바로 그랬어요."

"대신 조건이 있었지요? 그 비열한 인간이라면 어떤 조건을 걸었을지 상상이 갑니다…. 내 말이 맞나요?"

클라리스는 대답하지 못했다. 도브레크는 줄곧 강해지기만 했기에 이제는 클라리스도 어쩔 방도가 없어 보였다. 클라리스는 그저 지친 표정이었다.

뤼팽의 눈에 클라리스의 모습은 힘없는 먹잇감, 정복자 손에 잡힌 패배자였다. 클라리스 메르지는 도브레크가 죽인 것이나 다름없는 메르지의 사랑스러운 아내였고 도브레크가 타락시킨 질베르의 불쌍한 어머니이자 지금은 아들 질베르를 단두대에서 구하기 위해 도브레크의 파렴치한 욕망을 받아들여야 하는 가련한 여인이었다. 클라리스는 도브레크의 노예이자 정부의 처지로 전락한 것이다. 뤼팽은 야비한 도브레크에 분노와 혐오감을 느꼈다.

뤼팽은 곁에 다가가 클라리스의 고개를 들게 했다. 뤼팽의 태도에는 연민이 가득했다.

"잘 들으세요. 내가 질베르를 구하겠습니다. 맹세하겠습니다…. 반드시… 질베르는 절대 죽지 않습니다. 장담할 수 있습니다…. 내가 살아 있는 한 그 어떤 힘도 질베르의 목을 가져갈 수 없습니다."

"뤼팽 씨를 믿어요…. 믿겠습니다."

"예, 믿어야 합니다. 난 지금까지 패해본 적이 없습니다. 이번에도 반드시 성공할 거예요. 대신 부인이 단단히 약속해주어야 할 게 있습니다."

"그게 무엇인가요?"

"앞으로 도브레크를 만나지 마십시오."

"아, 꼭 그렇게 할게요!"

"아무리 작은 것이라도 도브레크와 관련된 두려움이나 생각을 모두 지워버려야 합니다…. 그 인간과 절대 어떤 거래도 해서는 안 됩니다…."

"그렇게 할게요."

클라리스는 편안하고 신뢰 어린 표정으로 뤼팽을 바라봤다. 여자의 눈빛을 바라보면서 뤼팽은 클라리스를 행복하게 해주고 싶다는 생각을 품었고, 클라리스의 상처를 치유하기 위해 무엇인가를 할 수 있다는 것에 기쁨을 느꼈다.

뤼팽은 천천히 자리에서 일어나 유쾌한 말투로 말을 이었다. "모든 것이 잘 풀릴 겁니다. 2~3개월의 시간이 있습니다. 이 정도면 넉넉합니다…. 물론 내가 자유롭게 행동해야 한다는 조건이 붙습니다. 그러려면 부인이 이번 일에서 물러나 있어야 합니다."

"어떻게요?"

"당분간 눈에 띄지 않게 숨어 계세요. 시골 같은 곳에 있어도 좋습니다. 자크가 불쌍하기도 하고요. 자크를 언제까지나 이런 일에 끼어들게 할 수는 없습니다. 신경이 쇠약해질 거예요. 저 가엾은 아이가 말이지요…. 이젠 잘 만큼 잔 모양이군요…. 잘 잤니, 꼬마 대장?"

다음 날 클라리스는 자크와 함께 생제르맹의 숲 언저리에 있는 친구 집에서 묵기로 했다. 클라리스는 그동안 여러 일을 겪으면서 많이 지쳤기에 병에 걸리지 않으려면 휴식이 필요했다. 체력도 약해지고 끔찍한 악몽 같은 나날로 스트레스를 받아 감정도 불안해진 클라리스는 신경이 예민하고 힘없이 무기력한 상태로 지냈다. 당분간 아무것도 하지 않았고 신문 읽는 것도 중단했다.

　어느 날 오후, 뤼팽은 계획을 대대적으로 수정해 도브레크를 납치해 가둘 방법을 찾았다. 계획이 성공하면 그로냐르와 르발뤼는 배신을 용서받기로 했다. 두 사람은 뤼팽의 지시에 따라 도브레크를 감시했다. 한편 신문마다 아르센 뤼팽의 공범 두 명이 살인 혐의로 체포되어 조만간 재판을 받으리라는 내용이 대서특필로 보도되었다. 4시쯤 샤토브리앙가의 아파트에 전화벨 소리가 울려 퍼졌다.

　뤼팽이 전화를 받았다. "여보세요?"

　전화를 건 사람은 여성으로 숨이 넘어갈 듯 다급한 목소리였다.

　"미셸 보몽 씨인가요?"

　"그렇습니다만… 누구시지요?"

　"어서 이리로 와주세요, 어서! 메르지 부인이 독을 마셨습니다."

　뤼팽은 더 이상 따져 묻지 않고 얼른 뛰어나가 자동차를 타고 생제르맹으로 갔다.

　클라리스의 친구가 방문 앞에서 기다리고 있었다.

"사망한 겁니까?"

"아니요, 다행히 치사량은 아닌 듯합니다. 의사 선생님이 다녀갔는데 생명에는 지장이 없다고 해요."

"독을 마신 이유는요?"

"자크가 사라졌어요."

"유괴된 건가요?"

"예. 자크가 숲 근처에서 놀고 있었는데 자동차 한 대가 멈추더니 나이 든 여자 두 명이 내렸다는 거예요…. 이어서 바로 비명이 들렸고요. 클라리스도 비명을 지르려 했지만 그만 쓰러지고 말았어요. 클라리스가 쓰러지면서 '그 사람 짓이야…. 그 사람 짓이라고…. 이제 난 끝이야…'라고 말했어요. 클라리스는 정신이 어떻게 된 사람 같았어요. 그러더니 갑자기 병을 가져와서는 안의 내용물을 삼켰어요."

"그래서요?"

"남편과 함께 클라리스를 방으로 옮겼어요. 클라리스는 겨우 죽을 고비를 넘겼고요."

"내 전화번호와 이름은 어떻게 아셨습니까?"

"의사 선생님이 와 있는 동안 클라리스가 알려주었어요. 그래서 당신에게 전화를 건 거예요."

"다른 사람에게 이 일을 이야기하지는 않았겠지요?"

"예. 클라리스는 평소에도 걱정이 많아서 이번 일도 조용히 넘어가길 바란다고 생각했거든요."

"클라리스 씨 좀 볼 수 있을까요?"

"지금은 잠들었어요. 의사 선생님도 절대 안정이 필요하다고 했고요."

"다른 문제는 없다고 하던가요?"

"의사 선생님 말로는 심하게 흥분하거나 자극을 받으면 또다시 자살 시도를 할 수 있다고 했어요. 한 번 더 이런 일이 생기면 그땐 정말 큰일 날 수도 있다고요."

"의사 선생님이 내린 지시는요?"

"1~2주는 절대 안정을 취해야 하는데 자크 일 때문에 그러기가…."

뤼팽이 곧장 말을 끊었다. "자크만 돌아오면 괜찮다는 거지요?"

"예, 당연히 괜찮겠지요."

"분명한 거겠지요…? 좋습니다…. 클라리스 씨가 깨어나면 내 말을 꼭 전해주세요. 오늘 자정 전까지 자크를 데리고 오겠다고요. 오늘 자정 전입니다. 약속은 꼭 지킵니다."

뤼팽은 밖으로 뛰어나와 자동차에 탔고 운전사에게 큰 소리로 지시했다. "파리 라마르틴 광장으로 간다. 도브레크 하의원 집으로 밀고 들어가는 거야!"

6
사형선고

뤼팽의 자동차는 책과 종이, 잉크와 펜이 갖춰진 서재 같았다. 한편으로는 배우 대기실 같기도 했는데, 각종 화장품이나 다양한 옷이 든 상자와 그 외에도 변장을 돕는 우산, 지팡이, 목도리, 코안경 같은 소품들이 갖추어져 있었기 때문이다. 저녁 6시, 뤼팽은 약간 통통한 체형에다 검은색 프록코트와 실크햇 차림을 하고, 코안경을 걸치고 구레나룻을 기른 신사로 변장해 도브레크 집 철책 문의 초인종을 눌렀다. 관리인이 뤼팽을 현관 앞 계단으로 안내했다. 역시 초인종 소리를 듣고 나온 빅투아르도 뤼팽을 맞았다. 뤼팽은 빅투아르에게 이렇게 말했다.

"도브레크 의원님께 베른 박사라고 전해주십시오."

"의원님은 방에 계시긴 하지만 지금 이 시간에는…."

"내 명함을 전해주십시오."

뤼팽은 명함 여백에 '메르지 부인으로부터'라고 적은 후 다시 부탁했다.

"여기 있습니다. 이것을 보시면 그냥 가라고는 하지 않을 겁니다."

"하지만…." 빅투아르는 여전히 곤란한 표정을 지었다.

"어이, 할머니, 좀 적당히 좀 넘어가주면 안 되겠습니까? 왜 이렇게 깐깐하게 나오시나!"

빅투아르는 이 말에 깜짝 놀랐다. "아니, 도련님이세요?"

"무슨 말씀! 루이 14세입니다!"

뤼팽은 빅투아르를 현관 구석으로 데리고 가 속삭였다.

"잘 들어요…. 내가 도브레크와 단둘이 남으면 유모는 즉시 방으로 올라가 짐을 싸서 여기를 떠나세요."

"뭐라고요?"

"내가 말한 대로 해요. 길가로 조금 더 가면 내 차가 서 있을 겁니다. 자, 어서 가서 손님이 왔다고 도브레크에게 전해요! 난 서재에서 기다리겠습니다."

"도통 뭐가 뭔지 모르겠어요."

"어서 서둘러요."

빅투아르는 전기 스위치를 돌렸다. 그리고 도브레크에게 뤼팽의 말을 전하러 갔다. 뤼팽은 혼자 남았다.

"바로 이곳이야. 수정마개가 있는 곳이지. 도브레크가 가지고 다니지 않는다면 수정마개는 여기에 보관할 거야. 확실하게 숨길 만한 곳이라면 이용하는 게 당연하지. 여기야말로 훌륭한 장소 아닌가. 아무도 찾지 못하니까…."

뤼팽은 의자에 앉아 방 안의 물건들을 자세히 관찰했다. 전에 도브레크가 프라스빌에게 보내려고 한 쪽지 내용이 생각났다.

자네 손 닿는 곳에 있었는데! 거의 만졌는데 말이야. 조금만 신경 썼으면 손에 넣을 수 있었을 텐데.

그날 이후로 배치가 달라진 물건은 없어 보였다. 책상 위에는 책과 장부들, 잉크병, 도장갑, 담뱃갑, 각종 파이프가 놓여 있었다. 누군가 와서 이곳 물건들을 여러 번 만지고 뒤졌을 텐데 배치가 그대로였다.

"운 좋은 자식! 사업은 순풍에 돛 단 것처럼 잘 흘러갔겠지. 잘 짜인 각본처럼 말이야…."

뤼팽은 여기에 왜 왔는지, 앞으로 어떻게 해나갈 것인지를 분명하게 알고 있었다. 만만치 않은 상대인 도브레크가 뤼팽의 갑작스러운 방문에 놀라고 이상하게 생각하리라는 것도 예상했다. 도브레크가 상황을 유리하게 이끌어 뤼팽의 예상과 다른 대화가 전개될 수도 있다.

이런 생각이 들자 꽤 초조했다. 발소리가 들렸다. 뤼팽은 잠시 경직되었다. 도브레크가 모습을 드러냈다. 도브레크는 아무 말 하지 않고 의자에서 일어난 뤼팽에게 다시 앉으라는 신호를 보냈다. 그리고 자신도 맞은편 책상에 앉아 뤼팽이 전한 명함을 바라봤다.

"베른 박사시라고요?"

"그렇습니다, 의원님. 베른 박사라고 합니다. 생제르맹에서 오는 길입니다."

"메르지 부인에게서 오시는 길이라고요…. 부인은 박사님의 고객이겠지요?"

"잠시 돌보는 환자분입니다. 심각한 전화를 받고 오늘 처음으로 부인을 치료했습니다."

"어디가 아픈가요?"

"부인이 음독자살을 시도했습니다."

"뭐라고!"

도브레크가 벌떡 일어나 흥분했다.

"방금 뭐라고 하셨습니까? 음독자살! 그럼 죽었단 말입니까?"

"아니요, 다행히 치사량은 아니었습니다. 후유증이 조금 있지만 생명에는 지장이 없습니다."

도브레크는 입을 다물고 아무 말도 하지 않았다. 뤼팽 쪽으로 고개를 돌린 그대로 움직이지 않았다.

'날 보고 있는 거야, 아니야? 눈을 뜨고 있는 거야, 감고 있는 거야?' 뤼팽이 생각했다.

뤼팽은 상대인 도브레크의 눈빛을 잘 보지 못해 영 신경이 쓰였다. 도브레크는 안경에 검은 코안경까지 끼고 있었다. 클라리스가 말한 적 있는 핏발이 선 흉하고 음흉한 눈동자… 눈빛을 봐야만 상대의 은밀한 생각을 읽을 수 있는 법이다. 그런데 도브레크의 눈빛을 자세히 볼 수 없으니 뤼팽은 마치 보이지 않는 검을 휘두르는 적을 상대하는 기분이 들었다.

잠시 후에 도브레크가 다시 입을 열었다.

"그럼 부인은 목숨을 건진 거군요…. 그런데 무슨 이유로 박사님을 내게 보냈습니까…? 이해되지 않는군요…. 제가 부인을 잘 알지 못해서요."

'이런…. 묘한 순간이긴 하지만 해보는 거다!' 뤼팽이 생각했다.

뤼팽은 일부러 수줍은 성격의 사람이 당황했을 때 보일 법한 모습을 연기했다.

"의원님, 의사는 상황에 따라 복잡하다고 할 수 있는 직업입니다…. 애매하긴 하지요…. 제게 치료를 받는 중에도 부인은 두 번째 음독자살을 시도했습니다…. 안타깝게도 독이 든 병이 부인 손에 닿는 곳에 있었습니다…. 제가 부인으로부터 독이 든 병을 얼른 빼앗았고 그 과정에서 승강이도 벌였습니다. 그런데 부인이 흥분하면서 '그 사람 짓입니다…. 그 사람이에요…. 도브레크… 하의원… 내 아들을 돌려달라고 해주세요…. 안 그러면 난 죽을 거예요…. 당장… 오늘 밤까지 돌려주지 않으면… 난 죽을 거예요…'라고 말했습니다. 일이 이렇게 되어 제가 의원님께 상황을 알리고자 온 거예요. 부인은 매우 흥분한 상태라서 또다시 무슨 일이 일어날지 모르는 일입니다…. 저야 부인이 무슨 이야기를 하는지 알 수 없지만… 아무에게도 이야기하지 않고 곧바로 이리로 왔습니다…. 거의 본능적으로 이곳에 왔지요…."

도브레크는 생각에 잠겨 있다가 말했다. "그러니까… 부인의 아들이 어디에 있는지, 혹시라도 내가 알고 있나 해서 그것을 물어보려고 여기까지 오셨다는 거군요, 박사님?"

"예, 그렇습니다."

"내가 알고 있다면 박사님께서 부인에게 아이를 데려다주려고 하시는 거고요?"

"그렇습니다."

한참 침묵이 흘렀다.

'내 이야기를 믿는 건 아닐까? 여자가 죽는다고 하니, 일이 쉽게 해결되는 걸까…? 글쎄… 그럴 것 같지는 않아…. 지금도 왠지 망설이는 것 같고….' 뤼팽이 생각했다.

"잠깐, 실례 좀 해도 되겠습니까?" 도브레크가 전화기를 앞으로 당기며 말했다. 긴급통화용 전화기였다.

"예, 그러시지요."

도브레크가 수화기를 들었다. "여보세요…. 교환원, 822-19번 좀 부탁합니다."

도브레크는 교환원에게 번호를 다시 불러주고 기다렸다.

"파리 경찰청 번호지요? 사무국…?" 뤼팽이 미소 지으며 물었다.

"그렇습니다. 잘 알고 계시는군요."

"법의학자로 일한 적이 있거든요. 거기에 전화할 일이 있기도 했습니다."

'거기엔 뭐하러 전화하려는 걸까? 사무국장에게 전화하는 거라면 프라스빌과 통화하겠다는 건데, 무슨 생각으로 저러는 거야?' 뤼팽이 생각했다.

도브레크는 수화기 두 대를 양쪽 귀에 대고 또박또박 말했다. "822-19번입니까…? 프라스빌 사무국장 좀 부탁합니다…. 안 계신다고요…? 아, 이 시각에는 집무실에 계시겠군요…. 도브레크에게 전화 왔다고 전해주십시오…. 도브레크 하의원입니다…. 아주 중요한 일이라고 알려주십시오…."

"제가 자리를 비킬까요?" 뤼팽이 머뭇거리며 물었다.

그러자 도브레크가 아니라는 듯 손사래를 쳤다.

"아닙니다! 그대로 계십시오! 지금 하는 이 전화는 박사님과도 관계가…."

도브레크는 말을 끊고 전화통화를 계속했다.

"여보세요…. 프라스빌…? 자네군…! 왜 그렇게 놀라나…? 안 본 지 꽤 오래되긴 했지…. 그래도 서로 늘 생각하고 있었잖아…. 더구나 자네와 부하들이 우리 집을 꽤 자주 찾아오지 않았는가…. 그래… 여보세요…. 뭐…? 지금 바쁘다고…? 아, 미안…. 나도 바쁘니 용건만 말하겠네…. 자네에게 도움 좀 줄까 해서 전화를 걸었어…. 잘 들어보게…. 들으면 실망하지 않을 이야기야…. 자네의 이름을 높일 기회라고…. 여보세요…. 듣고 있나…? 지금 당장 부하 대여섯 명을 대기시키게…. 그래, 치안국 요원들을 대기시켜…. 당직 근무하는 부하들 말이네…. 자동차를 타고 빨리 여기로 와주게…. 자네에게 최고의 먹잇감을 제공하려고 해…. 나폴레옹과 맞먹는 거물이라고 할 수 있지…. 그래, 아르센 뤼팽!"

뤼팽은 벌떡 일어섰다…. 이런저런 상황에 대비하긴 했지만 이것만은 예상하지 못했다. 뤼팽은 너무 놀랐지만 애써 침착하게 오기로 여유를 부렸다.

"아! 브라보! 브라보!"

도브레크는 뤼팽의 찬사에 답례라도 하듯 고개를 살짝 숙여 보였다.

"아직 끝나지 않았으니 조금만 더 기다려주겠습니까?" 도브레크가 말했다.

도브레크는 계속 통화했다.

"여보세요…. 뭐라고…? 이보게, 지금 내가 허풍을 떠는 게
아니라네…. 진짜로 내 앞에 뤼팽이 있다고…. 나도 뤼팽 때문
에 골치를 앓고 있다니까…. 적당히만 했어도 웃으며 넘어가
려 했는데 너무 경솔하게 굴더라고. 친구로서 자네에게 부탁하
는 거야. 뤼팽 좀 내게서 떼주게…. 자네의 부하 대여섯 명, 그
리고 우리 집에 자주 오던 부하 두 명이면 충분해. 그리고 이곳
에 도착하면 부하들을 4층으로 보내게. 거기에 내 요리사가 있
어…. 요리사는 빅투아르야…. 자네도 알지…? 뤼팽의 유모 말
이야…. 그리고 정보가 하나 더 있어…. 자네가 뭐가 좋다고 내
가 이런 귀한 정보를 주고 있는지는 모르겠지만, 어쨌든… 지
금 당장 발자크가 귀퉁이, 샤토브리앙가에 형사들을 급히 보내
게…. 그곳은 바로 우리의 국가적 영웅인 뤼팽이 미셸 보몽이
라는 이름으로 머무는 곳이야… 내 말 이해하겠나? 그럼 수고
좀 해주게! 서두르라고…."

도브레크가 전화를 끊고 돌아봤다. 뤼팽이 주먹을 불끈 쥔
채 꼿꼿이 서 있었다. 뤼팽은 처음에는 여유롭게 배짱을 부렸
지만 도브레크가 빅투아르에 이어 샤토브리앙가까지 알고 있
자 더는 배짱을 부릴 수 없었다. 자존심이 엄청나게 상했고 의
사 놀이를 더 해봐야 소용없음을 느꼈다. 마음 같아서는 성난
황소처럼 도브레크를 들이박고 싶었지만, 이성을 지켜야 한다
는 생각으로 버텼다.

도브레크는 낄낄대며 웃었다. 이어서 양손을 호주머니에 넣

고 뒤뚱뒤뚱 걸어나오며 또렷한 목소리로 말했다.

"어때요? 이게 더 낫지 않습니까? 준비도 다 되었으니 상황이 훨씬 간단해졌습니다…. 적어도 분명해졌지요. 뤼팽과 도브레크의 대결! 시간도 절약되었고요. 이렇게 되지 않았다면 법의학자인 베른 박사만 두 시간 동안 입 아프게 떠들 뻔했어요. 이제 모든 게 밝혀졌으니 뤼팽 선생도 시시한 이야기는 30분만 하면 될 겁니다…. 그 이상 하다가는 뒷덜미를 붙들려 일당과 함께 끌려갈 수 있습니다…. 작은 돌 하나로 개구리 늪이 혼란스러워지는 상황과 다를 바 없지요. 지금부터 딱 30분입니다! 30분 후에는 얼른 도망가야 할 겁니다. 앞으로 재미있는 광경이 펼쳐지겠군! 자, 폴로니어스, 어떠십니까? 이 도브레크 앞에서는 운이 없군요! 이전에 커튼 뒤에 숨어 있던 폴로니어스도 당신이 아니었습니까?"

뤼팽은 꼼짝하지 않았다. 도브레크에게 달려들어 목을 분지르고 싶었지만 그래 봤자 쓸모없을 듯했다. 속이 부글부글 끓어도 도브레크의 빈정거림을 그저 듣고만 있는 게 차라리 낫겠다고 생각했다.

도브레크 앞에서 굴욕감을 느낀 건 이번이 두 번째다. 그것도 같은 방에서 지난번과 비슷한 상황이 벌어졌다. 뤼팽은 지난번이나 지금이나 어색하게 서서 아무 말도 하지 않았다. 뤼팽은 입을 다물고 말을 참았다. 입을 여는 순간 자신도 모르게 분노를 표출하거나 욕을 쏟아낼 것 같았다. 그런 행동이 뤼팽에게 이득이 될 게 없다. 냉정함을 유지하고 이 상황에 맞는 행동을 취하는 게 중요하다.

도브레크가 계속 말했다. "뤼팽 씨, 당황한 표정이시군요. 그렇게 멍하게 있지 말고 정신을 차리십시오. 때로는 당신보다 더 뛰어난 상대와 마주할 수도 있지요. 그 사실을 받아들이는 게 어떻겠습니까? 내가 안경을 두 개나 끼고 있으니 날 맹인으로 봤습니까? 이런! 폴로니어스는 물론이거니와 보드빌 극장 칸막이 좌석까지 따라와 날 귀찮게 한 신사도 뤼팽 씨라는 것을 알고 있었습니다. 참으로 성가시긴 했습니다. 메르지 부인과 나 사이에 끼어들려는 제3자 도둑이 있다는 생각은 이미 하고 있었습니다. 관리인이 하는 말을 귀 기울여 듣고, 여기저기 다니는 요리사를 관찰하고, 믿을 만한 곳을 통해 요리사를 알아보니 대충 감이 오더군요. 특히 일전에 밤에 일어난 사건 때문에 더욱 확신했지요. 내가 아무리 곯아떨어져도 집 안에서 나는 떠들썩한 소리는 들을 수 있습니다. 곧바로 상황을 재구성해 그려봤지요. 메르지 부인의 발자취를 통해 샤토브리앙과 생제르맹까지 추적한 뒤 지난번에 일어난 모든 일과 연결해 다시 생각해봤습니다. 앙기엥의 절도 사건과 질베르의 체포… 자식 때문에 마음 아파하는 가여운 어머니와 도둑 대장과의 협력… 내 집에 요리사로 들어온 석연치 않은 노파… 내 집을 수시로 드나들던 경찰청 똘마니들…. 결론이 딱 나오더군요. 뤼팽 선생이 무언가 냄새를 맡고 어슬렁거리는구나! 분명 스물일곱 명의 명단에 관심이 있을 테지요. 그래서 난 뤼팽 씨가 방문하기를 기다렸습니다. 마침 이렇게 때가 왔군요? 안녕하십니까, 뤼팽 씨!"

그리고 도브레크는 잠시 입을 다물었다. 도브레크는 까다로운 호사가들의 칭찬을 들을 권리라도 가진 사람처럼 잘도 떠들어댔다. 뤼팽은 여전히 아무 말도 하지 않았다. 도브레크가 슬쩍 시계를 봤다.

"아, 이런! 벌써 7분이나 지났습니다. 시간은 참 잘도 가는군요. 혼자 떠들다가는 뤼팽 씨가 설명할 시간이 얼마 남지 않을 것 같습니다."

도브레크는 뤼팽에게 천천히 다가가 말을 이었다.

"좀 착잡하군요. 뤼팽 씨는 다른 사람과 다르리라 생각했거든요. 진지하고 뛰어난 상대라 생각했는데…. 그런데 이렇게 당황하고 있군요. 애처롭습니다…. 조금이라도 기운을 차리시도록 물을 한 잔 드릴까요?"

뤼팽은 계속 아무 말도 하지 않았고 초조해하지도 않았다. 오히려 냉정하고 절제된 표정과 행동으로 도브레크를 조용히 밀치고 책상 쪽으로 몸을 숙여 전화기를 집어들었다.

"교환원, 565-34번 부탁합니다."

번호가 연결되자 뤼팽은 차분한 목소리로 말했다.

"여보세요…. 예, 샤토브리앙가요…. 아실인가? 나, 대장이네…. 잘 들어…. 아실, 그곳을 떠나야 할 것 같네…. 여보세요…? 그래, 지금 당장… 몇 분 후에 경찰이 그리로 들이닥칠거야…. 초조해할 필요는 없어…. 침착하라고…. 단, 내 지시대로 정확히 해야 해. 가방은 늘 준비되어 있지…? 좋았어. 가방 안에 있는 정리함 하나는 내가 지시한 대로 비워둔 거지? 좋아, 이제 내 방으로 가서 벽난로 앞에 마주 서보게. 정면 한가운데에 대리석 판을 장식하는 장미 문양이 보일 거야. 왼손을 들어 그 장미 문양을 눌러보게. 오른손은 벽난로 위에 올려놓고. 서랍이 하나 나올 거야. 서랍 안에는 작은 상자가 두 개 들어 있어. 차분하게 잘 듣게. 상자 하나에는 우리와 관계된 서류가 들어 있고 나머지 상자에는 은행권 지폐 다발과 보석이 있어. 그 상자 두 개를 자네의 빈 가방에 옮기게. 그리고 가방을 들고 신속하게 빅토르 위고가와 몽테스팡 가도가 만나는 지점으로 가게. 자동차가 서 있고 빅투아르가 타고 있을 거야. 나는 나중에 합류하겠네…. 내 옷들과 골동품? 그냥 놔두고 어서 그곳에서 나오게. 나중에 보자고."

뤼팽은 침착하게 수화기를 내려놓은 후 도브레크의 팔을 이끌어 옆 의자에 앉혔다. 뤼팽이 말했다.

"이제 내 말을 잘 들어."

"이젠 반말을 하시나?"

도브레크가 빈정거리자 뤼팽이 힘주어 말했다.

"원하면 자네도 반말해."

도브레크는 뤼팽에게 한쪽 팔이 잡혀 있어 다소 불안했다. 뤼팽이 도브레크에게 낮은 목소리로 속삭였다.

"겁낼 필요 없어. 싸우자는 건 아니니까. 서로 싸워봐야 좋을 건 없지. 칼부림이라도 할까 봐 무서운가? 그게 다 무슨 소용인가? 그저 몇 마디만 할 거야. 하지만 매우 중요한 말이지. 내가 먼저 간단하게 말하지. 잔머리 굴리지 말고 대답하면 돼. 그게 좋을 테니까. 아이는 어디에 있나?"

"내가 데리고 있다."

"아이를 돌려줘."

"그렇게는 못 하지."

"메르지 부인이 자살할 거야."

"그렇지는 않을 거야."

"아니, 그럴 거야."

"확신하건대 그러지 않을 거야."

"이미 자살을 시도했어."

"그러니 또다시 그런 짓을 할 수 없지."

"그러니까… 그래도…."

"아이는 못 돌려준다는 말이야."

뤼팽은 잠시 숨을 가다듬고 말을 이었다.

"역시 내 예상대로군. 이곳에 오면서 자네가 베른 박사의 이야기를 곧이곧대로 믿지는 않으리라고 예상했네. 그래서 다른 방법을 써야겠다고 생각했지."

"뤼팽이 사용하는 수법들 말이군."

"그래, 나는 이제 가면을 벗기로 했네. 자네 덕에 그렇게 되었지. 브라보! 하지만 그래도 내 계획은 변함이 없네."

"어디, 이야기해보시지."

뤼팽은 수첩에서 최고급 종이로 된 메모장을 꺼내 도브레크에게 보였다.

"이건 물품 상세 목록으로 번호가 매겨져 있어. 앙기앵 호숫가에 있는 자네의 마리 테레즈 별장에서 내 부하들이 훔친 물건들이지. 총 130개의 물건이야. 이 중 옆에 붉은색으로 엑스 표시를 해둔 예순여덟 개 물건은 미국으로 팔려나갔고, 나머지 물건들은 내가 따로 지시할 때까지 보관 중이야. 가장 비싼 것들로만 남겨놓았지. 아이를 돌려주면 이 물건들을 돌려주겠네."

뤼팽의 말을 들으면서 도브레크는 깜짝 놀랐다.

"대단한 집착이군!"

"당연하지. 아들이 빨리 돌아오지 않으면 부인의 목숨이 위태로우니까."

"돈 후안 같은 바람둥이 나리께서 그 점이 마음에 걸리신다?"

"뭐라고?"

뤼팽이 똑바로 서서 말을 이었다.

"지금 무슨 소리를 하는 건가?"

"아니, 아냐…. 갑자기 생각난 게 있어서…. 솔직히 클라리스 메르지가 아직은 젊고 예쁘지…."

뤼팽이 황당하다는 듯 어깨를 으쓱했다.

"이 짐승만도 못한 놈! 모든 사람이 너처럼 양심도, 동정심도 없는 줄 알아? 네가 보기에는 나 같은 도둑이 정의를 실현하는 돈키호테 노릇을 하며 시간을 보내는 게 이상하겠지. 무언가 더러운 생각이 있어 이런 일을 한다고 말이야. 천만에! 너 같은 놈은 절대로 이해할 수 없을 거야. 내 제안을 받아들이겠는지 나 대답해."

뤼팽으로부터 신랄한 질타를 들었지만 도브레크는 담담하게 대답했다.

"아까 그 이야기가 진짜인가?"

"물론이지. 나머지 물건들은 창고에 잘 보관하고 있네. 주소를 불러주지. 자네가 아이와 함께 오늘 밤 9시까지 나타나면 즉시 물건들을 돌려주겠네."

도브레크가 어떻게 나올지는 뻔했다. 도브레크가 자크를 납치한 이유는 자신의 강한 의지를 보여주기 위해서였다. 클라리스에게 지금까지 버텨온 것을 포기하라는 메시지를 주기 위해서였다. 그런데 클라리스의 자살 시도 소식에 도브레크는 자신이 무언가를 잘못 예상한 건 아닌지를 생각했다. 따라서 뤼팽이 내놓은 그럴듯한 제안을 거절할 이유가 어디 있겠는가?

"좋다, 제안을 받아들인다."

"내 창고 주소는 샤를 라피트가 95번지네. 와서 초인종만 누르면 돼."

"나 대신 프라스빌 사무국장을 보내면 안 되나?"

"분명히 말하지만 그곳은 누가 어디서 오든지 훤히 보이는 구조야. 내가 도망칠 수 있는 시간이 충분하다는 뜻이지. 게다가 자네의 콘솔 테이블과 추시계, 고딕식 성모상 등을 덮고 있는 짚단에 불을 붙일 시간까지 있지." 뤼팽이 단호하게 말했다.

"그럼 자네의 창고도 불에 탈 텐데?"

"상관없어. 이미 경찰에 들킨 곳이면 내 손을 떠난 곳이니까."

"함정이 아니라는 사실을 증명할 수 있나?"

"먼저 물품부터 받고 아이를 돌려주면 될 게 아닌가? 자네를 믿겠네."

"좋아, 철저히 준비했군. 그 정도면 충분해. 아이는 자네에게 돌려줄 거야. 그러면 클라리스도 살고 모두가 만족하겠지. 이젠 내가 충고할 차례인데, 어서 여길 떠나. 어서!"

"아직은 아니야."

"뭐라고?"

"아직은 아니네."

"제정신이 아니군! 프라스빌이 오고 있단 말이네."

"기다리라고 하면 되겠군. 난 아직 안 끝났어."

"미치겠군! 또 뭐가 남은 건가? 클라리스에게 아들을 돌려준 다고 했으니, 다 된 게 아닌가?"

"아니지."

"왜?"

"아들이 또 있거든."

"질베르?"

"그래."

"어쩌라는 말이야?"

"질베르를 구해주게!"

"지금 무슨 소리를 하는 거야? 나보고 질베르를 구하라니!"

"자넨 할 수 있어. 조금만 손쓰면 되지 않나…."

침착함을 유지하던 도브레크가 갑자기 흥분하며 주먹으로 탁자를 내리쳤다.

"안 돼! 그건 절대 안 돼! 내게 기대하지 마! 천만의 말씀! 그 건 너무 무모한 짓이야!"

도브레크는 벌떡 일어섰고 매우 흥분하며 왔다 갔다 했다. 무거운 체중으로 뒤뚱거리는 모습이 마치 둔한 곰 같았다.

도브레크는 굳은 표정으로 소리쳤다.

"클라리스에게 직접 오라고 해! 직접 내 앞에 와서 싹싹 빌며 아들을 구해달라고 부탁하라고 해! 지난번처럼 무기로 위협하거나 음모를 꾸며서 오지 말고! 완전히 복종하고 순종적인 여자의 모습으로 모든 것을 받아들이는 태도를 보이라고 해. 그럼 한번 생각해보지…. 질베르? 유죄 판결? 단두대? 다 내 입김에 달렸지. 잘못된 점이라도 있나? 난 20년이나 이 순간을 기다려왔어. 클라리스가 우리 집 초인종을 누르고 생각지 못한 행운이 찾아오는 순간, 복수의 기쁨을 맛볼 순간을 말이야. 얼마나 고대하던 복수인데! 그런데 지금 그것을 포기하라고? 20년을 기다려온 복수를 말이야? 나보고 아무 대가도 없이 질베르를 구하라고? 나는 아무것도 얻지 않고? 내가? 이 도브레크가? 말도 안 되지…. 천만에… 날 잘못 봐도 한참 잘못 봤군."

도브레크는 잔인하기 그지없는 웃음을 터뜨렸다. 오랜 세월 갈망하던 먹이가 이제 손에 닿을 듯 가까이 있다고 느끼는 것 같았다.

뤼팽은 며칠 전에 보았던 완전히 체념한 클라리스의 가련한 모습, 사악하기 그지없는 힘에 둘러싸여 벌벌 떠는 불쌍한 모습이 떠올랐다.

"내 말 잘 들어." 뤼팽은 가까스로 분노를 참으며 말했다.

하지만 도브레크가 듣지 않으려 하자 뤼팽은 지난번 보드빌 극장 칸막이 좌석에서 이미 보였던 강한 힘으로 도브레크의 양어깨를 내리누르며 낮은 목소리로 말했다.

"마지막으로 하는 말이야."

"소용없어." 도브레크가 퉁명스럽게 대답했다.

"마지막으로 하는 말이니 잘 들어, 도브레크. 메르지 부인을 잊고 이 모든 바보 같은 짓을 그만두게. 자네의 비뚤어진 욕망과 애정으로 저지르는 이 모든 어리석은 짓을 그만두라고. 모든 것을 털어버리고 자네의 이익만 생각하게."

"내 이익이라! 그런데 그 이익은 상처 입은 내 자존심, 그리고 자네가 비뚤어진 애정이라고 부르는 것과 관계되지."

도브레크가 빈정거리며 말했다.

"지금까지는 그랬을지 몰라도 내가 개입한 이상 이제는 아니네. 자네는 새로운 요소를 간과하고 있어. 질베르는 내 부하이자 친구네. 그러니까 질베르를 단두대에서 구해야 해. 그렇게 해달라고. 영향력을 행사하면 되잖아. 그렇게만 해준다면 나는 더 이상 자네를 귀찮게 하지 않을 거야. 맹세하겠네. 질베르만 무사하면 그것으로 돼. 그러면 자네도 더는 나와 메르지 부인을 상대로 싸울 필요도 없고. 더는 함정을 의심하며 걱정할 필요도 없지. 그야말로 자유롭게 마음 편히 다닐 수 있게 되는 거야. 질베르만 구해줘, 도브레크. 그렇게 하지 않으면…."

"그렇게 하지 않으면?"

"전쟁이지. 돌이킬 수 없는 전쟁… 즉, 자네의 파멸만이 있는 전쟁."

"무슨 뜻인가?"

"내가 직접 그 스물일곱 명의 명단을 빼앗겠다는 뜻이지."

"아, 그래? 진심인가?"

"확신할 수 있어."

"프라스빌과 그 일당, 클라리스 메르지, 그 누구도 하지 못한 일을 자네가 하겠다고?"

"내가 해낼 거야."

"어떻게 그렇게 장담하나? 모두가 실패한 일을 자네가 어떻게 성공한다는 거야? 그렇게 자신 있게 나오는 것을 보니 믿는 구석이라도 있나 보지?"

"있지."

"그게 뭔가?"

"내가 아르센 뤼팽이라는 거야."

도브레크는 뤼팽의 손을 어깨에서 떼어놓았다. 그러나 뤼팽은 위압적인 시선과 행동으로 한동안 도브레크를 제압했다. 얼마나 지났을까. 도브레크는 뤼팽의 어깨를 툭 치고는 계속해서 침착하고 고집스러운 표정으로 말했다.

"나도 도브레크야. 나는 여태까지 악착 같은 싸움만 하면서 살았네. 엄청난 재앙과 실패를 겪으면서도 대단한 힘을 발휘한 끝에 얻은 승리의 기회지. 아주 완벽하고 결정적인, 확실한 승리지. 난 이미 경찰과 정부, 아니 프랑스와 전 세계를 상대로 싸우고 있어. 이런 내게 무슨 방법으로 대항하겠다는 건가, 뤼팽? 앞으로 계속 나갈 거야. 적이 많아지면 많아질수록, 교활하면 교활해질수록 더 악착같이 싸울 거라고. 그러므로 뤼팽, 자네를 쉽게 체포할 수 있었지만 이렇게 놓아주려는 거야. 친절하게 알려주건대 3분 이내에 도망치는 게 좋을 거야."

"그렇다면 내 또 다른 제안을 거부한다는 거로군?"

"그래."

"질베르를 위해서 아무 힘도 쓰지 않겠다?"

"그건 아니지. 질베르가 체포된 이후 진행된 일에 더욱 박차를 가할 거야. 법무장관에게 영향력을 미쳐서 될 수 있으면 내가 원하는 방향으로 재판이 이루어지도록 할 거네."

뤼팽이 외쳤다.

"뭐라고? 오직 너 하나 때문에 그런 짓을…."

"당연히 나 도브레크를 위해서지. 내겐 유리한 패가 있어. 질베르의 목! 그 패가 있어서 이 게임이 내게 유리한 걸세. 질베르는 유죄 판결을 받을 거야. 나중에 질베르에 대한 사면요구가 있어도 손을 써서 기각되게 할 거라고. 뤼팽, 그때가 되면 깨닫는 게 있겠지. 클라리스가 더는 날 거부하지 못하고 도브레크 부인이 되겠다고 할 거란 말이네. 내게 고분고분할 수밖에 없을 테지. 자네가 원하든 원하지 않든 운명적으로 정해진 일이야. 뻔한 결론이지. 자네를 위해 해줄 수 있는 일은 내 결혼식에 초대해 조촐하게 식사나 대접하는 것이네. 그 정도면 괜찮지 않나…? 아니라고? 그렇다면 계속 음흉한 마음을 품겠다는 건가…? 해보게. 덫과 그물을 마음껏 쳐보게. 열심히 전쟁을 준비하고, 완벽한 도둑질 교본을 달달 외우고 있게나! 자네에게 필요한 일 아닌가. 이제 작별 인사나 할까? 스코틀랜드식의 따뜻한 손님 접대 방식에 따라 자네를 저 문 앞까지 배웅해주지. 어서 가!"

뤼팽은 한참 동안 꼼짝하지 않았다. 마치 체구를 재고 체력을 분석하는 듯 도브레크를 노려봤다. 도브레크의 몸 중 어느 부분을 공격해야 효과가 있을지 관찰하는 듯했다. 도브레크도 두 주먹을 불끈 쥔 채 방어 태세를 갖추며 긴장했다.

예고된 30분이 모두 흘렀다. 뤼팽은 조끼 주머니 속에 손을 가져갔고, 도브레크도 호주머니 속 권총 손잡이에 손을 가져갔다. 몇 초가 더 흘렀다. 갑자기 뤼팽은 사탕이 들어 있는 황금 상자를 꺼내 열고는 도브레크에게 내밀었다.

"하나 할 텐가?"

도브레크는 깜짝 놀라 더듬거리며 물었다.

"이, 이건 뭔가?"

"제로델 드롭스(당시 기침에 좋다고 여기저기 광고한 사탕 – 옮긴이)지."

"갑자기 왜 그러나?"

"감기 들기 전에 예방하라고."

뤼팽의 황당한 행동에 도브레크는 멍하게 바라봤다. 그 틈에 뤼팽은 모자를 집어들고 방에서 나왔다.

현관을 지나치며 뤼팽은 생각했다. '내가 완전히 당했군. 하지만 외판원처럼 썰렁한 농담을 한 것은 꽤 참신했지. 도브레크는 내가 총이라도 꺼낼 줄 알았다가 갑자기 사탕 상자를 내놓으니 놀랐을 거야. 늙은 고릴라 같은 놈이 놀라는 꼴이라니!'

뤼팽이 철책 문을 나오자 자동차 한 대가 섰다. 차에서 한 남자가 서둘러 내렸고 힘센 남자들이 뒤이어 내렸다. 뤼팽은 프라스빌을 한번에 알아봤다.

'사무국장님, 여전하시군. 언젠가는 우리도 운명적으로 마주할 때가 있을 겁니다. 사무국장님에겐 안된 일이겠지만. 한주먹도 안 되는 체격이시라 처리하는 데 오래 걸리지 않을 것 같습니다. 오늘 바쁘지만 않았어도 사무국장님이 나갈 때까지 기다렸다가 도브레크의 뒤를 밟아 누구에게 아이를 맡겼는지 알 아낼 수 있었을 텐데. 하지만 지금은 바빠서. 더구나 도브레크 가 전화로 지시할 수도 있으니 쓸데없이 힘을 뺄 필요는 없지. 빅투아르에게나 가봐야겠어. 참, 귀중한 가방도 가서 봐야지.' 뤼팽이 생각했다.

그로부터 두 시간 후, 뤼팽은 만반의 준비를 한 채 뇌이의 전 용 창고 앞에서 기다렸다. 맞은편 거리를 지나 경계하는 눈빛 으로 오고 있는 도브레크가 보였다. 뤼팽은 도브레크를 살폈 다.

뤼팽이 직접 창고 대문을 열어주었다.

"하의원님, 여기 의원님의 물건들이 있습니다! 진짜 물건들 입니다. 저쪽 앞에는 자동차 임대업자가 와 있으니 트럭 한 대 와 짐을 실을 일꾼 몇 사람만 부탁하면 될 겁니다. 아이는 어디 에 있습니까?"

도브레크는 물건부터 훑어봤고 뤼팽을 뇌이 가도로 안내했 다. 베일로 얼굴을 가린 나이 든 여자 두 명이 자크를 데리고 있 었다.

뤼팽은 자크의 손을 잡고 자신의 차까지 걸어갔다. 차에는 빅투아르도 타고 있었다.

모든 일이 배우들이 각본에 따라 무대에 등장하고 퇴장하는 것처럼 착착 진행되었다.

밤 10시, 약속한 대로 뤼팽은 자크를 클라리스에게 데려다 주었다. 하지만 의사가 또 필요했다. 이번에는 그동안의 일로

충격을 받은 자크가 경기를 일으켰기 때문이다. 자크가 건강을
회복해 뤼팽이 추천한 곳으로 이사하려면 2주 이상이 필요했
다. 그러나 클라리스는, 뤼팽의 지시대로 야밤에 최대한 조심
스럽게 이사 작전을 진행할 때까지도 기력을 회복하지 못했다.

뤼팽은 클라리스와 자크를 브르타뉴 해변에 머물게 하고 빅
투아르에게 보살피게 했다. 모든 일이 마무리되었다.

'이제 도브레크와 나 사이엔 아무도 개입하지 않아! 도브레
크가 메르지 부인과 자크에게 마수를 뻗칠 수도 없지. 클라리
스가 괜히 끼어들어 도브레크와 내 싸움을 엉뚱한 방향으로 이
끄는 일도 없을 거야. 젠장! 지금까지 너무 바보처럼 일을 처리
해왔어. 우선 처음부터 도브레크와 일대일로 맞서야 했어. 그
리고 앙기앵에서 훔친 물건 중 내 몫을 진작에 내놓아야 했어.
언제든 다시 가져올 수 있으니까. 어쨌든 목표를 이루는 일이
전혀 진전이 없군. 일주일만 지나면 질베르와 보슈레이가 중죄
재판소에 출두하게 될 텐데 말이지.' 뤼팽이 생각했다.

뤼팽은 한 가지가 마음에 걸렸다. 도브레크가 샤토브리앙가
에 있는 뤼팽의 집을 신고했다는 사실이다. 물론 그곳은 이미
경찰 때문에 난장판이 된 상태였다. 뤼팽과 미셸 보몽이 동일
인물이라는 것과 그와 관련된 모든 신분증과 서류들도 탄로 났
을 것이다.

아직 목적지는 저 멀리 있고 이미 시작한 일도 한두 개가 아
닌데 이제는 더 치밀하게 움직여야 할 필요가 있다. 경찰의 수
사망을 피해 가면서 계획을 완전히 새로 짜야 한다.

도브레크에게 수치심을 맛본 뤼팽은 점점 더 큰 증오심을 품

었다. 뤼팽이 하고 싶은 일은 단 하나, 바로 도브레크를 어떻게든 제압해 힘으로든 회유로든 스물일곱 명의 명단을 빼내는 일이다. 뤼팽은 음흉한 도브레크의 입을 열게 할 각종 고문 방법을 생각했다. 차꼬, 고문대, 불에 달궈진 시뻘건 집게, 못이 박힌 판자 등 그 모든 것이 도브레크에게 어울리는 고문 기구처럼 느껴졌다. 목적을 위해서라면 뤼팽은 그 어떤 방법이라도 쓸 수 있을 것 같았다.

'놈을 화형대에 세우고 냉혹한 사형 집행인들로 둘러싸이게 할 수 있다면 얼마나 통쾌할까!' 뤼팽이 생각했다.

매일 오후 그로냐르와 르발뤼는 라마르틴 광장에서 하원 의회, 클럽까지 도브레크가 매일 다니는 경로를 미행했다. 사람하나 없는 거리에서 적당한 때를 골라 도브레크를 자동차로 납치하면 될 것 같았다. 뤼팽은 파리에서 그리 멀지 않은 곳에 적당한 아지트를 마련해놓았다. 넓은 정원으로 둘러싸인 낡은 건물이었는데 외부와 고립되어 있고 안전했다. 뤼팽은 이곳을 고릴라 우리라고 불렀다. 하지만 도브레크는 경계 태세가 치밀해 만만치 않았다. 외출할 때마다 경로를 바꾸었는데 지하철을 탈때도 있고 전차를 탈 때도 있었다.

고릴라 우리는 여전히 비어 있었다. 뤼팽은 다른 계획을 세웠다. 마르세유에 사는 충성스러운 심복인 브랭드부아 영감을 불러들였다. 브랭드부아 영감은 지역 내에서 꽤 유명한 식료품 상점 주인이었다가 지금은 도브레크의 선거구에 산다. 또 정치에 뜻을 두고 있었다.

브랭드부아 영감은 마르세유에서 출발하면서 도브레크에게

방문하고 싶다는 편지를 보냈다. 도브레크는 귀한 유권자인 브랜드부아 영감을 환대했다. 두 사람은 돌아오는 주중에 저녁 식사를 하기로 했다. 브랜드부아 영감은 음식이 정말 맛있다며 센 강 좌안에 있는 어느 아담한 레스토랑을 제안했다. 도브레크는 흔쾌히 수락했다.

뤼팽이 바라는 대로 일이 진행되었다. 레스토랑의 주인은 뤼팽의 동료였다. 목요일에는 작전이 성공할 수 있을 것 같았다.

한편 그 주 월요일은 질베르와 보슈레이의 재판이 시작되는 날이었다. 얼마 전에 일어난 일이라 똑똑히 기억하는 사람들이 많을 것이다. 나 역시 재판장이 유독 질베르에게 편파적인 재판을 하던 일을 기억한다. 뤼팽 역시 재판장이 질베르를 가혹하게 몰아붙이는 것으로 봐서는 도브레크의 입김이 작용한 게 분명하다고 생각했다.

피고인 보슈레이와 질베르는 태도가 달랐다. 보슈레이는 우울하고 과묵한 편이라 차가우면서도 냉소적으로 과거에 저질렀던 죄목을 짧게 말하는 편이었으나 레오나르의 살인에 대해서는 적극 무죄를 주장하며 질베르를 몰아붙였다. 보슈레이의 태도는 뤼팽 이외의 사람들에게는 이해하기 어려웠다. 보슈레이는 어떻게든 질베르와 같이 엮여서 뤼팽에게 똑같이 구출되려고 노력하는 것이었다. 반면 질베르는 솔직한 표정에 우수에 젖은 눈빛을 하고 있어서 모든 사람의 동정을 살 정도였다. 질베르는 재판장의 덫에서 자신을 변호할 줄 몰랐고 보슈레이의 거짓말에도 제대로 반박하지 못했다. 훌쩍이며 흐느끼기도 하고, 말을 많이 하다가도 정작 말해야 할 때에 입을 다물기도 했다. 더구나 질베르의 변호를 맡았던 변호사는 원래 변호사협회 최고급에 해당하는 인사였으나 최종 단계에서 병에 걸렸다는 이유로 갑자기 비서관으로 교체되었다. 질베르의 변론을 맡은 새로운 변호인은 어설펐고, 사건도 잘 파악하지 못해 배심원단에게 신뢰를 주지 못했다. 이런 어설픈 변론으로는 차장검사의 논리, 보슈레이 측 변호사의 주장에 반박하기 어려웠다.

심리 마지막 날, 뤼팽은 재판정에 직접 나와 재판을 참관했다. 뤼팽이 보기에도 보슈레이와 질베르는 유죄 판결을 받을 게 뻔했다. 보슈레이의 계획이 어느 정도 통한 듯 사법 당국은 보슈레이와 질베르를 한꺼번에 처리하려는 방향으로 진행되었다. 두 사람 모두 뤼팽의 부하이기도 하고 말이다. 원래 수사 당국은 뤼팽까지 이 사건에 끌어들일 생각이 없었다. 뤼팽이 개입했다는 증거도 불충분했고 뤼팽이 언급되면 사건의 초점이 혼란스러워지기 때문이었다. 하지만 지금은 모든 소송 과정이 뤼팽에게 초점을 맞춘 채 진행되었다. 마치 최종적으로 공격할 대상은 뤼팽인 것 같은 생각마저 들 정도였다. 도둑의 우두머리인 뤼팽을 처벌해 평판 좋은 괴도로 대중에게 얻은 인기를 이 기회에 없애 버리겠다는 의도가 보였다. 수사 당국은 뤼팽의 부하인 질베르와 보슈레이를 처형하면 뤼팽의 명성이 자연스럽게 꺾이리라고 계산한 듯했다.

뤼팽… 뤼팽… 아르센 뤼팽…. 사람들은 나흘간 뤼팽의 이름만 들었다고 느낄 정도였다. 차장검사, 재판장, 배심원들, 변호사와 증인들 모두 약속이라도 한 듯 뤼팽의 이름을 줄기차게 언급했다. 기회만 있으면 뤼팽은 비판과 조롱의 대상이 되었고 모든 범죄 행위의 책임도 뤼팽에게 돌아갔다. 오히려 재판을 받는 질베르와 보슈레이가 단역처럼 느껴졌다. 소송 자체가 뤼팽을 겨냥한 것처럼 보였다. 화려한 전과자에 선동가이며 만능 위조범인 그 유명한 아르센 뤼팽! 이제 뤼팽은 살인자에 피 냄새가 나는 야수, 부하들을 단두대에 대신 올리고 자신은 어둠 속에 숨어버린 비겁한 인간이 되었다.

'저들이 지금 무슨 짓을 하는지 깨달았으면 좋겠군. 가엾은 질베르는 내가 진 빚을 대신 갚고 있는 거야. 나야말로 진짜 죄인이지.' 뤼팽이 생각했다.

재판은 놀랄 정도로 잔인한 방향으로 흘러갔다. 저녁 7시, 배심원들은 오랜 토의 끝에 법정으로 들어왔다. 배심원단 대표는 재판부의 질문에 대한 의견을 적은 소견서를 제출했다. 모든 사안에 동의한다고 되어 있었다. 결국 보슈레이와 질베르는 유죄였고 정상참작의 여지는 없었다. 피고 보슈레이와 질베르가 들어왔다. 두 사람은 창백한 얼굴로 서서 비틀거리며 사형선고를 들었다.

참가자들은 동정 어린 침묵을 지켰고 재판장은 질문했다. "피고 보슈레이는 더는 할 말이 없는가?"

"없습니다. 재판장님. 내 동료가 나와 함께 유죄 판결을 받으니 마음이 가라앉습니다. 우리 둘은 똑같은 입장이 되었습니다. 이제 대장이 우리 둘을 구해주기 위해 힘을 써주기만 하면 됩니다."

"대장이라면?"

"아르센 뤼팽."

갑자기 재판정에서 웃음소리가 터져 나왔다.

재판장은 같은 질문을 질베르에게 했다. 질베르의 눈에서 눈물이 흘렀다. 그리고 알아들을 수 없는 말을 중얼거렸다. 재판장은 다시 질문했고 그제야 질베르는 마음을 가라앉힌 듯 더듬더듬 말했다.

"재판장님, 지금까지 많은 잘못을 저질러왔습니다. 이건 사실입니다. 많은 죄를 지었고… 뉘우치고 있습니다…. 하지만 이번 일은 제가 하지 않았습니다…. 정말입니다…. 전 죽이지 않았습니다…. 전 살인을 해본 적이 없습니다…. 전 죽고 싶지 않습니다…. 무섭습니다…."

질베르가 비틀거리자 경비병들이 잡아주었다. 질베르는 어린아이처럼 애처롭게 도움을 요청했다.

"대장… 구해주세요! 구해주세요! 죽고 싶지 않습니다…."

바로 그때, 목소리 하나가 들렸다. 웅성대던 참가자들은 그 목소리에 입을 다물었다.

"무서워할 것 없어. 대장이 여기에 있다!"

재판정은 혼란에 휩싸였다. 경비원들과 경찰들이 사람들을 헤집으며 밀고 들어왔고 목소리의 주인공으로 지목된 한 남자를 격투 끝에 붙잡았다. 혈색 좋고 퉁퉁한 덩치 큰 남자였다. 남자는 즉석에서 신문을 받았다. 남자는 자신을 파리 시 장례청의 필리프 바넬이라고 소개했다. 남자는 옆에 앉아 있던 어떤 신사가 100프랑짜리 지폐를 건네며 수첩에 적어둔 문장을 때에 맞춰 읽어달라고 해서 읽었다는 것이다. 100프랑을 받는 너무 쉬운 일이라 거절할 이유가 없었다고 했다. 남자는 그 증거로 100프랑짜리 지폐와 수첩에서 뜯어낸 종이를 보여주었다. 필리프 바넬은 풀려났다.

그 틈에 뤼팽은 법원 건물을 빠져나갔다. 뤼팽은 부하의 체포가 자신의 탓이라는 생각이 들어 마음이 무거웠다. 오르페브르 둑 위에 뤼팽의 자동차가 대기하고 있었다. 차에 오른 뤼팽은 어찌나 고통스러웠는지 눈물을 참느라 이를 악물어야 했다. 질베르의 안타까운 외침과 굳은 표정이 뤼팽의 머릿속에서 떠나지 않았다. 앞으로도 잊지 못할 것 같았다. 뤼팽은 힘없이 클리시 광장 모퉁이에 있는 새로운 거처로 돌아왔다. 그곳에서 같은 날 밤에 도브레크를 납치할 준비를 한 그로냐르와 르발뤼를 기다리기로 했다. 뤼팽은 문을 열자마자 깜짝 놀랐다. 클라리스가 서 있었던 것이다. 재판문이 낭독되던 때 브르타뉴에서 돌아온 듯했다. 클라리스는 불안해했고 안색이 창백했다. 뤼팽은 클라리스가 모든 것을 알고 있다고 생각했다. 뤼팽은 클라리스를 보자 용기가 살아났고 즉각 이렇게 말했다. "예, 그렇습니다…. 하지만 상관없습니다. 이미 예상된 일이지요. 어쩔 수 없는 일이었습니다. 더는 불운이 없도록 기도할 수밖에 없습니다. 중요한 건 오늘 밤… 오늘 밤에 중요한 일을 한다는 거예요."

클라리스는 고통스러운 표정으로 더듬거리며 물었다. "오늘 밤이라니요…?"

"그래요. 모든 준비가 끝났습니다. 두 시간 후에는 도브레크가 내 손에 떨어집니다. 오늘 밤, 수단과 방법을 가리지 않고 그자의 입을 열 겁니다."

클라리스는 뤼팽의 말에 희망을 품었는지 얼굴이 밝아졌다.

"정말인가요?" 클라리스가 중얼거렸다.

"입을 열게 할 겁니다. 반드시 비밀을 알아낼 겁니다. 놈에게서 스물일곱 명의 명단을 반드시 빼앗을 생각입니다. 질베르를 구해낼 그 명단이요!"

"하지만… 이젠 너무… 늦었어요." 클라리스가 조그만 소리로 말했다.

"너무 늦다니 무슨 말씀입니까? 내가 그 명단을 뺏지 못할까 봐요? 질베르를 구하지 못할 것 같습니까? 두고 보십시오. 사흘 후에 질베르는 자유의 몸이 될 겁니다! 사흘 후!"

그때 초인종이 울렸다.

"우리 편이 왔습니다. 희망을 품으세요. 약속은 반드시 지킵니다. 자크도 데려왔잖아요. 질베르도 그렇게 될 겁니다."

뤼팽은 그로냐르와 르발뤼에게 다가가 말했다. "준비는 되었겠지? 브랜드부아 영감은 레스토랑에 왔을 거고. 자, 서두르자!"

"소용없습니다, 대장." 르발뤼가 말했다.

"뭐라고? 그게 무슨 소리인가?"

"새로운 소식입니다."

"소식이라니, 뭔가?"

"도브레크가 사라져버렸습니다."

"아니, 그게 무슨 소리인가? 도브레크가… 사라지다니?"

"낮에 개인 호텔에서 납치를 당했습니다."

"이런, 누구한테?"

"모르겠습니다…. 네 명이었는데… 총성도 울렸다고 합니다. 경찰이 출동했고 프라스빌이 수사하고 있습니다."

뤼팽은 꼼짝도 하지 않았다. 클라리스도 안락의자에 털썩 주저앉았다. 뤼팽도 쓰러지지 않기 위해 무언가에 의지해야 할 판이었다. 도브레크가 사라지다니… 마지막 희망이 날아가버린 셈이다….

7
나폴레옹의 옆얼굴 조각상

파리 시 경찰청장과 치안국장, 여러 명의 예심판사는 별 성과를 얻지 못한 채 초동수사를 끝낸 후 도브레크의 개인 호텔에서 나왔다. 프라스빌은 개인적으로 수사를 진행했다. 서재를 살피며 몸싸움 흔적의 증거를 열심히 관찰했다. 그때 관리인이 연필로 글씨가 적힌 명함 한 장을 가지고 들어왔다.

"부인에게 들어오라고 하십시오."

"혼자 오신 게 아니던데요."

"예? 그럼 동행인도 같이 들어오라고 하십시오."

클라리스 메르지는 방에 들어오자마자 같이 온 남자를 소개했다. 남자는 짧고 후줄근한 프록코트 차림으로 엉거주춤 걸어왔다. 거기에 낡은 모자와 면포 우산, 한쪽 장갑만 낀 초라한 행색이었는데 표정도 어색하기 그지없었다.

"니콜 선생님입니다." 클라리스가 말했다. "우리 자크의 가정교사예요. 1년 전부터 제게 이런저런 상담도 해주시고요. 수정마개에 대한 이야기를 설명해주신 분입니다. 그러니 제게 하실 말씀을 이분도 함께 들었으면 합니다…. 이번 사건은 제 계획뿐만 아니라 사무국장님의 계획에도 차질을 빚지 않았습니까?"

프라스빌은 클라리스가 도브레크를 얼마나 증오하는지 잘 알고 있었다. 그런 클라리스는 중요한 협력자기에 프라스빌은 당연히 그 말을 믿었다. 프라스빌은 관리인에게서 들은 이야기와 몇 가지 발견한 단서를 종합해 자신이 아는 정보를 전부 털어놓았다. 사건은 의외로 간단했다.

도브레크는 질베르와 보슈레이의 재판에 증인으로 출석했고 변론이 진행 중일 때 법원을 빠져나가는 모습이 목격되었다. 도브레크는 6시쯤에 돌아왔다. 관리인 말로는 도브레크 혼자 돌아왔고 호텔에는 아무도 없었다고 한다. 그런데 몇 분 후 갑자기 비명이 들렸고 사람들이 싸우는 소리, 두 발의 총소리가 들려서 관리인이 내다봤다고 한다. 관리인은 복면한 괴한 네 명이 도브레크를 거칠게 끌고 현관 계단을 내려가 철책 문 쪽으로 갔다고 했다. 그와 동시에 자동차 한 대가 호텔문 앞에 나타났고 괴한 네 명과 도브레크를 태우고는 빠르게 사라졌다고 했다.

"경찰관 두 명이 늘 감시하고 있던 것으로 아는데 무얼 하고 있었나요?" 클라리스가 이해할 수 없다는 표정으로 물었다.

"감시 중인 경찰관들이 있긴 했지만 150미터 떨어져 있었습니다. 너무 순식간에 일어난 일이라 경찰관들이 서둘러 달려왔을 때는 이미 납치를 당한 뒤였어요."

"단서는 아무것도 발견하지 못했다고 하나요?"

"예. 거의 발견하지… 아, 이걸 하나 발견했습니다."

"그게 무언가요?"

"바닥에서 작은 상아조각을 주웠다고 합니다. 관리인이 창문으로 봤을 때 자동차에 타고 있던 누군가가 있었는데, 도브레크가 차 안으로 납치될 때 그 사람이 내렸다고 합니다. 그리고 곧장 다시 차에 타려는데 무언가를 떨어뜨려 다시 주웠다고 합니다. 그 무언가가 포석 위에 부딪혀 깨진 파편이 이 상아조각 같습니다. 그걸 주운 것 같아요."

"납치범들이 도브레크의 집에 어떻게 침입한 걸까요?" 클라리스가 계속 물었다.

"관리인이 장을 보러 간 사이에 위조 열쇠로 들어와 오후 내내 집안 어딘가에 숨어 있었겠지요. 하인이 하나도 없는 집이니 가능했을 것으로 보입니다. 미루어 생각하건대 저기 옆방인 식당에 납치범들이 숨어 있다가 도브레크가 서재로 들어오자 바로 덮친 것 같습니다. 가구와 집기들이 어지럽게 흩어져 있는 것만 봐도 몸싸움이 꽤 격렬했던 것 같습니다. 양탄자 위에서 도브레크가 가지고 다니는 권총을 주웠습니다. 이 총에서 발사된 총알이 저기 벽난로 거울에 맞은 것으로 확인되었습니다."

클라리스는 설명을 듣고 싶다는 표정으로 동행한 남자를 바라보았다. 하지만 남자는 시선을 내린 채 의자에 앉아 꼼짝도 하지 않았다. 남자는 모자를 어디에 놓아야 할지 모르는 사람처럼 모자챙만 만지작거렸다.

프라스빌은 남자의 모습을 바라보며 황당하다는 듯 웃었다. 클라리스의 조언자라고 하기에는 영 미덥지 않아 보였던 것이다.

"사건이 나름 복잡한 것 같은데요, 어떻습니까, 선생님?" 프라스빌이 은근히 떠보며 물었다.

"그래, 그래요…. 아주 복잡하군요." 남자가 더듬거리며 중얼거렸다.

"이 사건과 관련해 의견이 없으신가요?"

"이런! 사무국장님, 제 생각에는 도브레크에게 적이 많은 것 같습니다."

"아, 대단한 추리이십니다."

"도브레크가 사라지면 어떤 이익을 얻을 적들 몇 몇이 손을 잡은 것 같습니다."

"굉장하네요. 모든 것이 훤히 드러나는 느낌입니다." 프라스빌은 빈정대는 목소리로 예의상 친절을 늘어놓았다.

"수사를 어떤 식으로 해야 할지 조언해주시는 일만 남았군요."

"사무국장님, 땅바닥에서 주웠다는 그 상아조각 말입니다…."

"이런, 선생님…. 파편은 납치범 한 명이 떨어뜨린 무언가에서 나온 겁니다. 그 납치범은 떨어진 무언가의 물건을 얼른 집었고요. 납치범의 정체를 알아내려면 파편이 아니라 그게 떨어져 나온 물건 자체를 알아봐야 하는 게 아닐까요?"

니콜은 잠시 무언가를 생각하다가 말을 이었다.

"사무국장님, 나폴레옹 1세가 권좌에서 물러났을 때…."

"이런… 지금 프랑스 역사 강의를 하는 겁니까?"

"사무국장님, 한마디만 할 테니 잘 들어주십시오. 나폴레옹 1세가 권좌에서 물러났을 때 왕정복고 체제에서는 황제의 추억을 간직하고 집권 세력에 회의적인 지난날의 많은 장교를 경찰의 감시 아래 두고 휴직급 군인으로 강등했습니다. 그 후 이들에게는 우상인 나폴레옹 1세를 각종 생활용품에 새겨넣는 일이 꽤 유행했다고 합니다. 담뱃갑, 반지, 넥타이핀, 칼 등에 새겨넣은 겁니다."

"그래서요?"

"그 파편도 지팡이나 호신용 등나무 단장 끝에 달린 상아 머리 장식에서 떨어져 나온 것일 수 있습니다. 파편을 가만히 보면 '키 작은 코르시카의 우두머리'라는 별명으로 불린 나폴레옹의 옆얼굴 모양이 보일 겁니다. 그러니까 사무국장님이 들고 있는 파편은 휴직급 장교의 호신용 단장 끝에 달린 상아 머리 장식에서 떨어져 나온 것입니다."

프라스빌은 증거인 파편을 이리저리 살펴봤다.

"정말로… 옆얼굴 모양인 것 같군요…. 하지만 그렇다고 무슨 결론이 나는 건 아니지 않습니까?"

"결론은 간단합니다. 스물일곱 명의 명단에 이름이 실려 도브레크에게 꼼짝 못하는 사람 중에는 나폴레옹 밑에서 출세했다가 왕정복고와 함께 몰락한 장교의 후손이 있을 수 있습니다. 자동차에 타고 있던 납치범 한 명은 그 후손이겠지요. 수년 전에 보나파르트 정파에서 한 자리를 차지했을 인물이고요. 이름까지 알려드려야 아시겠습니까?"

"알뷔펙스 후작?" 프라스빌이 중얼거리듯 물었다.

"예, 알뷔펙스 후작입니다." 니콜이 대답했다.

니콜은 이제 어색한 표정도 거두었고 더는 낡은 모자, 우산, 장갑에 신경 쓰지 않았다. 니콜은 자리에서 일어나 프라스빌에게 말했다.

"사무국장님, 사실 이렇게 알아낸 사실은 저 혼자 알고 있을 생각이었습니다. 스물일곱 명의 명단을 제가 가져다 드리기 전까지는 알리지 않을 생각이었지요. 하지만 사건이 워낙에 급박하고… 도브레크가 이렇게 사라지면 납치범들이 생각한 것과 달리 오히려 위기가 커질 수 있습니다. 그래서 어서 방법을 찾아야 합니다. 사무국장님, 즉각 효과적인 수사를 해주시길 부탁드립니다."

"내가 어떻게 하면 됩니까?" 프라스빌이 물었다. 이제 프라스빌은 니콜의 말에 상당히 귀를 기울였다.

"내일까지 알뷔펙스 후작에 관한 모든 정보를 주십시오. 저혼자 알아내려면 며칠은 걸릴 것 같아서요."

프라스빌은 곤란한 표정을 지으며 클라리스를 바라봤다.

"부탁하건대 니콜 선생님의 제안을 받아주세요. 정말로 귀한 조언을 주실 겁니다. 장담합니다." 클라리스가 말했다.

"좋습니다. 어떤 정보가 필요합니까?"

프라스빌이 진지한 표정으로 물었다.

"가족 사항, 주요 활동, 인척 관계, 파리와 지방에 소유한 부동산 정보 등 후작과 관계된 모든 정보입니다."

프라스빌은 여전히 곤란한 표정을 지었다.

"그런데 이번 납치 사건이 후작의 소행이든 다른 누구의 소행이든 도브레크를 납치한 이들은 우리에게도 이익이 되는 일을 한 게 아닙니까? 도브레크의 명단을 누군가 빼앗기만 하면 도브레크는 힘없는 존재가 되니까요."

"하지만 납치범들이 그 명단을 빼앗아 도브레크처럼 자신들의 이익을 위해 사용한다면요?"

"그건 말도 안 됩니다. 자신들의 이름이 올라와 있으니까요."

"자신들의 이름을 지울 수도 있지요. 그리고 명단을 새로 손에 넣은 자가 도브레크보다 더 사악하고 강하다면요? 도브레크보다 정계에 더 막강한 힘을 발휘하게 된다면…."

그럴듯한 논리였다. 프라스빌은 한참 생각에 잠겼다.

"내일 오후 4시에 경찰청에 있는 제 사무실로 와주십시오. 필요한 정보를 모두 드리겠습니다. 혹시 필요할 수 있어서 그러니 선생님의 주소라도…." 프라스빌이 물었다.

"클리시 광장 25번지, 니콜 씨라고 하면 됩니다. 친구가 부재 중이라 빌려준 집에서 생활하고 있습니다."

이렇게 프라스빌과의 대화가 끝났다. 니콜은 허리를 숙여 프라스빌에게 정중하게 인사한 후 클라리스와 함께 자리를 떴다.

밖으로 나오자 니콜은 손바닥을 문지르며 클라리스에게 말했다. "정말 잘되었습니다. 이제 경찰청에 자유롭게 드나들 수 있게 되었으니…. 경찰청 사람들도 조만간 전투에 투입되겠지요."

그러나 클라리스는 약간 회의적으로 말했다.

"그런데… 우리가 때맞추어 할 수 있을까요? 명단이 폐기될까 봐 그게 제일 걱정이에요."

"누가 폐기하겠습니까? 도브레크가요?"

"후작이 그럴 수 있지요."

"그러려면 시간이 걸립니다. 도브레크가 명단을 순순히 내놓지는 않을 겁니다… 적어도 우리가 개입할 때까지는 버틸 거예요. 내가 프라스빌까지 속이는 걸 보시지 않았습니까?"

"그러다 뤼팽 씨의 정체가 발각되면요? 조금만 조사해봐도 니콜 선생이라는 사람은 존재하지 않는다는 것을 알아낼 수 있으니까요."

"그렇다 해도 니콜 선생이 아르센 뤼팽이라는 생각까지는 하지 못할 겁니다. 그러니 안심하십시오. 더구나 프라스빌은 경찰청 내에서 그리 힘이 있는 것 같지도 않습니다. 프라스빌의 목표는 오직 하나예요. 오랜 원수 도브레크를 처벌하는 것이지요. 도브레크만 처단할 수 있다면 프라스빌은 무슨 일이라도할 겁니다. 니콜이건 누구건 도브레크를 적으로 둔 사람들의 뒤를 캐고 다니지는 않을 거예요. 여기에 나를 소개한 사람이 클라리스 씨니까 더욱더 그렇지요. 프라스빌은 이미 내게 속아 넘어갔습니다. 그러니 걱정하지 말고 앞을 향해서만 가면 됩니다."

클라리스는 뤼팽에게 점점 믿음이 갔다. 앞으로의 일에 대해서도 걱정이 줄어들었다. 질베르가 사형선고를 받긴 했지만 뤼팽이 있어 질베르를 구할 수 있을 것 같았다. 하지만 그래도 클라리스는 돌아갈 마음이 없었다. 뤼팽은 클라리스에게 브르타뉴로 돌아가라고 했지만 클라리스는 남고 싶어 했다. 희망과 고난을 뤼팽과 함께하고 싶어 했다.

다음 날, 뤼팽은 경찰청이 제공한 정보를 받았다. 이 정보로 뤼팽과 프라스빌은 막연히 생각한 사실을 더욱 확신하게 되었다. 알뷔펙스 후작은 운하 사건에 깊숙이 연루되었다가 나폴레옹 대군의 프랑스 내 정치사무소장에서 해임되었고 그 후 갖가지 방법을 동원하고 빚을 져가면서까지 많은 하인을 거느렸다. 도브레크가 납치된 이후 후작은 매일 하던 일과도 하지 않았다. 저녁 6시에서 7시 사이에 드나들던 단골 클럽도 가지 않았고 저녁 식사도 집에서 하지 않았다는 사실이 확인되었다. 도브레크 납치 사건이 일어난 당일, 후작은 자정이 되어서야 집에 돌아왔다고 한다.

뤼팽이 내놓은 의견은 어느 정도 신빙성이 있었다. 하지만 사실, 뤼팽은 개인적인 힘으로는 더는 정보를 얻을 수 없었다. 자동차와 운전기사, 도브레크의 집에 들이닥친 납치범 네 명에 대해서는 조그만 단서도 찾을 수 없었다. 납치범들 역시 후작처럼 명단과 관련이 있는 사람들인지, 아니면 단순히 돈을 받고 일한 사람들인지 도무지 알아낼 방법이 없었다.

결국 모든 수사는 알뷔펙스 후작과 파리에서 떨어진 곳에 후작이 소유한 성채 및 저택에 집중될 수밖에 없었다. 평균속도로 자동차를 타고 달리면서 필요에 따라 중간에 쉬어가며 재보니 부동산까지의 거리는 약 150킬로미터였다.

그런데 알아보니 알뷔펙스 후작은 이미 모든 재산을 처분한 상태라 지방에는 더 이상 성채며 저택이 없었다.

그리하여 수사는 후작의 인척과 가까운 친지들에게 집중됐는데 과연 이들 중에 누가 후작에게 도브레크를 숨길 아지트를 제공해주었는지는 알 수 없었다.

아무리 수사를 진행해도 별 성과가 없었다. 시간만 흘렀다. 클라리스는 하루하루 마음을 졸일 뿐이었다. 하루가 지나갈 때마다 질베르의 마지막 날이 다가오고 있는 셈이 아닌가. 클라리스는 날이 갈수록 점차 여유를 잃었다. 뤼팽 역시 고민에 빠져 있기는 마찬가지였다.

"이제 55일… 아니, 50일 정도밖에 남지 않았어요…. 얼마 안 남은 이 시간 안에 무슨 방법이 있겠어요? 오! 제발… 어떻게 좀 해보세요…."

뤼팽도 뾰족한 수가 있는 건 아니었다. 뤼팽은 직접 후작의 일거수일투족을 감시하느라 제대로 잠도 자지 못했다. 한편 후작은 다시 본래의 생활 방식으로 돌아갔고 그러면서도 주변을 잔뜩 경계하며 조금도 방심하지 않았다.

후작은 딱 한 번, 낮에 몽모르 공작 집에 가서 방문객들과 어울려 뒤를렌 숲으로 멧돼지 사냥을 나갔다. 하지만 스포츠를 즐겼을 뿐 수상한 점은 없었다.

"몽모르 공작은 자신의 영지와 사냥에만 관심을 둘 뿐 정치에는 전혀 관심이 없습니다. 그리고 갑부예요. 공작이 도브레크 하의원을 감금하는 데 자신의 성채를 빌려줄 리가 없습니다." 프라스빌이 말했다.

뤼팽도 같은 생각이기는 했지만 혹시나 하는 마음에 그다음 주 어느 날 아침, 기수 복장을 갖춰 입고 알뷔펙스를 미행했다. 후작은 노르 역에서 기차를 탔다. 뤼팽도 같은 기차를 탔다.

후작과 뤼팽은 오말 역에서 내렸다. 후작은 곧장 마차에 올라 몽모르 성으로 향했다.

뤼팽은 일단 여유로운 점심시간을 즐겼다. 그다음에 자전거를 한 대 빌려 성채가 바라보이는 곳까지 갔다. 성채의 정원에는 손님들이 우르르 나와 각자의 말과 자동차에 타고 있었다. 후작은 어느 기수가 모는 말을 탔다. 뤼팽은 후작이 하루에 세 번이나 말을 타고 달리는 모습을 보았고 저녁에는 어느 기수를 대동한 채 모르트피에르로 돌아오는 모습을 보았다. 그것이 결정적인 증거다. 의심의 여지가 없다. 하지만 뤼팽은 왜 보이는 그대로를 받아들이지 않을까? 뤼팽은 르발뢰에게 몽모르 주변을 캐보라고 시켰다. 뤼팽은 어떤 추리에도 그대로 안주하는 성격이 아니다. 여기에 더해 치밀한 행동과 조심성을 갖추었다.

다음 날 르발뢰가 알아온 정보들 가운에 하나가 특히 뤼팽의 눈을 사로잡았다. 몽모르의 모든 경비병과 하인들, 손님들의 명단이었다. 뤼팽은 어떤 기수의 이름에 관심을 두고 곧장 다음과 같은 전보를 쳤다.

기수 세바스티아니에 대해 알아볼 것.

얼마 지나지 않아 르발뢰에게 답신이 왔다.

세바스티아니는 코르시카 출신으로 알뷔펙스 후작이 몽모르 공작에게 추천한 인물임.
성에서 약 4킬로미터 정도 떨어진 사냥용 별장에서 지내고 있음. 사냥용 별장은 몽모르 가문의 요람이기도 한, 옛 영주의 폐허가 된 요새 안에 있음.

뤼팽은 클라리스에게 르발뤼의 답신을 보여주었다. "이것 좀 보십시오. 세바스티아니라는 이름을 보자 알뷔펙스가 코르시카 출신이라는 게 떠올랐습니다. 두 사람은 긴밀한 관계가 있을 겁니다…."

"이제 어떻게 하실 생각인가요?"

"도브레크가 폐허 안 어딘가에 감금되어 있다면 들어가 접촉해봐야겠지요."

"하지만 도브레크는 뤼팽 씨를 믿지 않을 텐데요?"

"그렇진 않을 겁니다. 생제르맹에서 자크를 납치했다가 같은 날 밤 뇌이로 데리고 나온 나이 든 여자 두 명이 있었습니다. 경찰의 도움으로 그들을 만날 수 있었습니다. 두 사람은 노처녀로 도브레크의 사촌 동생들이었습니다. 두 사촌은 도브레크에게 매달 얼마간의 생활비를 받고 있었다는군요. 루슬로라는 성을 가진 자매는 바크가 134-2번지에 살고 있고, 내가 이곳으로 찾아가 납치당한 사촌 오빠를 찾아주겠다고 약속했습니다. 그 둘 중 언니인 외프라지 루슬로는 도브레크에게 편지를 써주었는데 니콜 씨를 믿으라는 내용이었습니다. 이 정도면 준비는 갖춘 셈이지요. 오늘 밤에 출발할 겁니다."

"나도 가겠어요." 클라리스가 말했다.

뤼팽은 깜짝 놀랐다.

"클라리스 씨도요?"

"이렇게 꼼짝 않고 기다리는 게 너무 초조해서 살 수가 없어요." 클라리스가 말했다. "남은 날은 겨우 38일이나 40일이 될까 말까 해요···. 하루하루가 중요한 게 아니라 한 시, 한 초가 중요해요. 초조해서 견딜 수가 없습니다."

클라리스의 결심이 확고해 말릴 수 없었다.

새벽 5시, 두 사람은 그로냐르와 함께 차를 탔다.

사람들의 의심을 사지 않기 위해 뤼팽은 인근 대도시를 작전 본부로 삼았다. 그래서 몽모르에서 30킬로미터밖에 떨어지지 않은 아미앵에서 클라리스를 머물게 했다.

오전 8시, 뤼팽은 모르트피에르라는 이름을 가진 낡은 요새 근처에서 르발뤼를 만났고 르발뤼의 안내를 받아 주변을 샅샅이 조사했다. 숲 언저리에는 모르트피에르의 험준한 절벽이 서 있었다. 절벽이 있는 깊은 골짜기에는 리지에라는 작은 하천이 만곡을 그렸다.

뤼팽이 열심히 주변을 살폈다.

"여기는 아닌 것 같아. 60~70미터에 이르는 절벽이 너무 험준하고 사방에서 강물이 밀려드는 곳이라서 말이야."

저 멀리 오솔길 입구에 다리가 하나 있었다. 뤼팽은 그 길을 따라 전나무와 참나무들을 헤치고 올라갔다. 그러자 작은 평지 앞에 두 개의 커다란 탑이 양쪽으로 서 있고 쇠창살이 솟아 있는 육중한 철문이 보였다.

"음··· 여기가 세바스티아니가 사는 곳이라는 거지?" 뤼팽이 물었다.

"예. 폐허 한가운데에 있는 이 별장에서 아내와 함께 살고 있습니다. 알아본 바로는 다 큰 아들 세 명도 있다는데 모두 여행을 떠났다고 합니다. 도브레크가 납치된 바로 그날, 아들들이 여행을 떠났다더군요." 르발뤼가 말했다.

"희한한 우연이군…. 아버지와 아들들이 일을 진행한 것 같아…."

오후가 끝나갈 즈음, 뤼팽은 성벽 틈새를 통해 오른쪽 탑까지 올라갔다. 정말로 별장이 하나 있었고 주변에는 낡은 요새의 잔해가 널려 있었다. 바로 앞에는 맨틀피스 일부로 보이는 평평한 벽면이 세워져 있었고 조금 멀리 저수조가 있었다. 왼쪽에는 허물어진 예배당의 아치가 있고 오른쪽에는 무너져 내린 폐석 더미가 그대로 방치되어 있었다. 절벽 주변에는 요새의 순찰로가 나 있고 그 한쪽 끝에는 허물어진 커다란 망루 하나가 있었다.

뤼팽은 날이 어둑해지자 클라리스가 있는 곳으로 왔다. 그로냐르와 르발뤼를 현장에 남겨 감시하게 했고 뤼팽 자신은 아미앵과 모르트피에르 사이를 왔다 갔다 하기로 했다.

엿새가 지났다. 세바스티아니는 해야 할 일을 규칙적으로 성실히 하는 듯했다. 몽모르 성으로 가서 숲을 살피며 동물들이 이동한 경로를 확인했고 밤에는 성 주변을 순찰했다.

이레째 되는 날, 뤼팽은 부하들에게 새로운 정보를 들었다. 사냥이 있을 예정이라 아침부터 마차 한 대가 오말 역으로 갔다는 정보였다. 뤼팽은 성문 앞 작은 평지를 에워싸고 우거진 회양목과 월계수 숲 속에서 기다렸다.

오후 2시가 되자 사냥개들이 짖어대는 소리가 들렸다. 사냥꾼들의 고함도 들렸다. 이내 사냥꾼과 사냥개들이 저만치 멀어 져가는 게 느껴졌다. 한두 시간 정도가 지나자 멀리서 무언가 웅성거리는 소리가 희미하게 들렸다. 그리고 갑작스레 말발굽 소리가 들리더니 두 사람이 말을 타고 오솔길을 따라 올라오는 모습이 보였다.

말을 탄 두 사람은 알뷔펙스와 세비스티아니였다. 두 사람은 거의 동시에 말에서 내렸고 세비스티아니의 아내로 추정되는 여자가 문을 열어주었다. 세비스티아니는 뤼팽이 숨어 있는 곳 에서 세 발짝 정도밖에 안 되는 가까운 곳에 말고삐를 매달고 는 얼른 달려가 후작을 안내했다. 육중한 문이 닫혔다.

뤼팽은 지체하지 않았다. 아직은 밝은 낮이었지만 워낙에 인 적이 드문 곳이라 곧바로 벽 틈새를 딛고 기어 올라갔다. 벽 너 머로 고개를 내밀자 후작, 세바스티아니 부부가 무너진 망루 쪽으로 달려가는 모습이 보였다.

세바스티아니가 소나무 가지들을 거두자 계단 입구가 나타 났다. 그의 아내는 밖에서 보초를 섰고 후작과 세바스티아니가 계단을 내려갔다. 뤼팽은 지금 당장 이들의 뒤를 밟을 수 없었 기에 일단 숙소로 돌아가기로 했다. 잠시 후 다시 문이 열렸다. 알뷔펙스 후작은 매우 흥분해 있었다. 승마용 채찍으로 자신의 장화를 후려치며 화가 난 듯 중얼거렸다. 거리가 가까워지자 후작이 중얼거리는 소리가 뤼팽의 귀에도 들렸다.

"비열한 자식! 저놈을 반드시 굴복시키고 말겠어…. 세바스 티아니, 오늘 밤… 오늘 밤 10시에 다시 오겠네…. 그때 또 해 보는 거야…. 짐승 같은 자식…!"

세바스티아니가 말고삐를 풀었고 그동안 알뷔펙스는 세바스티아니의 아내에게 이렇게 말했다.

"아들들에게 잘 지키고 있으라고 해주십시오…. 누구든 그자를 구하려 했다가는 큰 대가를 치를 겁니다…. 함정을 쳐놓았거든요…. 내가 안심해도 되겠습니까?"

세바스티아니가 말을 데려오며 아내 대신 대답했다. "아비인 절 믿으시는 것처럼 제 아들들도 믿어주십시오, 후작님! 아들 녀석들은 후작님께서 제게 어떤 은혜를 베풀었는지 알고 있습니다. 또한 후작님께서 무엇을 원하는지도 잘 알고 있지요. 그리 허술한 아이들이 아닙니다."

그러자 알뷔펙스가 만족스러운 표정으로 말했다. "어서 말에 오르게! 사냥에 가야지!"

뤼팽의 예상대로였다. 사냥이 시작되면 알뷔펙스는 사냥에 참여하다가 은근슬쩍 모르트피에르에 들렀다 가곤 했다. 그래야 사람들의 의심을 사지 않기 때문이다. 세바스티아니는 은혜를 베풀어준 후작을 위해 충심을 다했다. 그래서 후작이 사냥 때에 맞춰 찾아오면 세 아들과 아내가 지키는, 포로가 갇힌 곳으로 주인을 안내했던 것이다.

작전 본부에서 클라리스를 만난 뤼팽이 입을 열었다. "일이 그렇게 된 겁니다…. 오늘 밤 10시에 후작은 도브레크를 신문할 겁니다…. 신문이 다소 거칠겠지만 어쩔 수 없지요. 나라도 그렇게 할 것 같으니까요."

"도브레크가 입을 열 수도 있겠군요…." 클라리스가 흥분하며 말했다.

"그럴까 봐 걱정입니다."

"이제 어떡하지요?"

"지금으로서는 두 가지 계획이 있습니다. 하나는 신문을 방해하는 것이고…." 뤼팽이 침착하게 말했다.

"어떻게요?"

"알뷔펙스보다 먼저 가는 거지요. 9시 정도에 그로냐르와 르발뤼, 내가 방어벽을 뚫는 거예요. 요새 안으로 들어가 망루를 습격하고 수비대를 공격하는 겁니다…. 그렇게만 하면 작전이 성공하겠지요! 도브레크가 우리 손에 떨어지니까요."

"하지만 후작이 세바스티아니의 세 아들이 덫을 쳐놓았다고 그랬다면서요?"

"그래서 첫 번째 계획은 최후의 수단으로 사용할 생각입니다. 다른 계획이 통하지 않을 때 말이지요."

"다른 계획은…?"

"신문 현장에 참여하는 겁니다. 도브레크가 입을 열지 않으면 적당한 때를 봤다가 도브레크를 납치하는 계획입니다. 하지만 도브레크가 만일 입을 열면, 즉 스물일곱 명의 명단이 어디에 있는지 실토하면 알뷔펙스뿐만 아니라 나도 알게 된 셈이니 선수를 쳐야지요."

"알겠어요…. 그런 방법이 있군요…. 하지만 어떻게 신문 현장에 가시려고요?"

"거기까지는 아직 잘 모르겠습니다. 르발뤼가 가져오는 정보에 따라 정해질 듯합니다…. 내가 직접 알아봐야 할 것도 있고."

뤼팽은 말을 마치고 여인숙을 나갔다. 그리고 한 시간 후 날

이 어둑해지자 돌아왔다.

르발뤼도 돌아와 있었다.

"책은 구했나?" 뤼팽이 물었다.

"예, 대장. 오말의 신문 가게에서 제가 봤던 책입니다. 10수에 샀습니다."

"어디 보자고."

르발뤼는 가제본의 낡은 소책자를 내밀었다.

《그림과 지도로 보는 모르트피에르 안내서, 1824》

표지에 적힌 제목을 본 뤼팽은 망루 설계도를 찾았다. "그래, 이거야…! 세 개의 층이 있는데 전부 허물어진 상태지. 그 아래 암반을 뚫고 두 개의 층이 더 있는데 하나는 잔해 더미로 가득하고 또 한 층은… 바로 여기에 도브레크가 갇혀 있겠군! 고문실이라니 이름도 그럴듯하군…. 딱한 친구…! 계단에서 방으로 통하는 길목에 문이 두 개 있고, 그 두 개의 문 사이 어딘가에 세바스티아니의 아들 세 명이 총을 들고 있겠지."

"들키지 않고 통과하기란 불가능하다는 이야기군요?" 클라리스가 말했다.

"그렇다고 할 수 있습니다…. 하지만 무너져버린 위층을 통해서라면 가능할 수도…. 천장을 통해서 말입니다…. 꽤 어렵겠지만요…."

뤼팽은 소책자를 계속 뒤적였다.

"혹시 갱도처럼 바깥으로 직접 이어지는 통로가 있지 않을까요?" 클라리스가 물었다.

"있긴 합니다. 아래 강 쪽에 작은 입구가 하나 뚫려 있습니다. 여기 지도에도 표시되어 있어요. 하지만 높이만 해도 50미터가 넘습니다. 입구가 뚫린 암벽도 물 위로 솟아 있으니 역시 불가능하지요."

뤼팽은 소책자를 읽다가 다음의 제목에서 눈이 번쩍 띄었다.

〈두 연인의 탑〉

뤼팽은 그 부분을 얼른 읽었다.

옛날에 이 망루는 현지 주민 사이에서 두 연인의 탑이라는 이름으로 불렸다. 여기에는 피비린내 나는 사건 하나가 얽혀 있다. 모르트피에르 백작은 아내가 바람 핀 사실을 알고 고문실에 아내를 가두었다. 여자는 그 안에서 20년을 지냈다고 전해진다. 어느 날 밤 여자의 애인인 탕카르빌의 영주가 아래 강에서부터 사다리를 세워 구멍까지 다다른 다음, 험준한 절벽을 기어 올라갔다. 고생 끝에 영주는 방까지 도착했고 창살을 톱으로 잘라 사랑하는 여자를 빼냈다. 두 사람은 밧줄을 몸에 감고 사다리를 내려가기 시작했다. 절벽을 다 통과해 영주의 친구들이 망을 보고 있던 사다리 꼭대기까지 도착했을 때였다. 갑자기 순찰로에서 총성이 울렸고 남자가 어깨에 총을 맞았다. 남자와 여자는 허공으로 떨어지고 말았다.

뤼팽이 여기까지 읽자 모두 조용했다. 다들 입을 다문 채 당시의 비극적인 사건을 머릿속에 그려보았다. 그렇다! 300~400년 전, 한 남자가 사랑하는 여인을 구하기 위해 무모한 모험을 했다. 이상한 소리를 의심한 초병이 총을 쏘지만 않았어도 남자는 성공했을 것이다. 어쨌든 한 남자가 모험을 실행에 옮겼다.

뤼팽은 조용히 고개를 들어 클라리스를 바라봤다. 클라리스 역시 뤼팽을 바라봤다. 클라리스의 눈빛에는 간절함이 담겨 있었다! 불가능한 계획을 요구하는 어머니의 눈빛, 아들을 위해서 모든 것을 바칠 각오가 된 어머니의 눈빛이다.

"르발뤼." 뤼팽이 말했다. "밧줄을 준비하게. 내가 허리에 감고 버틸 수 있게 유연하고 단단한 밧줄로. 밧줄은 길어야 해. 50~60미터 정도 길이로 준비해주게. 그리고 그로냐르, 서로 이어 붙일 수 있는 사다리 서너 개를 구해보게."

"아니, 지금 무슨 말씀이십니까, 대장? 아니, 정말로… 그건 말도 안 됩니다!" 부하들이 소리쳤다.

"말도 안 되다니? 왜 그런가? 누군가 했던 일이면 나도 할 수 있지."

"하지만 분명 목숨을 잃을 거예요."

"르발뤼, 자네도 알고 있군. 하지만 성공할 가능성도 있어."

"하지만 대장…."

"그만하고, 두 사람 모두 한 시간 후에 강가에서 만나기로 하지."

준비하는 데에는 꽤 시간이 걸렸다. 절벽의 돌출부까지 닿을, 15미터가 넘는 대형 사다리를 이어 만들 재료를 구하는 일도 쉽지 않았다. 사다리를 구한다 해도 서로 크기가 다른 사다리들을 단단하게 연결하려면 꼼꼼한 노력이 필요했다.

마침내 9시가 넘어서야 사다리가 강 한가운데에 설치되었고 보트 하나로 고정되었다. 사다리 앞부분은 창살 사이에 끼웠고 아랫부분은 제방에 꽂았다. 골짜기를 따라 구불구불 이어진 길은 인적이 드물어서 사다리를 설치하는 작업은 별다른 방해 없이 이루어졌다. 하늘에 구름이 잔뜩 있어 사방은 칠흑처럼 어두웠다.

뤼팽은 르발뤼와 그로냐르에게 마지막으로 당부했다.

"머리 가죽이 벗겨지고 살갗이 갈가리 찢어질 때 고통스러워할 도브레크의 표정을 내가 얼마나 보고 싶어 하는지 모를 거야. 그걸 보기 위해서라도 해볼 만한 모험이지." 뤼팽이 웃으며 말했다.

배에는 클라리스도 탔다.

"이따 봅시다. 꼼짝하지 말고 기다려야 합니다. 무슨 일이 일어나도 움직이거나 소리를 질러서도 안 됩니다."

"일이 잘 안 될 수도 있다는 말인가요?"

"탕카르빌 영주 이야기를 생각해보십시오. 영주는 연인을 품에 안고 목표에 거의 도달했을 때 불운을 맞았습니다⋯. 하지만 안심하고 기다리십시오. 모든 게 잘 풀릴 겁니다."

클라리스는 아무 대답도 하지 않고 뤼팽의 손을 잡았다.

뤼팽은 사다리 맨 아래에 발을 올려놓고 많이 흔들리지 않는지 마지막으로 점검한 후 사다리에 올랐다.

뤼팽은 빠른 속도로 사다리 끝까지 올랐다. 위험한 오르막길은 여기에서부터 시작된다. 절벽이 워낙 험준했고 중간쯤에서는 정말로 암벽 타기를 해야 했다. 그나마 다행인 점은 움푹 파여 발을 디딜 만한 곳이 여기저기 많았고 툭 튀어나온 바위들도 손으로 잡기에 좋았다. 하지만 돌무더기가 무너져 미끄러지는 일을 두 번이나 경험하자 뤼팽이라도 가슴이 철렁했다.

중간에 충분히 파인 암벽 부분에 이르자 뤼팽은 한숨을 돌렸다. 뤼팽은 점차 몸과 마음이 지쳐가자 자신도 모르게 이런 생각이 들었다. '이 일이 죽음을 무릅쓸 가치가 있을까?'

곧바로 뤼팽은 고개를 흔들며 마음을 다잡았다. '제길! 뤼팽, 마음이 약해졌군. 포기하려고? 그러면 도브레크가 비밀을 말해도 들을 수 없고 후작이 명단을 고스란히 가져갈 거야…. 그럼 뤼팽은 헛수고만 한 채 돌아서야 하지. 질베르는….'

뤼팽은 긴 밧줄을 허리에 감고 있어서 그런지 무겁고 영 불편했다. 결국 뤼팽은 밧줄 한쪽 끄트머리만 바지 고리에 걸고 나머지는 길게 아래로 늘어뜨렸다. 나중에 그것만 붙잡고 내려가면 되었다. 뤼팽은 다시 암벽을 타기 시작했다. 손톱이 깨졌고 손가락에는 피가 고였다. 매 순간 아래로 떨어질까 봐 불안했다. 아래에서 들려오는 말소리가 뤼팽을 더욱 불안하게 했다. 아래에 있는 부하들과 여기 암벽까지의 거리가 멀어진다는 게 믿어지지 않았다. 암벽의 돌멩이가 굴러떨어질 때마다 뤼팽은 몸서리쳤고, 불현듯 탕카르빌 영주가 떠올랐다. 조용한 심연 속에서는 작은 소리도 크게 들렸다. 무심코 중얼거렸다가 아래에 있는 보초 한 명이 두 연인의 탑을 오르는 검은 그림자를 눈치채고 총을 쏜다면? 그야말로 뤼팽은 끝일 것이다.

뤼팽은 오싹함을 느끼며 얼른 오르고 또 올랐다. 너무 오랫동안 정신없이 오르다 보니 오른쪽이나 왼쪽으로 목표 지점을 지나친 듯했다. 순간 뤼팽은 이러다가 순찰로 쪽으로 가는 건 아닌가 하는 걱정마저 들었다. 그렇게 되면 그야말로 난처한 상황에 부딪히는 셈이다. 처음부터 모든 상황을 하나하나 차분히 점검하고 침착하게 결정해서 나섰다면 이런 사태까지 오지 않았을지도 모른다. 뤼팽은 화가 치밀었다. 그럴수록 더더욱 열심히 절벽을 기어올랐다. 그렇게 몇 미터를 더 올랐을까, 그만 미끄러진 뤼팽은 일단 손에 잡히는 나무뿌리를 잡았다. 하지만 이내 아래로 주르륵 미끄러졌다. 뤼팽은 힘이 다 떨어져 포기하고 싶다는 생각마저 들었다. 바로 그때 뤼팽은 몸이 마비된 것처럼 꼼짝도 할 수 없었다. 바위 어딘가에서 사람 목소리가 들렸기 때문이다. 뤼팽은 귀를 바짝 세웠다. 뤼팽이 있는 곳보다 약간 오른쪽에서 나는 소리 같았다. 뤼팽이 고개를 뒤로 젖혀보니 어둠 속에서 빛줄기가 새어나오는 게 보였다. 뤼팽은 어디서 그런 힘이 나왔는지 몰랐지만 어느새 그곳까지 올라갔다. 뤼팽이 매달린 바위 바로 위 암벽에 큰 구멍이 뚫려 있었다. 깊이가 3미터 정도 될 것 같은 그 구멍은 세 개의 쇠창살이 장치되어 있었다. 뤼팽은 소리를 내지 않고 그곳까지 기었고 쇠창살 틈으로 안을 살펴봤다….

8
두 연인의 탑

뤼팽의 눈에 원형의 고문실이 보였다. 널찍한 타원 모양의 고문실은 크기가 다른 투박한 기둥 네 개가 지붕을 받치고 있었고 구역들이 불규칙하게 나뉘어 있었다. 바닥과 벽에 스며 있는 습기와 곰팡이에서 퀴퀴한 냄새가 났다. 어느 시대를 막론하고 이곳에서 제일 음산한 공간인 듯했다. 더구나 지금은 기둥을 비추는 불빛, 세바스티아니와 아들들의 그림자, 캠핑용 침대에 쇠사슬로 묶인 포로의 모습으로 고문실 분위기가 더없이 음산했다. 도브레크는 뤼팽이 웅크린 채광창에서 5~6미터 아래에 있었다. 도브레크가 묶인 침대는 벽에 튀어나온 고리에 고정된 쇠사슬로 묶여 있었고 도브레크의 발목과 손목도 가죽끈으로 묶여 있었다. 도브레크가 조금만 수상한 움직임을 보여도 맞은편 기둥에 매달린 종이 울리게끔 되어 있었다. 등받이 없는 나무의자에 놓인 등불이 도브레크의 얼굴을 비추었다. 한쪽에는 알뷔펙스 후작이 서 있었다. 후작은 얼굴이 창백했고 회색빛 콧수염을 길렀으며 키가 크고 마른 모습이었다. 후작은 도브레크를 뿌듯하게 바라보고 있었다. 깊은 침묵이 흘렀다.

마침내 후작이 입을 열었다.

"세바스티아니, 횃불 세 개에 불을 붙여주게. 좀 더 자세히 봐야겠어."

횃불이 환하게 비추었고 후작은 몸을 숙여 도브레크의 얼굴을 뚫어지게 들여다봤다.

"우리 사이에 어떤 일이 일어날지 나도 잘 몰라. 하지만 나는 이 방에서 환희로 가득한 신성한 순간을 만끽할 거야, 도브레크. 자네는 날 너무나 고통스럽게 했어. 자네 때문에 내가 얼마나 많은 눈물을 흘렸고 절망스러워했는지 모르겠지…. 돈도 많이 빼앗겼고 말이야…. 자네가 입을 뻥긋할까 봐 참으로 큰 두려움에 떨었지. 내 이름이 공개되면 난 끝이니까! 잔인한 놈!" 후작이 조용한 목소리로 말했다.

하지만 도브레크는 눈도 하나 깜짝하지 않았다. 검은색 코안경을 걸치지는 않았지만 현재 끼고 있는 안경알에 불빛이 반사되었다. 도브레크는 놀랄 만큼 야위었다. 볼은 푹 꺼지고 광대뼈가 흉하게 튀어나와 있었다.

"자, 이제 내가 당한 모든 것을 갚아줄 때가 되었어. 요즘 이 지역을 어슬렁거리는 사람들이 있는 것 같긴 한데… 자네 사람들이 아니길 바라네. 여기서 자넬 빼내려는 사람이 있다면 그 순간 자네는 끝이야…. 세바스티아니, 덫은 제대로 작동하는 거지?"

세바스티아니가 다가와 바닥에 무릎을 꿇고는 침대 발치의 고리를 돌렸다. 뤼팽이 미처 보지 못한 고리였다. 고리를 돌리자 바닥의 포석 하나가 움직이면서 검은 공간이 나타났다.

후작은 기분 나쁘게 웃었다.

"이걸 보게. 만반의 준비가 되어 있어. 무엇이든 필요한 조치는 다 갖춰진 상태지. 지하 함정까지 준비되었어. 성에 전해오는 전설 속 지하 함정이야…. 그러니까 탈출에 대한 희망은 버리는 게 좋아. 그 누구도 자네를 구할 수 없으니까. 이제 입을 열 건가?" 후작이 말했다.

하지만 도브레크는 아무 대답도 하지 않았다. 후작이 말을 이었다.

"이번이 네 번째 신문이야. 도브레크, 자네가 가지고 있는 명단에 대해 질문하는 것도 네 번째고 자네의 지긋지긋한 협박에서 벗어나기 위해 노력하는 것도 네 번째라고. 네 번이자 마지막이지…. 이제 입을 열 건가?"

도브레크는 여전히 아무 대답도 하지 않았다. 알뷔펙스는 세바스티아니에게 눈짓을 보냈다. 세바스티아니는 아들 두 명을 데리고 천천히 앞으로 나섰다. 아들 한 명은 막대기를 쥐고 있었다.

"시작하게." 잠시 후 알뷔펙스가 말했다.

세바스티아니는 도브레크의 양손을 묶고 있던 가죽끈을 느슨하게 푼 뒤 그 안에 막대기를 집어넣어 단단히 고정했다.

"후작님, 돌릴까요?"

잠시 침묵이 흘렀다. 후작은 계속 기다렸고 도브레크는 아무 말도 하지 않았다.

"말하란 말이야! 고통스러운 고문을 당할 이유가 무언가?"

도브레크는 여전히 입을 다물었다.

"돌리게, 세바스티아니."

세바스티아니가 막대기를 한 바퀴 돌렸다. 가죽끈이 팽팽하게 당겨졌고 도브레크는 신음했다.

"이래도 말하지 않을 건가? 난 절대로 포기하지 않네. 그건 잘 알고 있을 텐데. 포기하고 싶어도 할 수가 없지. 필요하다면 자네가 죽을 때까지 고문할 수도 있어. 그래도 입을 안 열 건가…? 세바스티아니, 좀 더 돌리게."

세바스티아니가 좀 더 돌렸다. 도브레크는 고통스러워하며 몸을 움직였고 숨을 헐떡이다가 그대로 축 늘어졌다.

"멍청한 자식! 말해! 명단으로 크게 재미 봤으면서 아직도 충분하지 않은 건가? 그 재미를 다른 사람도 좀 봐야 할 게 아니겠나. 어서 말해…! 명단은 어디에 있나? 한마디만 하라고… 한마디만…. 그럼 풀어주겠네…. 내가 명단을 손에 넣으면 즉시 풀어주지…. 풀어주겠다고…. 알겠나? 그러니 어서 말해…! 독한 자식! 세바스티아니 한 번 더 돌리게!"

세바스티아니가 한 번 더 돌렸다. 도브레크의 뼈마디에서 우두둑 소리가 났다.

"살려줘요…! 살려줘…."

도브레크가 발버둥치며 외쳤다.

"제발 살려줘…."

참혹한 광경이었다! 세바스티아니의 세 아들도 얼굴을 찌푸렸다. 뤼팽 역시 그토록 잔인한 광경에 놀랐다. 뤼팽이라면 이렇게까지 못할 듯했다. 뤼팽은 도브레크가 입을 여는지 귀를 바짝 기울였다. 도브레크가 고통을 견디지 못하고 비밀을 털어놓을 수도 있다. 그렇게 되면 뤼팽은 여기를 벗어나 자동차를 타고 파리로 갈 생각이었다. 승리의 순간이 다가오는 듯했다.

"말해! 어서! 그럼 모든 것이 끝나." 알뷔펙스가 중얼거렸다.

"아, 알았어…. 알겠어요." 도브레크가 더듬거리며 말했다.

"어서!"

"나중에… 내일쯤…."

"아직 정신을 덜 차렸나 보군! 내일이라니! 그게 무슨 헛소리야? 세바스티아니, 한 번 더 돌리게!"

"아닙니다! 제발!" 도브레크가 울부짖었다.

"어서 말해!"

"좋아요…. 명단이 숨겨진 곳은…."

하지만 도브레크는 고통이 너무 심했는지 고개를 겨우 쳐들고는 헛소리를 중얼거리다가 '메리… 메리…'라는 두 마디만 하고는 기절했다.

알뷔펙스는 세바스티아니에게 지시했다. "일단 풀어주게…. 젠장! 너무 심했나?"

도브레크는 단지 기절해 있었을 뿐이다. 후작도 긴장되었는지 힘이 빠져 침대 발치에 털썩 주저앉아 이마의 땀을 닦았다.

"아! 정말 못 할 짓이야." 후작이 기분 나쁜 듯 중얼거렸다. 세바스티아니도 끔찍한 기분인 듯했다.

"오늘은 이 정도 하면 될 것 같습니다…. 내일 다시 시작해도 될 것 같습니다…. 모레도 있고…."

후작은 아무 말도 하지 않았다. 세바스티아니의 아들 한 명이 코냑이 든 작은 통을 후작에게 내밀었다. 후작은 반 잔을 따른 후 들이켰다.

"내일까지 기다릴 수 없어! 당장 끝내야 해! 조금만 더 해보자고…. 이대로만 하면 어렵지 않게 끝을 볼 거야." 후작이 말했다.

후작은 세바스티아니를 따로 불러 말했다.

"자네도 들었지? 놈이 '메리'라는 말을 두 번이나 했어…."

"예, 정확히 두 번 '메리'라고 말했습니다. 메리라는 성을 가진 여자에게 명단을 맡긴 듯합니다."

"그럴 리가 없어! 저놈은 누구에게 명단을 맡길 위인이 아니야…. 메리라는 말에는 다른 뜻이 있을 거야." 후작이 반박했다.

"도대체 무슨 뜻일까요, 후작님?"

"그걸 알아내야지. 조만간 밝혀질 거야. 꼭 그럴 거야."

그때 도브레크가 숨을 길게 몰아쉬며 조금씩 몸을 움직였다.

다시 침착해진 후작은 도브레크에게 시선을 떼지 않고 천천히 다가갔다.

"이제 알겠나, 도브레크…? 반항하는 건 미친 짓이야…. 한 번 패했으면 패배를 인정해야지. 뭐하러 어리석게 고통을 당하면서 버티느냔 말이야…. 우리 현명해지자고…."

후작이 세바스티아니를 돌아보며 말했다.

"도브레크가 느낄 수 있게 다시 줄을 팽팽하게 당기게…. 그래야 정신이 빨리 돌아오지…. 자꾸 죽은 척을 하니까 말이야…."

세바스티아니는 다시 막대기를 잡았고 도브레크의 부어오

른 살갗에 가죽끈이 딱 붙을 정도까지 돌렸다. 정말로 도브레크는 정신을 차렸다.

"그 정도면 됐어, 세바스티아니! 우리 친구 도브레크가 성격은 좋은가 보군. 곧 타협이 필요하다고 생각하겠지…. 안 그런가, 도브레크? 자네도 빨리 끝내고 싶다고? 잘 생각했어!"

후작과 세바스티아니는 몸을 숙여 도브레크를 바라봤다. 세바스티아니는 손목을 비트는 막대기를 들고 있었고, 후작은 등불을 들어 누워 있는 도브레크의 얼굴을 비추었다.

"이것 보게…. 입술이 움직이고 있어. 무언가 말하려나 본데… 강도를 좀 낮춰보게, 세바스티아니…. 더 이상 고통을 줄 필요는 없을 것 같아…. 음… 아냐…. 조금만 더 조여보게…. 아직은 망설이는 것 같아…. 다시 한 번 더 돌려보라고… 잠깐…! 이제 다 된 것 같아…. 도브레크, 더 이상 말하지 않는다면 시간만 낭비할 뿐이야…. 뭐라고? 지금 뭐라고 한 건가?"

아르센 뤼팽은 도브레크의 말이 들리지 않아 안타까웠다. 아무리 귀를 기울여도, 심장박동과 흥분해 뛰는 관자놀이를 진정시켜도 도통 아무 소리도 들리지 않았다.

"젠장! 전혀 예상하지 못한 상황이야! 어쩌지…?" 뤼팽이 중얼거렸다.

뤼팽은 도브레크가 비밀을 털어놓지 못하도록 권총을 뽑아서 겨눌 생각이었다. 하지만 도브레크를 죽이면 비밀을 영영 모를 수도 있다. 따라서 지금은 상황을 지켜보는 게 낫겠다고 판단했다.

안에서는 도브레크가 무언가를 털어놓는 듯한 목소리가 신음에 뒤섞여 불분명하게 들렸다. 후작은 도브레크를 계속 다그쳤다.

"조금만 더… 끝을 제대로 봐야 하지 않겠나…."

잠시 후 후작은 탄성을 질렀다.

"좋아…! 그거야…. 다시 말해봐, 도브레크…. 이런, 믿기지 않는군…. 아무도 생각하지 못한다는 거지? 프라스빌도…? 멍청하긴! 세바스티아니, 이제 손목을 느슨하게 해줘…. 우리의 친구가 숨을 못 쉬고 있으니까…. 진정해, 도브레크…. 너무 무리하지 마…. 그러니까 자네 말은…."

그다음 말은 들리지 않았다. 후작이 귀를 세우며 듣는 와중에 도브레크가 무언가를 속삭이는 말이 계속 이어졌지만 뤼팽의 귀에는 전혀 들리지 않았다. 마침내 후작은 환호성을 질렀다.

"이제 됐어…! 고맙네, 도브레크! 자네의 현명한 결심을 잊지 않겠네! 필요하면 언제든 날 찾아오라고. 언제나 빵 한 조각과 물 한 잔을 대접해줄 테니까. 세바스티아니, 하의원님을 친자식처럼 돌봐주게. 이 끈들부터 풀어주라고. 사람을 이렇게 묶어놓으면 안 되지. 꼬챙이에 꿰인 통닭도 아니고!"

"마실 것을 줄까요?" 세바스티아니가 물었다.

"그래! 마실 것 좀 드려." 알뷔펙스 후작이 태연하게 말했다.

세바스티아니와 아들들은 도브레크의 손목을 묶고 있던 끈을 풀어주었다. 그리고 다친 손목을 마사지해 약을 발라주고 붕대로 잘 감아주었다. 이제 도브레크는 브랜디 몇 모금을 마실 수 있었다.

"좀 낫지 않나. 손목은 괜찮을 거야. 몇 시간만 있으면 완전히 아물 테니까. 과거의 이단 재판소에서나 있었을 법한 고문도 잘 견뎠다고 사람들에게 자랑할 날이 있을 거야. 자넨 운이 좋아!" 후작이 말했다.

후작은 시계를 바라봤다.

"자, 쓸데없는 말은 그만하고⋯. 세바스티아니, 아들들에게 이자를 교대로 지키라고 하게. 난 막차를 타야 하니까 자네가 날 역까지 안내해주고."

"후작님, 그럼 묶어놓지 않고 이대로 둔다는 말씀이십니까?"

"이렇게 놔두어도 상관없지 않은가? 죽을 때까지 우리가 데리고 있을 것도 아니고. 그럴 생각은 없었으니까 안심하라고, 도브레크. 내일 오후에 자네 집에 가볼 거야. 만일 자네가 말한 그곳에 명단이 있다면 거기서 전보를 치겠네. 그럼 자네는 자유의 몸이지. 다시 한 번 묻지만 거짓말은 아니겠지?"

후작은 도브레크에게 다가가 몸을 기울이며 나지막한 소리로 말을 이었다.

"거짓말은 아니겠지? 만일 거짓말이라면 어리석은 짓을 한 거야. 나야 하루를 낭비한 것으로 끝이지만 자네는 평생을 잃게 되거든⋯. 거짓말은 아니겠지⋯. 숨겨놓은 곳이 워낙 기발해서 말이네. 거짓말로 보기에는 너무 그럴듯하고. 세바스티아니, 이제 가지. 내일 전보를 치겠네."

"후작님, 그런데 만일 그 집에 들어가시지 못하면 어떻게 하시려고 합니까?"

"그게 무슨 소리인가?"

"라마르틴 광장의 그 집에는 프라스빌의 부하들이 진을 치고 있습니다."

"그건 걱정할 것 없네. 들어갈 수 있으니까. 안에서 문을 안 열어주면 창문으로 들어가고, 창문도 안 열리면 프라스빌의 부하 한 명을 매수하면 되지. 돈만 있으면 해결되니까. 그 문제라면 아무 걱정 안 해도 된다고. 잘 자게, 도브레크."

후작은 세바스티아니와 함께 밖으로 나갔다. 육중한 문이 닫혔다.

뤼팽은 이런저런 계획을 머릿속으로 세우다가 후작이 자리를 뜨자 슬슬 움직였다. 뤼팽의 계획은 간단했다. 밧줄을 타고 절벽 아래로 빠르게 내려간 후 일행과 함께 자동차로 한적한 도로를 달려 오말 역에 도착하자마자 알뷔펙스와 세바스티아니를 덮친다는 계획이었다. 싸움의 결과는 뻔히 예상할 수 있었다. 알뷔펙스와 세바스티아니를 잡아 둘 중 하나라도 입을 열게 하는 것이 급했다. 비밀을 실토하게 하려면 어떻게 해야 하는지, 알뷔펙스가 먼저 모범을 보여주지 않았는가. 뤼팽 쪽도 방법 면에서는 더하면 더했지 덜하지는 않을 것이다. 무엇보다도 클라리스 메르지는 아들을 구하기 위해서라면 무엇이든 할 수 있는 처지 아닌가.

뤼팽은 가지고 온 밧줄을 끌어당겼고 밧줄을 걸 수 있는 적당한 바윗덩어리를 찾았다. 적당한 바윗덩어리를 발견한 뒤에도 서두르지 않았다. 오히려 가만히 이런저런 생각을 했다. 뤼팽은 왠지 계획이 만족스럽지 않았다.

'아니야…. 이 계획은 말도 안 돼. 알뷔펙스와 세바스티아니가 순순히 잡힐 것이라고 어떻게 확신할 수 있지? 설령 잡힌다 해도 순순히 입을 열 것이라고 장담할 수 있어? 아니야…. 그보다는 일단 여기에 남아 계획을 더 세워보는 게 낫겠어. 그래야 더 그럴듯한 계획이 나올 거야. 내가 표적으로 삼아야 할 상대는 알뷔펙스 후작과 세바스티아니가 아니라 도브레크야. 도브레크는 지금 기운이 빠진 상태고, 이미 발설한 비밀을 굳이 안 가르쳐줄 이유가 없지. 나와 클라리스도 같은 식으로 다룬다면 말하겠지. 좋아, 도브레크를 납치하자!' 뤼팽은 생각했다.

'만일 도브레크 납치가 실패한다 해도 클라리스와 함께 서둘러 파리로 돌아가 프라스빌과 손을 잡고 라마르틴 광장의 집을 철저하게 감시하면 돼. 그러면 알뷔펙스가 도브레크의 집을 제멋대로 뒤지지 못할 테니까. 문제는 프라스빌이 미리 위험을 예상하느냐인데… 어떻게든 잘되겠지.'

이웃 마을에서 자정을 알리는 종소리가 울렸다. 뤼팽에게는 새로운 계획을 실행할 때까지 예닐곱 시간이 남아 있음을 알려주는 종소리처럼 들렸다. 뤼팽은 바로 움직였다.

뤼팽은 고문실 창문으로 통하는 구멍에서 나와 작은 관목들이 있는 움푹 파인 암벽에서 멈췄다. 그리고 단도를 꺼내 열개가 넘는 나뭇가지들을 같은 길이로 다듬었다. 밧줄 역시 일부를 잘라서 같은 길이의 두 줄로 만든 다음 미리 준비한 열두 개가량의 막대기 양쪽에 동여맸다. 이렇게 해서 6미터 정도의 줄사다리가 만들어졌다.

뤼팽은 고문실 근처로 다시 왔다. 도브레크가 누워 있는 침대 옆에는 세바스티아니의 아들 한 명만이 지키고 있었다. 아들은 전등 옆에서 여유롭게 파이프 담배를 피웠고 도브레크는 잠들어 있었다.

'젠장! 저 녀석, 밤새도록 지키고 있을 작정인가? 그렇다면 조용히 물러나 있을 수밖에 없겠군.' 뤼팽이 생각했다.

뤼팽은 알뷔펙스가 혼자 비밀을 차지하게 될 생각에 분했다. 후작은 개인적인 이익 때문에 이번 일을 벌인 게 틀림없다. 명단을 손에 넣어 도브레크의 협박에서 벗어나고, 나아가 도브레크가 누리던 권력을 자신도 똑같이 누리며 세상을 마음대로 주무를 생각이다.

알뷔펙스가 명단을 찾아낸다면 뤼팽은 새로운 적을 상대로 또다시 새로운 싸움을 해야 한다. 하지만 상황이 너무나 긴급하게 돌아가서 알뷔펙스와의 싸움에 대한 계획을 미리 세울 여유가 없다. 지금 할 수 있는 일은 파리의 프라스빌에게 모든 사실을 알려서 알뷔펙스가 명단을 손에 넣지 못하게 막는 것뿐이다.

그러면서도 뤼팽은 새로운 변수가 나타나 상황이 변하기를 내심 바라는 마음으로 꼼짝하지 않고 상황을 지켜보았다.

자정 12시 30분을 알리는 시계 종소리가 들렸다. 그리고 새벽 1시가 되었다. 얼음처럼 차가운 안개가 골짜기에서 밀려왔다. 뤼팽은 여전히 그대로 있었다. 하지만 추위 속에서 이렇게 무작정 있을 수만은 없었다.

바로 그때, 저 멀리서 말발굽 소리가 어렴풋하게 들려왔다.

'세바스티아니가 역에서 돌아오는 중인가 본데….'

고문실을 지키며 담뱃갑 하나를 몽땅 비운 아들은 문을 열어 형제들에게 담뱃가루가 있는지 큰 소리로 물었다. 무언가 대답을 들은 아들은 별장으로 가기 위해 고문실을 나섰다. 순간 뤼팽을 놀라게 한 일이 벌어졌다. 잠을 자는 것처럼 보였던 도브레크가 벌떡 일어나 비틀거리며 조심스럽게 바닥에 섰다. 고문실 문이 제대로 닫혀 있지 않음을 이미 알고 일어난 것 같았다. 아까와는 달리 힘이 있어 보였다. 도브레크는 몸 여기저기를 만지며 상태를 점검했다.

'서서히 기력을 회복하고 있군. 납치하기가 더 쉽겠는데. 하나 걸리는 게 있다면… 도브레크가 순순히 내 말을 들을까? 순순히 날 따라나설까? 오히려 후작이 놓은 덫이라고 생각하는 건 아닐까?' 뤼팽이 생각했다.

그 순간 뤼팽은 편지 생각이 났다. 도브레크의 사촌 여동생 외프라지 루슬로가 뤼팽을 철석같이 믿으라는 내용을 적고 직접 서명한 편지였다. 뤼팽은 호주머니 속에 있는 편지를 잡고 적당한 때가 오기만을 기다렸다. 도브레크는 방 안을 조용히 서성였다. 그 외에는 어떤 소리도 들리지 않았다. 뤼팽은 때를 기다렸다가 고문실 창살 사이로 팔을 넣어 편지를 던졌다.

편지는 나선을 그리며 고문실로 날아들었고 도브레크에게서 서너 발짝 떨어진 곳에 가볍게 착지했다. 도브레크는 화들짝 놀라는 눈치였다. 어디서 날아온 편지란 말인가? 도브레크는 고개를 들어 컴컴한 고문실 위를 뚫어지게 바라봤다. 그리고 편지 봉투를 보면서도 혹시라도 덫인가 싶은 의심에 곧바로 집지는 않았다. 그러다가 봉투에 적힌 어떤 글씨를 보고 몸을 숙여 편지 봉투를 집어들어 뜯었다.

"아!"

편지 겉봉투에 적힌 서명을 본 도브레크의 표정이 밝아졌다. 도브레크는 조그만 소리로 편지 내용을 읽었다.

이 편지를 가진 사람을 믿어야 해요. 우리가 그 사람에게 돈을 대주어 후작의 약점을 캤고 탈출 방법도 준비했어요. 만반의 준비를 해둔 셈이지요.

—외프라지 루슬로

도브레크는 편지를 읽고 또 읽으면서 중얼거렸다. "외프라지… 외프라지…."

도브레크는 다시 고개를 들었다. 이때를 놓치지 않고 뤼팽이 조그만 목소리로 말했다.

"창살을 자르려면 두세 시간은 걸릴 겁니다. 세바스티아니와 아들들이 곧 돌아오겠지요?"

생각지도 못한 구원의 목소리에 도브레크도 부드럽게 대답했다.

"그럴 겁니다. 그렇지만 날 혼자 놔둘 겁니다."

"하지만 바로 옆방에서 잠을 자지 않겠습니까?"

"그렇습니다."

"소리가 들릴 수도 있겠군요?"

"아니요, 문이 꽤 두꺼워요."

"좋습니다. 별로 오래 걸리지 않을 겁니다. 여기 줄사다리가 있습니다. 혼자 올라올 수 있겠습니까? 도움은 필요 없습니까?"

"할 수 있을 것 같습니다…. 한번 해보지요…. 놈들이 내 손목을 부러뜨렸습니다…. 나쁜 놈들! 손만 움직일 수 있어도 좋은데…. 많이 지친 상태기도 하고요…. 하지만 한번 해보겠습니다…. 그 방법밖에 없으니까…."

갑자기 도브레크가 말을 끊고 귀를 기울이더니 손가락을 입술에 갖다 대며 조용히 하라는 신호를 보냈다.

"쉿!"

세바스티아니와 아들들이 고문실에 들어왔다. 도브레크는 그전에 편지를 감추고 침대 위에서 자는 척을 하다가 마침 정신이 들어 일어나는 듯 연기했다. 세바스티아니는 와인 병과 잔, 음식을 가져와 도브레크에게 주었다.

"괜찮으십니까, 하의원님? 심하게 손목을 조이기는 했지만…. 나무막대 돌리는 기구가 좀 거칠지요. 대혁명 시대와 보나파르트 통치 시대에 사용되었던 고문 방법이라고 합니다. 당시에는 끔찍한 고문 방법을 사용한 산적들도 난무했으니 어느 정도였는지 짐작이 갑니다. 하지만 피도 안 나고 뒤끝이 없으니 기발한 발명품이기도 하지요. 아, 그리고 고문은 20분 정도밖에 하지 않았습니다. 비밀을 털어놓으실 때까지 말이지요…." 세바스티아니가 말했다.

그러고는 웃음을 터뜨렸다.

"하의원님, 그나저나 정말 대단하십니다! 정말로 기발한 은닉처예요. 감히 누가 상상이나 할 수 있었겠습니까? 후작님과 제가 어리둥절했던 이유는 하의원님이 말씀하신 '메리'라는 단어 때문이었습니다. 그 단어가 애매하기는 해도 어떤 의미가 있으리라고 생각했습니다. 어쨌든 정말 기발합니다. 서재의 책상 위가 은닉처였다니! 감쪽같아요!"

세바스티아니는 일어나 손바닥을 문지르며 방 안을 왔다 갔다 했다.

"후작님이 무척 만족해하십니다. 내일 밤에 직접 오셔서 하의원님을 풀어주실 겁니다. 그전에 약간의 절차가 있을 거예요. 예를 들어 하의원님은 수표에 서명하셔야 할 겁니다. 지금까지 후작님께 받으신 돈을 도로 내놓으시고 후작님께 가한 경제적, 정신적 고통에 대한 보상을 해주셔야 할 것 같습니다. 앞으로 하의원님에게 남은 건 비참함뿐이겠지요. 쇠사슬, 가죽끈에 손목이 묶인 채 당한 고문은 그 비참함과 비교하면 아무것도 아닐 겁니다. 일단 후작님께서 하의원님에게 오래 묵힌 와인과 코냑을 대접하라고 지시하셨습니다."

세바스티아니는 계속 빈정거리다가 전등을 들고 고문실을 한번 훑었다. 그리고 아들들에게 말했다. "그냥 주무시게 놔두게. 너희 셋도 좀 쉬고. 그래도 혹시 모르니 너무 마음 놓고 자서는 안 돼."

세바스티아니와 아들들이 고문실에서 나갔다.

그제야 뤼팽이 도브레크에게 낮은 목소리로 말했다. "시작해도 되겠지요?"

"예, 하지만 조심하십시오…. 한두 시간까지는 갑자기 순찰할 수 있어서요."

뤼팽은 작업을 시작했다. 줄칼을 가져오기는 했지만 쇠창살이 워낙 오래되고 녹이 슬어 군데군데가 부러지기 일보 직전이었다. 뤼팽은 작업하는 동안 두 번이나 멈추고 긴장한 채 귀를 기울여야 했다. 하지만 다행히 위층을 지나다니는 쥐나 야생 새가 날아다니는 소리였다. 그 외에는 다른 걸림돌 없이 작업에 집중할 수 있었다. 도브레크도 문가에 귀를 기울이며 조금이라도 이상한 소리가 나면 미리 알려주었기 때문에 그리 큰 걱정을 하지 않아도 되었다.

'이 끔찍한 곳은 좁은 탓에 추위가 덜해 그나마 다행이군.' 뤼팽이 마지막 줄질을 하면서 중얼거렸다.

마침내 뤼팽은 열심히 줄질한 아랫부분 쇠창살들을 벌려 사람 한 명이 통과할 수 있게 만들었다. 그리고 줄사다리를 가져와 남은 쇠창살에 고정해 도브레크를 불렀다.

"이제 됐습니다. 준비되셨습니까?"

"예, 하지만… 잠깐만요…. 조금만 더 들어보고요…. 이제 됐습니다. 모두 자고 있군요…. 사다리를 내려주십시오."

뤼팽이 줄사다리를 내렸다.

"도와드릴까요?" 뤼팽이 말했다.

"아닙니다…. 힘이 없기는 하지만… 해보겠습니다."

그런데 도브레크는 놀라울 정도로 빠르게 쇠창살까지 올라와 뤼팽의 도움을 받으며 고문실 밖을 탈출하는 데 성공했다. 그리고 도브레크는 30분 정도 돌바닥에 누워 있었다. 갑자기 바깥 공기를 쐬어 현기증이 난 데다가 와인을 반병이나 마셨기 때문에 어지러웠던 것이다. 뤼팽은 더는 기다릴 수 없어 한쪽 끝을 쇠창살에 맨 밧줄로 도브레크의 몸을 묶고 암벽을 내려 갈 준비를 했다. 마치 물건을 가지고 내려갈 준비를 하는 듯했 다. 그때 도브레크가 정신을 차리며 눈을 떴다.

"이제 괜찮습니다. 아까보다는 기분이 괜찮군요. 오래 걸립 니까?"

"높이가 50미터라 오래 걸릴 겁니다."

"알뷔펙스가 이 탈출구를 예상하지 못한 게 이상하군요."

"절벽이 워낙 험하니까요."

"그런데 왜 나를….."

"사촌 여동생의 편지를 읽지 않았습니까…? 사람 목숨부터 먼저 구해야지요. 또 사촌 여동생분들이 넉넉하게 사례해주셨 습니다."

"고마운 일이군요. 사촌 동생들은 지금 어디에 있습니까?"

"저 아래 배에 타고 있습니다."

"그럼 아래가 강입니까?"

"예. 위험할 수 있으니 더는 아무 말도 하지 마십시오."

"한마디만 더 하겠습니다. 내게 편지를 던졌을 때 오래 있을 생각이었습니까?"

"천만에요….. 15분 정도만 있으려고 했습니다…. 나중에 자 세히 설명하겠습니다. 지금은 서둘러야 합니다."

뤼팽은 도브레크에게 밧줄을 단단히 잡고 뒷걸음질치듯이 암벽을 밟아 내려가라고 지시했다. 어려운 부분이 나오면 도 와주겠다고 덧붙였다. 두 사람이 절벽 돌출부의 평평한 곳에 도착하기까지 40분 이상이 걸렸다. 도브레크는 고문으로 손목에 상처를 입어 힘이 없었고 움직임도 어색했다. 뤼팽은 어려운 구간이 나올 때마다 그런 도브레크를 힘들여 부축해야 했다.

"아! 죽일 놈들! 날 이 꼴로 만들다니… 죽일 놈들…! 알뷔펙스 이 자식…! 반드시 이 빚을 갚겠다. 꼭….." 도브레크가 분노하며 중얼거렸다.

"조용히 하십시오!" 뤼팽이 말했다.

"왜 그럽니까?"

"저 위에서… 소리가….."

두 사람은 꼼짝하지 않고 귀를 기울였다. 순간 뤼팽은 탕카르빌의 영주, 영주를 총으로 쏜 보초병 이야기를 떠올리며 어둠과 적막에서 오싹한 기분을 느꼈다.

"아니야…. 잘못 들었겠지…. 바보같이….."

"무슨 말씀입니까?"

"아무것도… 아닙니다. 그냥 생각난 게 있어서….."

뤼팽은 더듬거리며 사다리 끝을 잡았다.

"아래 강바닥에서 올라온 사다리입니다. 의원님 사촌 동생들과 내 친구가 잡고 있습니다."

뤼팽은 아래에 대고 휘파람을 불어 신호한 후 나지막하게 말했다.

"난 여기 있으니 사다리를 단단히 잡아요!"

그리고 이렇게 덧붙였다. "내가 앞장서겠습니다."

하지만 도브레크는 생각이 달랐다. "내가 앞장서는 게 나을 것 같습니다."

"왜지요?"

"지금 기력이 너무 떨어진 상태라 내 허리에 밧줄을 감고 위에서 부축해주었으면 좋겠습니다. 안 그러면 혹시….'

"알겠습니다. 그게 나을 것 같군요."

도브레크는 무릎을 꿇었고 뤼팽은 도브레크의 허리에 밧줄을 다시 묶은 다음 몸을 웅크렸다. 그리고 사다리가 흔들리지 않게 끝을 잡았다.

"내려가십시오."

바로 그때, 뤼팽은 어깨에 극심한 통증을 느꼈다.

도브레크가 뤼팽의 목덜미에서 약간 오른쪽 부위를 칼로 찌른 것이다.

"이… 비열한 놈!"

어둠 속에서 뤼팽은 도브레크가 밧줄을 벗어던지는 모습을 어렴풋이 보았다.

"자네는 역시 어리석어! 자네가 던져준 사촌 루슬로 자매의 편지를 읽는 순간 이미 눈치챘다고. 필체는 언니인 아델라이드 것인데 아델라이드가 워낙에 의심이 많아 나보고 조심하라는 뜻으로 동생인 외프라지 루슬로로 서명했단 말이지. 내가 얼마나 놀랐는지 몰라. 그래서 잠시 생각해보니 자네는 아르센 뤼팽이라는 생각이 들더군. 클라리스를 보호하고 질베르를 구하기 위해 혈안이 된 아르센 뤼팽! 가엾군그래. 자네는 아무래도 틀린 것 같아. 내가 칼질은 잘 안 하지만 한 번 하면 확실히 하지." 도브레크가 중얼거렸다.

도브레크는 고통으로 신음하는 뤼팽의 호주머니를 뒤졌다.

"어서 권총 내놔. 저 아래 있는 자네의 부하들이 내가 대장이 아니라는 사실을 알면 공격할지도 모르잖아. 내가 일일이 상대할 수 없으니 권총을 사용할 수밖에…. 잘 있게, 뤼팽! 저승에서 다시 만나자고! 먼저 저승에 가서 날 위해 현대식 시설이 갖춰진 아파트 한 채나 준비해달라고…. 잘 가게, 뤼팽! 그동안 고마웠어…. 자네가 아니었으면 여기서 어떻게 되었을지 생각만 해도 끔찍해…. 알뷔펙스 그 자식, 정말 잔인하게 사람을 다루더군! 나쁜 놈… 어디 나중에 두고 보자!"

도브레크는 내려갈 준비를 했다. 도브레크가 휘파람을 불자 아래에서 답이 들려왔다.

"이제 내려간다!" 도브레크가 말했다.

뤼팽은 도브레크를 잡기 위해 안간힘을 다해 손을 뻗었지만, 허공만 휘저을 뿐이었다. 소리쳐서 부하들에게 경고하려고 노력했으나 목이 잠겨 목소리가 나오지 않았다. 뤼팽은 몸이 마비된 것처럼 무감각해졌고 관자놀이가 마구 뛰었다.

그때였다. 아래에 뭔가 소란이 이는 듯했다. 총소리가 한 방. 또 한 방 들렸고 통쾌해하는 듯한 웃음소리가 들렸다. 여자의 신음이 들렸고 이어서 총소리가 두 발 더 들렸다. 뤼팽은 정신이 희미해지는 와중에도 상처를 입고 죽음의 위기에 놓인 클라리스, 마음껏 도망치는 도브레크, 승리감에 도취해 있을 알뷔펙스, 도브레크와 알뷔펙스 중 한 명이 차지하게 될 수정마개가 아른거렸다. 뤼팽은 연인과 함께 허공으로 떨어지는 탕카르빌 영주가 멀리서 손짓하는 듯한 기분이 들었다.

"클라리스… 클라리스… 질베르…."

뤼팽은 고요함과 평온함을 느꼈다. 뤼팽의 지친 몸이 바위 끝까지 데굴데굴 굴렀다. 뤼팽은 깊은 구덩이 속으로 빨려드는 것 같았다.

9
어둠 속에서

뤼팽은 아미앵의 호텔 방에서 의식을 회복했다. 클라리스와 르발뢰가 침대 머리맡을 지키고 있었다. 클라리스와 르발뢰는 대화 중이었는데 뤼팽은 눈을 감은 채 듣고 있었다. 두 사람은 뤼팽이 위독할까 봐 걱정했으나 이제는 한고비를 넘겨 안심했다. 뤼팽이 어렴풋이 들은 대화는 지난번 밤에 모르트피에르에서 일어난 사건에 관한 것이다. 도브레크가 사다리로 내려왔고 부하들은 뤼팽이 보이지 않자 당황했다고 한다. 이런 와중에 몸싸움이 일어났고 클라리스는 도브레크에게 달려들다가 어깨에 총 한 발이 스쳤다고 한다. 도브레크가 강물로 뛰어들자 그로냐르가 총 두 발을 쏘면서 따라 들어갔고 그동안 르발뢰는 사다리로 올라와 쓰러져 있는 뤼팽을 발견했다고 한다.

"정말입니다! 다행히 대장이 굴러떨어지지 않았습니다. 어떻게 그런 기적이 일어났는지 모르겠습니다. 움푹 파인 곳은 틈이 꽤 벌어져 있었어요…. 대장은 의식을 거의 잃은 상태에서도 있는 힘을 다해 무엇인가를 움켜쥔 듯합니다. 안 그랬으면 정말 큰일 날 뻔했습니다. 제때에 손으로 무언가를 잡으신 거예요!"

뤼팽은 정신이 어렴풋한 가운데에서도 열심히 귀를 기울였다. 특히 뤼팽의 마음을 초조하게 한 대화 내용이 있었다. 클라리스가 흐느끼며 그날 이후 열여드레가 지났고 질베르를 구할 날이 얼마 남지 않았다고 한 이야기였다. 벌써 열여드레나 지났다니! 뤼팽은 깜짝 놀랐다. 이제 모든 것이 끝이라는 생각이 들었다. 더는 필사적으로 싸워야 할 이유도 없고, 질베르와 보슈레이는 사형을 면하지 못할 것이라는 생각이 들었다. 뤼팽은 다시 의식이 희미해졌고, 고열과 함께 발작이 일었다.

시간은 계속 흘렀다. 뤼팽에게는 인생에서 가장 초조하고 괴로웠던 순간일 것이다. 가끔은 의식이 돌아왔고 잠깐이지만 현재 어떤 상황인지를 파악하기도 했다. 하지만 아직은 일관적으로 생각하거나 추리할 수 없었고 부하들에게 이런저런 행동을 지시하거나 어떤 행동을 금지하라고 말할 수 있는 단계는 아니었다. 뤼팽은 의식이 돌아올 때마다 클라리스의 손을 잡았다. 고열에 시달려 정신이 몽롱해지면 클라리스야말로 어둠을 비추는 한 줄기의 빛이라는 등 애정 어린 말들을 횡설수설 늘어놓았다. 그리고 정신이 돌아오면 클라리스에 대해 했던 말을 잊어버리고 차분한 목소리로 농담했다. "내가 또 열에 시달려 이상한 소리를 했을 겁니다."

그럴 때마다 클라리스는 아무 말도 하지 않았다. 뤼팽은 열 때문에 자신이 헛소리를 지껄였다고 생각했다. 하지만 클라리스는 뤼팽이 한 말에는 그리 신경 쓰지 않았다. 클라리스가 뤼팽을 정성껏 돌보고 혹여 잘못될까 봐 걱정하는 이유는 뤼팽을 남자로 생각해서가 아니라 질베르를 구할 유일한 사람이기 때문이다. 클라리스는 뤼팽의 회복 경과를 유심히 지켜봤다. 뤼팽이 언제쯤이면 회복되어 다시 열심히 싸워나갈까? 하루하루 지날수록 그만큼 희망이 줄어드는 셈인데, 뤼팽 곁만 지키는 행동은 어리석은 게 아닐까? 한편 뤼팽은 의지만 있으면 언제든 회복할 수 있다는 생각에 계속 이렇게 중얼거렸다. "나을 거야…. 괜찮아질 거야…."

뤼팽은 상처를 감고 있는 붕대가 헝클어지지 않도록, 또 신경이 예민해지는 것을 막기 위해 며칠이나 종일 꼼짝도 하지 않았다. 심지어 도브레크 생각도 가능한 한 하지 않으려고 했다. 하지만 뤼팽의 머릿속에는 늘 흉측한 도브레크가 떠올랐다.

그러던 어느 날, 뤼팽은 기운이 난 듯 개운한 기분을 느끼며 눈을 떴다. 상처는 아물었고 체온도 정상으로 돌아왔다. 파리에서 매일 왕진을 오는 의사는 뤼팽에게 이틀 뒤에는 완전히 회복되어 일어날 수 있다고 했다. 부하 두 명과 클라리스는 이틀 전부터 정보를 모으기 위해 자리를 비운 상태였다. 완전히 회복될 것이라고 의사가 알려준 날짜가 오자, 뤼팽은 정말로 완전히 가뿐해진 채 일어섰다. 뤼팽은 열린 창문으로 다가갔다. 햇빛은 화사했고 공기는 따뜻했다. 곧 봄이 올 것 같았다. 뤼팽은 다시 살아난 기분을 맛보았다. 이와 함께 사고가 어떻게 일어났는지 점점 뚜렷하게 기억났다. 그날 저녁, 클라리스에게 전보가 왔다. 상황이 점점 나빠지고 있어서 그로냐르, 르발뢰와 함께 파리에 남아 있어야 할 것 같다는 내용이었다. 뤼팽은 전보 내용이 영 마음에 걸려 밤늦도록 이런저런 생각에 잠겼다. 클라리스가 직접 전보를 칠 정도라면 무슨 일이 있다는 소리인데 도대체 무슨 일일까?

그런데 다음 날, 클라리스가 예고도 없이 나타나 뤼팽의 방에 들어왔다. 클라리스는 얼굴이 백지장처럼 하얗게 질렸고, 얼마나 울었는지 눈이 충혈되어 있었다. 클라리스는 뤼팽의 방에 들어오자마자 털썩 주저앉았다.

"상고가 기각되었어요…" 클라리스가 더듬거리며 말했다.

"상고가 받아들여지리라고 기대했습니까?"

"아니요, 그건 아니지만… 막상 소식을 듣고 보니 눈물이…"

"기각된 때는 어제인가요?"

"여드레 전이요. 르발뢰가 내게 사실을 숨겼더군요. 나 역시 무서워서 신문을 볼 생각을 하지 않았습니다."

그러자 뤼팽이 말했다.

"아직 사면이 있습니다."

"사면이라니요? 설마 아르센 뤼팽의 부하들이 사면되리라고 기대하는 건가요?"

클라리스가 냉소적으로 말했다. 뤼팽은 클라리스의 냉소를 눈치채지 못한 듯 말했다. "보슈레이는 해당하지 않겠지만 질베르는 동정을 받을 수 있습니다. 나이도 아직 젊고요…"

"아무도 질베르를 동정하지 않을 겁니다."

"어떻게 그렇다고 확신합니까?"

"질베르의 변호사를 만났어요."

"변호사를요? 변호사에게 뭐라고 하셨습니까?"

"내가 질베르의 어머니라고 말했어요. 그리고 질베르의 정체를 정확히 밝히면 상황을 바꿀 수 있거나 사형 날짜를 늦출 수 있지 않으냐고 물었습니다."

"정말 모든 것을 밝히실 생각입니까?"

"질베르의 목숨이 제일 중요하니까요. 나와 남편의 명예는 그다음이에요."

"하지만 작은아들 자크는요? 자크의 앞날은 생각하지 않습니까? 사형수 형을 둔 동생이라는 낙인을 평생 달고 다니게 하려고요?" 뤼팽이 물었다.

클라리스는 고개를 숙였다.

"변호사는 뭐라고 합니까?" 뤼팽이 물었다.

"그래 봤자 질베르에게 전혀 도움이 안 된다고 했어요. 변호사는 이의를 제기하겠다고 했지만, 사실 큰 기대는 하지 않는 것 같아요. 사면위원회도 사형 쪽으로 결정을 내릴 것 같고요."

"사면위원회는 그렇다 해도 대통령은요?"

"대통령도 사면위원회의 방향을 따르겠지요."

"이번에는 그렇지 않을 겁니다."

"왜요?"

"내가 대통령에게 손을 써볼 거니까요."

"어떻게요?"

"스물일곱 명의 명단을 조건부로 내걸 겁니다."

"명단을 가지고 있다는 말인가요?"

"아니요."

"그럼 어떻게 조건을 걸 수 있어요?"

"명단을 곧 얻을 겁니다."

그랬다. 뤼팽은 지금까지 겪은 어려움은 아랑곳하지 않고 명단을 얻을 수 있다는 믿음을 여전히 품고 있었다. 뤼팽은 강한 의지력을 드러내며 확신했다.

하지만 클라리스는 과연 그럴 수 있을까 하는 생각이 들어 어깨를 으쓱했다.

"알뷔펙스가 명단을 차지하지 못한다면 대통령에게 입김을 불어넣을 사람은 도브레크밖에 없을 거예요." 클라리스가 말했다.

뤼팽은 클라리스의 담담한 목소리에 불쑥 걱정이 치밀었다. 혹시 클라리스가 다시 도브레크를 만나 질베르를 구할 생각을 하는 걸까?

"잊지 않으셨지요? 도브레크를 다시는 만나지 않겠다고 분명 약속했습니다. 도브레크와의 싸움은 내가 할 겁니다. 클라리스 씨는 더 이상 도브레크와 타협할 일이 없습니다."

"도브레크가 지금 어디에 있는지도 몰라요. 뤼팽 씨도 모르는데 내가 어떻게 알겠어요." 뤼팽이 훈계하듯 말하자 클라리스는 약간 짜증스럽게 내뱉었다. 속에 담아둔 생각이 들킬까 봐 애써 부정하는 듯한 대답이기도 했다. 뤼팽은 클라리스에게 이 이야기를 더는 하지 않기로 했다. 대신 잘 지켜보는 편이 낫겠다고 생각했다.

"도브레크가 어떻게 되었는지는 알려진 게 없습니까?"

"예. 다만 도브레크는 그로냐르가 쏜 총에 한 발 맞았을 게 확실해요. 그다음 날 덤불숲에서 피가 묻은 손수건이 발견되었거든요. 그리고 오말 역에서 어떤 남자가 힘없이 비틀거리며 걸어가는 모습을 본 사람이 있다고 합니다. 남자는 파리행 기차표를 끊어서 일등칸을 탔다고 합니다…. 여기까지가 우리가 들은 정보입니다."

"분명 중상을 입었을 겁니다…. 현재 안전한 곳에 숨어 요양하고 있겠지요. 몇 주 동안 도브레크는 외부로 나오지 않을 겁니다. 경찰, 알뷔펙스, 클라리스 씨와 나를 비롯한 모든 이들이 덫을 쳐놓았을 것으로 의심하면서 말입니다."

뤼팽은 잠시 생각한 다음 말을 이었다.

"도브레크가 탈출한 후 모르트피에르에는 어떤 일이 벌어졌는지 아시나요?"

"예. 그저 조용하게 넘어갔다고 들었습니다. 쇠창살에 감긴 밧줄이 치워졌다고 하는데 아마 세바스티아니와 아들들은 도브레크가 탈출한 사실을 알자마자 밧줄을 치운 것 같습니다. 세바스티아니는 종일 집에 없었다고 해요."

"후작에게 보고해야 했으니 집에 없었겠지요. 후작은 어디에 있습니까?"

"집에 있어요. 그로냐르가 조사한 바로는 확실한 정보라고 합니다."

"후작이 라마르틴의 도브레크 집에 들어오지 않았다는 것도 확실합니까?"

"예, 확실하대요."

"도브레크도 안 들어왔고요?"

"예, 그렇다고 하네요."

"프라스빌은 만나봤습니까?"

"휴가 중이라 여행을 떠난 상태래요. 블랑숑 경감이 대신 이번 사건을 맡았고요. 도브레크의 집을 지키는 경찰들은 프라스빌이 하도 단단히 주의해서 한눈팔지 않고 철저히 감시한다고합니다. 밤에는 경찰들이 서재에서 교대 근무를 하므로 아무도 들어올 수가 없고요."

"그렇다면 도브레크의 수정마개는 아직 서재 어딘가에 있겠군요."

"도브레크가 납치 전에 거기에 있었다면 아직도 거기에 있을거예요."

"즉 아직 책상 위에 그대로 있겠지요."

"책상 위에 있다니요? 왜 그렇게 생각하시나요?"

"아는 수가 있습니다." 뤼팽이 말했다. 뤼팽은 세바스티아니가 한 말을 기억했다.

"하지만 뤼팽 씨는 수정마개가 책상 어디에 감춰져 있는지 아직 모르시잖아요."

"모르긴 하지만, 책상이라는 한정된 공간을 자세히 살펴보는데 20분이면 충분합니다. 10분도 안 걸릴 수 있고요."

대화를 오래 나누다 보니 피곤이 몰려왔다. 뤼팽은 혹시 헛소리를 지껄일까 봐 대화를 마무리했다.

"이삼일만 더 기다려주시기 바랍니다. 오늘이 3월 4일 월요일이니까 모레인 수요일, 늦어도 목요일에는 내 몸이 완전히 회복될 겁니다. 우리가 결국은 승리할 것이니 안심하세요."

"하지만 그때까지는⋯."

"그때까지는 일단 파리에 가 계십시오. 트로카데로 근처에 프랑클랭 호텔이 있는데 거기서 그로냐르, 르발뤼와 함께 머무십시오. 그곳에서 도브레크의 집을 감시할 수 있습니다. 경찰들에게도 힘을 불어줄 수 있고요."

"도브레크가 집으로 돌아오면 어떻게 하나요?"

"그럼 더 잘된 일이지요. 우리가 직접 덮치면 되니까요."

"그저 잠깐 들른 것이면요?"

"그로냐르와 르발뤼가 미행할 겁니다."

"만일 놓치면요?"

뤼팽은 더는 아무 말도 하지 않았다. 지금 이 순간 뤼팽보다 더 답답한 사람은 없을 것이다. 싸움에서 해야 할 일은 많은데 호텔 방에 처박혀 아무것도 할 수 없으니, 이 얼마나 답답한지! 몸이 빨리 회복되지 않는 이유도 마음이 안정되지 않아서였다.

"일단 가 계세요⋯. 어서⋯." 뤼팽이 말했다.

질베르의 사형 날짜가 다가올수록 뤼팽과 클라리스 사이에는 알 수 없는 어색한 긴장감이 흘렀다. 클라리스는 질베르가 앙기앵 사건에 뛰어든 게 자신 때문이라고 생각했으나 의식하지 않으려고 했다. 그러면서도 사법부가 뤼팽의 공범이기 때문에 질베르에게 가혹한 처벌을 내린다는 점을 은근하고 꾸준하게 뤼팽에게 되새겼다. 뤼팽을 믿고 있지만 여태까지 이루어놓은 게 무엇이던가? 뤼팽이 이 사건에 끼어들어 질베르의 상황이 나아진 점이 있는가?

두 사람 사이에는 잠시 어색한 침묵이 흘렀다. 클라리스는 조용히 방을 나갔다.

다음 날이 되었으나 뤼팽의 몸 상태는 여전히 좋지 않았다. 그다음 날 수요일, 의사는 뤼팽에게 주말까지 이대로 쉬는 편이 낫다고 조언했다. 하지만 뤼팽은 편하게 쉴 수 없었다.

"쉬지 않으면 어떻게 됩니까?"

"열이 떨어지지 않을 거예요."

"그게 다인가요?"

"그렇습니다. 상처는 이미 아물었으니까요."

"나중 일이야 어떻게 되든 선생의 차를 좀 빌리겠습니다. 정오까지 파리에 가야 해서요."

뤼팽이 이렇게 서두르는 이유는 클라리스의 편지 때문이었다. '도브레크의 흔적을 찾았습니다'라는 글로 시작하는 편지였다. 그뿐만 아니라 운하 사건과 관련해 알뷔펙스 후작이 체포되었다는 소식이 실린 아미앵 지역 신문도 뤼팽을 서두르게 했다. 도브레크의 복수가 시작된 것일까?

도브레크의 복수가 시작되었다면 후작이 도브레크의 책상 위에 있는 수정마개를 차지하지 못했다는 뜻이다. 라마르틴 광장에서 도브레크 집을 감시하는 블랑숑 경감과 경찰들이 임무 하나는 제대로 수행한 셈이다. 수정마개는 책상 위에 그대로 있을 것이다. 그렇다면 세 가지 상황을 추측해볼 수 있다. 첫째, 도브레크는 철저한 감시망 때문에 집으로 들어가지 못하고 있다. 둘째, 도브레크는 아직 건강을 회복한 상태가 아니다. 셋째, 도브레크는 수정마개의 은신처가 아주 안전하다고 생각하기 때문에 그대로 놔두고 있다. 이제부터 뤼팽이 해야 할 일은 서둘러 행동에 나서는 것이다. 도브레크보다 먼저 수정마개를 손에 넣어야 한다.

뤼팽이 탄 자동차는 블로뉴 숲을 지나 라마르틴 광장 근처에서 멈췄다. 뤼팽은 의사에게 고맙다고 인사한 뒤 차에서 내렸다. 만나기로 약속한 그로냐르와 르발뤼가 반갑게 맞았다.

"메르지 부인은?"

"어제부터 집에 없습니다. 부인이 전보를 보내왔는데 사촌 여동생들의 집에서 나와 마차를 타는 도브레크를 봤다고 합니다. 마차 번호를 안다며 계속 소식을 알려주겠다고 했습니다."

"그다음에는?"

"아무 연락도 없습니다."

"그 외 다른 소식은 없나?"

"〈파리 미디〉에 기사가 실렸는데 상테 교도소에 갇힌 알뷔펙스 후작이 유리 조각으로 손목을 그어 자살했다고 합니다. 후작은 죽기 전에 긴 글을 남겼다고 합니다. 자신의 죄를 고백하는 내용, 자살하는 이유가 도브레크 때문이라는 내용, 도브레크가 운하 사건에서 어떤 일을 했는지를 알리는 내용이 적혀 있다고 합니다."

"그게 다인가?"

"더 있습니다. 역시 신문에 나온 기사입니다. 예상대로 사면위원회는 보슈레이와 질베르의 사면 요청을 기각했다는 내용입니다. 이번 주 금요일 정도에 보슈레이와 질베르의 변호사들이 대통령을 직접 만날 것이라고 합니다."

뤼팽은 부르르 떨었다.

"그런다고 해서 연기할 수 있는 날이 많지는 않을 거야. 도브레크가 이미 사법계 전체에 입김을 발휘한 상태니까. 사형 날짜를 연기한다 해도 일주일뿐일걸? 일주일이 지나면 보슈레이와 질베르는 단두대에 오르겠지. 가엾은 질베르! 변호사들이 모레에 대통령에게 스물일곱 명의 명단을 제출하겠다는 말을 하지 못하면 질베르에게 희망이 없어….”

"대장, 그렇게 약한 말씀을 하시는 건 처음 봅니다.”

"내가 약한 말을 하고 있다고? 천만에. 아니니까 안심하게. 지금부터 한 시간 뒤에 수정마개를 차지할 거야. 두 시간 후에는 질베르의 변호사를 직접 만날 거고. 그럼 이 지긋지긋한 순간도 끝나지.”

"브라보! 역시 대장이십니다! 이제야 대장 같습니다. 여기서 기다리고 있을까요?”

"아니, 호텔로 돌아가 있게. 거기서 만나지.”

뤼팽과 부하들은 여기서 헤어졌다. 뤼팽은 곧장 도브레크 저택의 철책 문으로 가서 초인종을 눌렀다. 경찰이 문을 열어주었다.

"니콜 씨군요.” 경찰이 말했다.

"그렇습니다. 블랑숑 경감님 계십니까?”

"예.”

"이야기 좀 나누어도 될까요?”

경찰은 뤼팽을 서재로 안내했다. 서재에서 블랑숑 경감이 반갑게 맞았다.

"니콜 씨, 그렇지 않아도 선생을 잘 모시라는 지시를 받았습니다. 이렇게 만나뵈어 기쁩니다."

"특별한 일이라도 생겼습니까?"

"새로운 소식이 있습니다."

"심각한 소식입니까?"

"매우 심각합니다."

"말씀해보십시오."

"도브레크가 돌아왔습니다."

뤼팽은 깜짝 놀랐다.

"그렇습니까? 도브레크가 돌아왔다고요? 집 안에 있습니까?"

"아니요, 다시 나갔습니다."

"이 서재에 들어왔습니까?"

"예."

"언제인가요?"

"오늘 아침입니다."

"그냥 들여보냈단 말씀입니까?"

"본인의 서재라 들여보내지 않을 수 없었습니다."

"도브레크를 혼자 놔두었습니까?"

"혼자 있게 해달라고 강하게 부탁했습니다."

뤼팽은 눈앞이 핑 돌았다. 도브레크는 수정마개를 찾으러 돌아왔던 것이다!

뤼팽은 한참 아무 말 없이 생각에 골몰했다. '도브레크가 수정마개를 찾으러 왔군. 누군가 가져갔을까 봐 걱정했는데 막상 와보니 그대로 있어서 얼른 가져간 거지. 이런! 당연히 일어날 일이었어. 알뷔펙스가 잡혀 감옥에 있으면서 모든 것을 밝히자 도브레크도 살길을 모색해야 했겠지. 일이 점점 심각해지고 있음을 느꼈을 거야. 알뷔펙스가 사건 상황을 전부 털어놓았으니 스물일곱 명의 명단을 가진 인물이 도브레크고, 도브레크가 살인을 저질렀다는 사실이 대중에게 알려진 셈이지. 도브레크로서는 자신을 지켜줄 수정마개가 필요해서 얼른 가져간 거고.'

"도브레크는 오래 머물러 있다 갔습니까?"

"20초 정도 있다 갔습니다."

"20초밖에 있지 않았다고요?"

"예."

"몇 시쯤이었습니까?"

"오전 10시였습니다."

"알뷔펙스 후작의 자살 소식을 이미 알고 있는 것 같던가요?"

"예, 사건 소식이 실린 〈파리 미디〉를 호주머니에 꽂고 있더군요."

"그랬군요⋯. 그런 거군요."

뤼팽은 다시 물었다.

"혹시 도브레크가 돌아올 상황을 대비해 프라스빌 국장이 특별히 내린 지시는 없었습니까?"

"없습니다. 국장님이 안 계시니까 우리가 경찰청에 전화하고 지시를 기다리는 중입니다. 도브레크 하의원이 실종되는 바람에 난리가 났고, 그 때문에 우리 경찰팀이 이곳을 감시하는 일을 맡았습니다. 하지만 도브레크가 돌아왔으니 더는 이곳에 있을 필요가 없어졌어요."

"이젠 상관없습니다. 집을 감시하는 일은 더 이상 중요하지 않습니다. 도브레크가 돌아왔고 수정마개도 사라졌을 테니…" 뤼팽이 듣는 둥 마는 둥 대답했다.

하지만 뤼팽은 불현듯 무슨 생각이 떠올라 중간에 말을 멈추었다. 수정마개가 사라졌다면 흔적이 남지 않겠는가? 수정마개가 사라진 자리에 빈 흔적이 남지 않았을까?

확인하는 일은 어렵지 않아 보였다. 세바스티아니가 했던 말을 생각해보면 수정마개는 분명 책상 위에 있었으니 책상 위만 살펴보면 되는 일이다. 그리고 도브레크가 20초만 있다가 나갔으니 책상 위가 별로 흐트러져 있지도 않을 것이다. 도브레크는 방에 들어와 수정마개만 가져간 게 분명하다. 뤼팽은 열심히 책상 위를 살폈다. 뤼팽의 시선을 끄는 게 하나 있었다. 뤼팽은 도브레크의 책상 위에 배치된 물건과 그 자리를 이미 외웠기에 어떤 물건이 없어졌는지를 금방 알아보았다. 지금 책상 위에는 어떤 한 물건이 없었다. 뤼팽은 비밀을 알아내어 기뻤지만 마음을 진정시켰다.

'모든 게 맞아떨어지는군…. 모르트피에르 탑 안에서 도브레크가 고문을 견디지 못해 내뱉은 그 첫말부터 전부 맞아떨어져. 드디어 수수께끼를 알아냈어! 이제 주저하거나 방황할 필요가 없어졌어. 마침내 알아냈다고…' 뤼팽이 생각했다.

뤼팽은 수정마개가 숨겨진 곳이 생각보다 너무 간단해서 정신이 멍할 지경이었다. 형사의 질문도 귀에 들어오지 않았다. 뤼팽은 에드거 앨런 포의 유명한 소설이 떠올랐다. 편지가 도둑맞았고 사람들은 그 편지를 찾아 헤맸는데, 정작 편지는 모두의 시선이 닿는 곳에 있었다는 내용이다. 지나치게 단순한 은닉처는 사람들이 오히려 관심을 두지 않고 지나치는 법이다.

뤼팽은 수수께끼를 알아냈다는 생각에 흥분하며 서재를 나왔다.

"이번 사건에선 줄기차게 안타까움만 맛보았어. 무엇인가를 이룰 것 같았는데 마지막 순간에 허물어졌지. 무엇인가를 성공하는 듯했지만 결국 실패했고."

그렇지만 이대로 포기할 뤼팽이 아니다. 일단 뤼팽은 도브레크가 수정마개를 어디에 숨겨놓았는지를 알아냈다. 그리고 클라리스를 통해 도브레크가 어디에 있는지도 알아낼 수 있을 것이다. 도브레크가 어디에 있는지만 알아내면 일은 쉽게 풀릴 듯했다.

그로냐르와 르발뤼가 트로카데로 근처에 있는 프랑클랭 호텔 살롱에서 뤼팽을 기다렸다. 클라리스에게는 아직 새로운 소식이 오지 않았다고 했다.

"괜찮아. 클라리스를 믿어. 클라리스는 확실한 답을 얻을 때까지 도브레크를 놔주지 않을 거야." 뤼팽이 말했다.

하지만 오후가 거의 끝날 무렵이 되자 뤼팽도 슬슬 불안해졌다. 지금 뤼팽이 벌이는 전투는 조금이라도 질질 끌면 모든 것을 망칠 수 있을 만큼 심각했다. 도브레크가 마음먹고 따돌린다면 클라리스가 무슨 수로 도브레크를 따라잡겠는가! 한 번이라도 실수하면 그만큼 시간만 낭비되고 몇 시간의 여유밖에 주어지지 않을 상황이었다.

뤼팽이 호텔 주인에게 물었다. "내 두 친구 앞으로 온 전보가 정말 없습니까?"

"예, 없습니다."

"그럼 내 이름인 니콜 앞으로 온 전보도 없습니까?"

"없습니다."

"이상하군요. 오드랑 부인에게서 전보가 올 게 있는데 말입니다."

클라리스는 오드랑 부인이라는 이름으로 이 호텔에 묵고 있었다.

"부인은 아까 돌아오셨는데요!"

"뭐라고요?"

"부인은 벌써 돌아오셨습니다. 그런데 세 분이 보이지 않아 방에 편지를 한 장 남겨놓았다고 했습니다. 사환에게 아무 말도 못 들으셨습니까?"

뤼팽과 부하들은 얼른 방으로 갔다. 탁자에 편지가 있었다.

"아, 봉투가 뜯겨 있어. 어떻게 된 일이지? 편지에 가위질도 되어 있고 말이야."

편지의 내용은 다음과 같았다.

도브레크는 상트랄 호텔에서 일주일 묵었고 오늘 아침에 ○○역으로 가방을 보냈습니다. 그리고 어딘가에 전화를 걸어 ○○역에 도착하는 기차의 침대 좌석을 예약했습니다. 기차 시간은 모르겠습니다. 하지만 일단 오후 내내 역에서 기다릴 생각입니다. 가능하면 세 분 모두 와주셨으면 좋겠습니다. 도브레크를 납치할 준비를 해야 하니까요.

"이게 뭐야? 어느 역을 말하는 거고, 어디로 가는 침대 열차를 말하는 거야? 중요한 부분만 오려냈잖아!"르발뢰가 말했다.

"그렇군. 제일 중요한 단어에 가위질이 되어 있어. 정신이 어떻게 된 거 아니야?"그로냐르도 맞장구쳤다.

뤼팽은 아무 말도 하지 않았다. 뤼팽은 두 주먹으로 핏발이 선 관자놀이를 꾹 누른 채 움직이지 않았다. 안에서는 열이 끓었다. 정말로 분했다. 뤼팽은 적의 존재가 만만하지 않음을 다시 한 번 느꼈다.

하지만 뤼팽은 아주 침착하게 중얼거렸다.

"도브레크가 이곳에 다녀갔네."

"도브레크가요?"

"메르지 부인이 무엇 때문에 중요한 글자를 오리겠나? 도브레크 짓이야. 메르지 부인은 자신이 도브레크를 감시한다고 생각했지만 정작 메르지 부인이 감시당하고 있었어."

"어떻게…."

"호텔 사환이 중간에서 도왔을 거야. 메르지 부인이 호텔에 들렀다는 사실을 우리에게 알려주지 않고 도브레크에게만 알려준 거지. 그래서 도브레크가 먼저 여기로 와서 부인의 편지를 읽고 장난을 친 거야. 제일 중요한 두 단어만 오려냈지."

"아무리 그래도 알아낼 수 있을 겁니다…. 당장 호텔을 조사하면…."

"그래 봐야 소용없어. 도브레크가 이미 여기에 다녀간 게 확실한데 어떻게 여기에 왔는지를 알아내는 게 그리 중요하겠나?"

뤼팽은 편지를 뒤집어 살펴본 후 자리에서 일어났다.

"자, 가자고!"

"어디로요?"

"리옹 역으로."

"확실합니까?"

"도브레크에 대해서는 확실한 게 없지만 편지 내용으로 추정해보면 에스트 역과 리옹 역 중 하나야. 도브레크의 취향, 건강 상태, 이번 사건의 성격을 생각하면 마르세유나 코트 다쥐르 쪽이 유력해."

뤼팽과 부하들은 저녁 7시에 프랑클랭 호텔에서 나왔다. 세 사람이 탄 자동차는 전속력으로 파리 시를 달렸다. 하지만 역에 도착해보니 클라리스는 역 밖에도, 대기실에도, 플랫폼에도, 그 어디에도 없었다. 뤼팽은 점점 더 초조했다.

"잘 생각해보자…. 도브레크가 침대칸이 있는 열차를 예약했다면 밤에 출발하는 열차가 분명해. 지금은 7시 30분이니까…."

마침 기차 한 대가 출발하고 있었다. 야간 특급열차였다. 다행히 뤼팽 일행이 재빠르게 움직인 덕에 열차에 타 통로를 달리며 한 칸마다 확인해볼 수 있었다. 그러나 열차 안에는 도브레크도, 클라리스도 없었다. 세 사람은 열차에서 내렸다. 그러다가 구내식당에서 짐꾼과 마주쳤고 짐꾼이 먼저 말을 시켰다.

"혹시 르발뤼 씨라는 분 계십니까?"

뤼팽이 놀라서 물었다. "예? 여기 있습니다. 왜 그러시지요?"

"선생이시군요! 부인께서 세 분이 함께 계실 거라고 했습니다…. 아니, 두 분이라고 하셨나? 어쨌든 부인이 그랬습니다."

"왜 그러십니까? 전할 말씀이 있으면 해보세요."

"어떤 부인이 가방들을 잔뜩 놔둔 채 플랫폼에서 한나절을 기다렸습니다."

"그래서 어떻게 되었습니까? 기차를 탔습니까?"

"예, 6시 30분에 출발하는 특별 칸을 예약했는데… 열차가 출발하기 전에 무엇인가를 결심한 듯 제게 말을 전해달라고 했습니다…. 르발뤼 선생이 혹시 열차에 있거든 부인은 몬테카를로로 간다고 전해달라고 했습니다."

"아, 이런! 아까 그 특급열차를 탔어야 했는데! 지금은 밤 기차밖에 남지 않았을 텐데…. 더 일찍 출발할 리도 없고 말이야. 세 시간 이상 낭비하게 생겼군." 뤼팽이 중얼거렸다.

기다리는 시간은 정말로 길게 느껴졌다. 뤼팽은 자리를 잡은 후 프랑클랭 호텔로 전화해 호텔로 오는 우편물을 전부 몬테카를로로 보내달라고 했다. 뤼팽 일행은 저녁 식사를 하고 이리저리 신문을 살폈다. 9시 30분, 드디어 기차가 출발했다.

최악의 상황들이 발생하는 바람에 뤼팽은 가장 중요한 순간에 한발 늦은 셈이다. 도브레크는 지금까지 싸워온 상대 중 가장 만만치 않은 상대라 어떻게 싸워야 할지도 알 수 없었다. 그저 전투에 뛰어들기만 한 상황이다. 뤼팽이 이렇게 헤매는 사이 질베르와 보슈레이의 사형 날짜는 더욱 가까워졌다. 네댓새가 지난 것이다. 열차에서 보낸 이날 밤은 뤼팽에게 견디기 어려운 시간이었다. 뤼팽은 지금의 상황을 생각할수록 어처구니가 없었다. 도무지 일이 풀릴 기미가 보이지 않았다.

물론 지금은 수정마개의 수수께끼를 알고 있다. 하지만 도브레크가 전략을 바꾸었을 수도 있고 앞으로도 바꿀 가능성이 있다. 스물일곱 명의 명단이 계속 수정마개 안에 있을지, 수정마개를 원래 감추어두었던 물건과 함께 그대로 놔둘지는 알 수 없었다. 여기에 더해 불안한 요소는 또 있다. 클라리스는 자신이 도브레크를 감시한다고 생각했지만, 사실은 도브레크가 클라리스를 감시하고 있었다. 도브레크는 클라리스에게 감시당하는 척 연기하면서 사실은 교활한 방법으로 클라리스를 자신만의 장소로 유인하고 있다. 클라리스가 아무런 도움도 받을 수 없는 곳으로 말이다. 도브레크의 속셈은 안 봐도 훤했다! 클라리스 역시 주저하고 있다. 그로냐르와 르발뤼가 이미 확인해주었듯 클라리스는 도브레크의 지저분한 제안 앞에서 망설이는 것이다. 과연 뤼팽은 승리할 수 있을까? 도브레크가 주도하는 이번 사건은 끔찍한 방향으로 가고 있다. 클라리스는 오직 아들을 구하겠다는 마음만으로 수치심, 명예 따위는 안중에도 없고 그저 자신을 내던지려 하고 있다.

뤼팽은 화가 나 씩씩거렸다.

"나쁜 자식! 네놈을 잡으면 그때는 가만 안 둘 테다. 절대로 가만두지 않겠어!"

뤼팽 일행은 오후 3시에 몬테카를로에 도착했다. 플랫폼에서부터 클라리스를 찾았지만 어디에도 보이지 않았다. 맥이 빠졌다. 뤼팽은 좀 더 기다렸지만 다가오는 심부름꾼은 없었다. 결국 뤼팽이 직접 개찰원들에게 물어봤지만 많고 많은 사람 사이에서 도브레크와 클라리스의 인상착의와 비슷한 사람들은 보지 못했다는 대답만 들었다. 몬테카를로의 호텔이란 호텔은 죄다 뒤져야 할 상황이었다. 그러면 얼마나 많은 시간이 낭비될 것인가!

다음 날 저녁, 뤼팽은 몬테카를로와 모나코에서 도브레크와 클라리스를 찾는 데 실패했다.

"도대체 어디에 있는 거야…." 뤼팽은 초조했다.

토요일이 되자 프랑클랭 호텔 주인이 호텔로 온 우편물을 보내주었다. 우편물 중에 다음과 같은 내용의 전보가 있었다.

그자는 칸에 머물다가 산 레모로 떠났습니다. 앰배서더 팔라스 호텔에서 머물 예정이라고 합니다.

—클라리스

전보 날짜는 어제였다.

"젠장! 몬테카를로는 그냥 지나친 거였어! 우리 중 한 명이 역에서 진을 치고 있어야 했는데! 그런 생각도 하긴 했지만 워낙 상황이 급박해서…." 뤼팽이 큰 소리로 말했다.

뤼팽 일행은 가장 빨리 출발하는 이탈리아행 기차를 탔다. 기차는 정오에 국경을 넘었다. 12시 40분, 뤼팽 일행은 산 레모 역에 도착했다. 제일 먼저 본 것은 어느 짐꾼이었다. 짐꾼은 화려한 술 장식이 달린 모자를 쓰고 있었고 모자에는 '앰배서더 팔라스'라고 적혀 있었다. 짐꾼은 누군가를 찾는 듯했다.

뤼팽이 짐꾼에게 다가갔다.

"르발뤼 씨를 찾는 거 아닙니까?"

"맞습니다. 르발뤼 씨와 나머지 두 분을 찾고 있습니다."

"어떤 부인이 부탁했을 테지요."

"그렇습니다. 메르지 부인입니다."

"부인은 지금 이 호텔에 있습니까?"

"아니요, 부인은 기차에서 내리지 않았습니다. 저를 손짓으로 부른 후 신사분 세 명의 인상착의를 알려주었습니다. 그리고 제노바 콘티넨털 호텔로 간다고 전해달라고 했습니다."

"부인은 혼자였습니까?"

"예."

뤼팽은 짐꾼에게 팁을 쥐여주고 보낸 후 부하들에게 왔다.

"오늘은 토요일이야. 만일 월요일에 사형이 집행된다면 어쩔 도리가 없네. 하지만 월요일에 사형이 집행될 리는 없지. 오늘 밤 안으로 도브레크를 끝장내야 해. 그다음에는 월요일에 명단을 들고 파리로 가는 거야. 이번이 마지막 기회다. 자, 서두르자!"

그로냐르는 매표소로 가서 제노바행 기차표 세 장을 구매했다.

기차가 출발했다.

뤼팽은 초조했다. "아니야! 이런 바보같이! 우리가 지금 무얼 하고 있는 거지? 파리로 가야 하는 게 아닌가! 잠깐, 생각 좀 해 보고."

뤼팽은 객차 문을 열고 선로로 뛰어내리려고 했다. 그로냐르와 르발뤼는 놀라서 뤼팽을 붙잡았고 기차는 그대로 달렸다. 뤼팽은 어쩔 수 없이 자리에 앉았다. 도브레크 추적이 계속되었다. 뤼팽 일행은 계속 목표 지점에서 비켜가고 있었다. 그러는 동안 질베르와 보슈레이의 사형 날짜는 내일모레로 다가왔다.

10
엑스트라 드라이?

아름다운 언덕들이 니스를 둘러싸고 있었다. 그중 만테가와 생 실베스트르 계곡을 양쪽에 거느리고 우뚝 솟은 언덕에는 화려한 호텔들이 서 있었다. 도심과 멋진 앙주 만을 굽어보는 이 호텔들에는 세계 각지에서 다양한 관광객들이 몰려들어서 늘 사람들로 붐볐다. 뤼팽, 그로냐르, 르발뤼가 이탈리아에 도착한 때는 토요일 저녁이었다.

한편 비슷한 때에 클라리스는 호텔로 들어서고 있었다. 클라리스는 남향 방을 잡았다. 오전부터 빈 3층 130호였다. 이 방은 마주 보고 있는 129호 방과 이중문으로 막혀 있었다. 클라리스는 방에 들어와 휘장을 젖히고 조심스럽게 빗장을 연 뒤 두 번째 문에 귀를 기울였다.

'아직 방에 있어…. 어제와 마찬가지로 클럽에 가려고 옷을 입는 거겠지.' 클라리스가 생각했다.

옆방 손님이 나가는 소리가 들렸다. 클라리스는 조용히 복도로 나가 사람이 없는 틈을 타서 129호 방문에 다가갔다. 문은 열쇠로 잠겨 있었다. 저녁 내내 클라리스는 옆방 손님이 들어

오기를 기다리다가 새벽 2시에 잠이 들었다. 일요일 아침에도 줄곧 감시했다. 11시에 옆방 손님은 또다시 외출했다. 그런데 이번에는 방문에 열쇠가 꽂혀 있었다. 클라리스는 얼른 이 방으로 들어가 중간 문을 가린 휘장을 젖히고 빗장을 푼 후 자신의 방으로 돌아갔다.

몇 분 후 하녀 두 명이 방 청소를 하는 소리가 들렸다. 클라리스는 하녀들이 청소를 끝마치고 나갈 때까지 기다렸다. 그리고 더는 사람이 나타날 것 같지 않다는 생각이 들자 다시 옆방으로 들어갔다. 클라리스는 흥분을 감출 수 없어 잠시 안락의자에 앉았다. 불안한 마음으로 밤낮 감시한 끝에 드디어 도브레크의 방에 들어온 것이다. 이제 마음껏 수정마개를 찾을 수 있을 것 같았다. 수정마개를 찾지 못한다 해도 두 개의 중간 문 사이를 통해 도브레크를 좀 더 감시하다 보면 수정마개의 비밀을 알 수 있을 것 같았다. 클라리스는 수정마개를 찾기 시작했다. 먼저 여행용 가방을 열었지만 거기에는 없었다. 이어서 트렁크 정리함, 다른 가방의 주머니를 뒤졌고 옷장, 책상, 욕실, 벽장, 모든 탁자와 가구들을 다 뒤졌지만 결과는 마찬가지였다. 그러다가 문득 클라리스는 발코니에 떨어져 있는 종잇조각을 보았다. 클라리스는 흠칫 놀랐다.

'도브레크가 무슨 꿍꿍이를 꾸미는 건가? 혹시 저 종이는?'

이런 생각을 하며 창문으로 천천히 다가가 손잡이를 잡을 때였다.

"그게 아니지."

뒤에서 남자 목소리가 들렸다.

클라리스가 뒤를 돌아봤다. 도브레크였다. 그런데 이상하게도 도브레크와 마주친 이 순간이 두렵거나 당황스럽지 않았다. 수개월 동안 언제든 도브레크에게 들킬 수 있다고 생각했기 때문이었다.

클라리스는 그저 의자에 털썩 앉았다.

도브레크가 능글맞게 웃었다.

"착각했군. 아주 쉬운 곳에 있는데, 내가 좀 도와줄까? 옆에 있는 외발 원탁을 봐. 하긴 그 위에는 읽을거리와 쓸 것, 간단한 먹을거리와 담배밖에 없군. 이참에 설탕에 절인 과일 맛 좀 보겠나? 아니지, 내가 음식을 푸짐하게 준비했으니 그걸 먹는 게 낫겠군."

클라리스는 아무 말도 하지 않았다. 클라리스는 도브레크의 말을 듣지 않는 듯했지만 그 역겨운 입에서 중요한 말이 나오지 않을까 하고 은근히 기다리는 눈치였다.

도브레크는 외발 원탁 위의 것들을 벽난로 위에 올려놓은 후 벨을 눌렀다. 호텔 사환이 들어왔다.

"주문한 점심 요리는 준비되었습니까?"

"예, 의원님."

"2인분이지요?"

"예, 의원님."

"샴페인도요?"

"예, 의원님."

"엑스트라 드라이로요?"

"예, 의원님."

사환이 한 명 더 들어와 외발 원탁 위에 찬 음식, 과일, 얼음 통과 샴페인 병을 포함해 2인분의 요리를 내왔다.

사환 두 명이 자리에서 물러났다.

"자, 식사합시다. 부인까지 생각해 2인분을 미리 주문했습니다."

도브레크는 자리에 앉아 식사를 시작했다. 클라리스는 점심 초대에 응할 마음이 없었지만 도브레크는 이를 아랑곳하지 않는 듯했다.

"자, 언젠가 부인이 이렇게 날 만나러 올 줄 예상하고 있었지요. 지난 여드레간 부인이 미행하는 것을 눈치채고 부인이 무엇을 좋아할지 생각했습니다. 달달한 두스? 약간 단 세크? 전혀 달지 않은 엑스트라 드라이? 무엇을 준비해야 할지 고민되더군요. 부인이나 나나 파리를 떠난 후 나는 부인의 행방을 알 수 없었습니다. 그래서 부인도 혹시 내 행방을 찾지 못한 건 아닐까 하고 걱정했지요. 부인과의 숨바꼭질은 정말 즐거웠는데, 부인이 먼저 포기할까 봐 어찌나 불안했는지. 증오심이 가득한 부인의 눈빛, 부인의 부드러운 회색 머리카락이 여행 중에 계속 생각났습니다. 그러다가 오늘 아침에 내 옆방이 비었다는 사실을 알고 틀림없이 나의 클라리스가 옆방에 묵으면서 내 침대맡 근처에 머무르리라고 기대했습니다. 그렇게 기대하니까 마음이 편해졌습니다. 오늘도 평소처럼 레스토랑에서 점심을 들까 하다가 왠지 부인이 내 방의 짐들을 부인이 원하는 방식으로 정리하고 있을 것 같아서 이렇게 돌아왔지요. 물론 2인분 요리를 미리 주문해놓았고요. 하나는 부인의 충실한 종인 나를 위해서, 또 하나는 그 종의 아름다운 연인인 부인을 위한 겁니다."

클라리스는 혐오가 가득 담긴 표정으로 도브레크가 쏟아내는 징그러운 말을 들었다. 도브레크는 감시당하고 있다는 사실을 이미 알았던 셈이다. 클라리스는 여드레간 불안하고 초조하게 보냈지만 도브레크는 여유를 부리며 클라리스를 가지고 놀았던 것이다.

클라리스가 조그만 목소리로 물었다.

"그러니까 일부러 미행당한 척한 거군요. 날 유인하기 위해 파리를 떠난 건가요?"

"그렇습니다."

"왜 그랬지요?"

"정말 알고 싶은 건가요?"

도브레크는 기분 나쁘게 웃었다. 클라리스는 자리에서 반쯤 일어나 도브레크 쪽으로 살짝 몸을 기울였다. 예나 지금이나 도브레크를 죽이고 싶다는 생각이 가득했다. 권총 한 방이면 저 혐오스러운 작자는 끝날 것이다. 클라리스는 블라우스 속에 감춰진 권총 쪽으로 슬그머니 손을 옮겼다.

그러자 도브레크가 말했다. "잠깐만요…. 총은 나중에 쏘고 먼저 이 전보부터 보세요. 방금 받은 전보입니다."

클라리스는 또 무슨 꿍꿍이셈인가 싶어 주저했다. 하지만 도브레크는 아랑곳하지 않고 호주머니에서 파란색 전보 용지를 꺼내며 말했다.

"아들에 관한 내용입니다."

"질베르?"

클라리스는 아들이 언급되자 혼란스러웠다.

"그렇습니다. 질베르예요. 어서 읽어보세요."

클라리스는 전보를 읽자마자 비명을 질렀다.

사형 집행 날짜는 화요일로 정해졌음.

클라리스는 도브레크에게 달려들어 정신없이 울부짖었다.

"말도 안 돼! 그럴 리가 없어…. 겁주기 위해 거짓말하는 거지. 난 당신을 잘 알아요. 뭐든 할 사람이지. 어서 사실대로 말해요. 화요일은 아니라고. 화요일이라면 겨우 이틀이 남은 건데 그럴 리가 없어! 아들을 구하려면 적어도 네댓새는 있어야 하는데…. 어서 사실이 아니라고 말해요!"

클라리스는 너무 흥분한 나머지 힘이 빠진 채로 더듬거리며 몇 마디를 더 외쳤다. 도브레크는 클라리스를 바라보고는 잔에 샴페인을 따라 들이켰다. 그러고는 방 안을 이리저리 거닐다가 클라리스 앞에 발길을 멈추었다.

"잘 들어, 클라리스…." 도브레크가 불쑥 반말로 지껄였다. 클라리스는 몸을 떨며 벌떡 일어났다.

"그만해요…. 그런 식으로 말하지 말라고요! 무례한 말투는 용납할 수 없어요…. 이 비열한 인간…."

도브레크는 어깨를 으쓱했고 다시 말을 이었다.

"아직 문제가 무엇인지 모르는 모양이군. 누군가 도와주리라고 생각하기 때문인가? 프라스빌? 당신의 오른팔 역할을 하는 그 잘난 프라스빌? 잘못 생각해도 한참 잘못 생각하고 있군. 프라스빌도 운하 사건과 연관되어 있어. 물론 스물일곱 명의 명단에 이름이 오른 것은 아니지만, 친구 이름이 올라 있어 간접적으로 연관되어 있다고. 바로 전직 하의원 스타니슬라스 보랑글라드야. 프라스빌의 꼭두각시로 보이지만 그냥 놔두고 있지. 물론 나름대로 이유는 있어. 사실 난 잘 모르고 있었는데 오늘 아침 누군가 편지로 놀라운 정보를 알려주었지. 프라스빌이 스타니슬라스 보랑글라드와 공모 관계에 있음을 밝혀주는 서류 상자가 있다는 정보였지. 그 정보를 알려준 사람이 놀랍게도 보랑글라드였어. 보랑글라드는 비참하게 프라스빌에게 발목이 잡혀 꼼짝 못하느니, 차라리 같이 망하는 한이 있어도 역으로 프라스빌을 협박하겠다고 생각한 거지. 그래서 나와 협상하겠다는 계산을 한 거야. 프라스빌이 이 사실을 알면 깜짝 놀라 길길이 날뛰겠지! 프라스빌, 비열한 녀석! 그동안 영 거슬리더니! 꼴좋군그래…."

도브레크는 프라스빌에게 복수할 기회가 생겨 기분이 좋은지 만족스러운 표정으로 두 손을 비볐다.

"사랑하는 클라리스, 그러니 프라스빌에게는 별 기대를 안 하는 게 좋을 거야. 그럼 그다음에 믿을 수 있는 사람은 누굴까? 아참, 아르센 뤼팽이 있지! 그 하수인 그로냐르와 르발뤼도! 하지만 상황을 알면 이들 역시 별 도움이 안 된다는 것을 알게 될 거야! 저들이 아무리 날뛰어도 날 방해하지 못하지. 스스로를 대단한 존재라고 생각하겠지만 나처럼 강한 상대와 만나면 마냥 자신감을 가질 수만은 없다고. 자기들은 똑똑하게 굴고 있다고 생각하겠지만 실제로는 바보 같은 짓만 하고 있어. 애송이들! 뤼팽이 날 물리치고 질베르를 구할 것이라고 믿는다면 그렇게 해봐. 하느님 아버지, 이 여인이 뤼팽을 믿고 있사옵니다! 이런, 뤼팽이라니! 겉만 번지르르한 인간! 조금만 기다려, 뤼팽! 자네의 허세를 꺾어줄 테니까!" 도브레크가 말했다.

도브레크는 호텔 관리실로 연결되는 전화 수화기를 들었다.

"교환원, 129호입니다. 사무실 맞은편에 앉아 있는 사람을 이리로 보내주시겠습니까? 여보세요…. 예, 교환원. 회색 중절모자를 쓴 신사분입니다. 예, 그렇게 전하면 알 겁니다."

도브레크는 수화기를 내려놓고 클라리스를 바라봤다.

"두려워할 것 없어. 아주 조심성 있는 신사니까. 신속과 절제가 직업의 좌우명이지. 치안국 형사로 있었고 지금까지 여러 번 날 도왔어. 나를 미행하는 부인의 뒤를 밟는 일도 해주었지. 남프랑스에 도착했을 때 할 일이 있어 부인에게 신경을 덜 쓸 수밖에 없었거든. 들어와요, 자콥!"

문을 열고 들어온 사람은 키가 작고 깡말랐으며 붉은 콧수염을 덥수룩하게 길렀다.

"자콥, 지난 수요일 저녁부터 한 일을 여기 앉아 계신 부인에게 간단히 설명해주겠습니까? 내가 남프랑스행 열차를 탔을 때 부인도 이 열차를 탔지요. 자콥, 리옹 역 플랫폼에 남아서 한 일부터 차례로 설명해주십시오. 부인과 관련된 일, 내가 의뢰한 임무에 대해서만 설명하면 됩니다."

자콥은 윗옷 안주머니에서 수첩을 하나 꺼내고는 보고서를 읽듯이 다음의 내용을 읽어갔다.

수요일 저녁 7시 15분 리옹 역. 그로냐르와 르발뤼를 기다림. 두 사람은 니콜 씨라 불리는 제3의 인물과 함께 나타날 것으로 보임. 10프랑을 주고 철도 작업원 유니폼과 모자를 빌림. 이들에게 접근해 어느 부인이 몬테카를로로 떠난다는 메시지를 전해달라 했다고 말함. 그런 뒤 프랑클랭 호텔에서 일하는 사환에게 전화를 검. 호텔 사장 앞으로 오는 전보는 재발송되기 전에 사환이 먼저 읽거나 중간에 가로채라고 지시함.

목요일, 몬테카를로. 남자 세 명이 호텔이란 호텔은 전부 뒤지고 다님.

금요일. 라 튀르비와 카브다이, 마르탱 갑을 지남. 도브레크 하의원에게 전화가 옴. 의원은 세 명의 남자를 이탈리아로 가게 하자고 제안함. 이에 따라 프랑클랭 호텔의 사환에게 이들 세 명의 남자에게 전보를 전하라고 지시함. 전보 내용은 메르지 부인이 산 레모에서 만나자고 제안하는 것으로 함.

토요일, 산 레모 역 플랫폼. 10프랑을 주고 앰배서더 팔라스 호텔 짐꾼의 옷을 빌림. 남자 세 명이 도착하자 접근해 메르지 부인의 메모라며 전함. 메르지 부인이 콘티넨털 호텔에 묵을 것이라는 내용을 세 남자에게 믿게 함. 니콜 씨는 잠시 망설이며 열차에서 내리려고 하지만 일행 한 명이 붙잡음. 열차가 출발함. 행운을 빈다고 인사해줌. 한 시간 후 프랑스로 돌아오는 기차를 타고 여기 니스에 내려 도브레크 하의원의 새로운 지시를 기다림.

자콥이 수첩을 접고 말했다.

"이상입니다. 오늘 낮에 일어난 일은 저녁에 기록할 겁니다."

"지금부터 기록해도 됩니다. 자콥, 이렇게 기록하십시오. '도브레크 하의원의 지시에 따라 침대차 상사로 가서 2시 48분 파리행 열차 침대칸 표 두 장을 예약함. 표는 도브레크 하의원에게 빠른 전보로 부침. 그리고 12시 58분에 출발하는 기차를 타고 국경 근처 뱅티밀 역에서 내림. 그곳에서 프랑스어를 하는 여행객을 하나하나 살핌. 니콜, 그로냐르, 르발뤼가 이탈리아를 떠나 이곳 니스를 지나서 파리로 돌아갈 생각을 한다면 즉각 파리 경찰청에 전보를 보내 아르센 뤼팽과 부하들이 열차 몇 번 칸에 타고 있다는 사실을 알려줌'이라고 말입니다."

그렇게 말한 후 도브레크는 자콥을 문까지 배웅했다. 자콥이 나가자 도브레크는 문을 닫고 열쇠와 빗장을 이용해 문을 완전히 잠갔다.

"이제 내 말을 듣는 게 좋을 거야, 클라리스…."

클라리스는 더는 반항할 힘이 없었다. 이처럼 교활하고 강한 상대에게 대항할 방법이 있을까? 세세한 부분까지 예상해 적을 여유롭게 가지고 노는 이 강력한 상대를 물리칠 방법이 있을까? 클라리스는 여전히 뤼팽을 믿기는 했지만, 지금 뤼팽은 도브레크에게 속은 줄도 모른 채 이탈리아를 헤매고 있을 것이다. 그런 뤼팽에게 기대할 수 있을까? 클라리스는 프랑클랭 호텔로 보낸 전보에 왜 뤼팽의 답신이 없었는지 이제야 이해했다. 도브레크가 뒤에 숨어 지켜보면서 뤼팽 일행을 점차 떼어놓은 것이다. 결국 도브레크는 벽으로 차단된 이 방으로 클라리스를 유인하는 데 성공했다. 클라리스는 더는 어떻게 해야 할지 방법을 몰라 힘없이 있었다. 이제 이 흉악한 짐승 같은 자의 뜻에 맡기는 수밖에 없다. 클라리스는 입을 다물었다.

도브레크는 통쾌해하며 말을 이었다.

"내 말 잘 들어, 클라리스. 지금부터 하는 말은 번복할 수 없으니 제대로 들으라고. 지금 시각은 정오야. 마지막 기차는 2시 48분에 출발하지. 알아들어? 마지막 기차! 질베르를 구하기 위해 월요일 아침까지 날 파리로 데려다줄 마지막 기차야. 특급 열차는 이미 만석이라고 하더군. 따라서 2시 48분 기차를 무조건 타야 해…. 내가 과연 제때 출발할 수 있을까?"

"예…."

"우리 두 사람이 사용할 침대차를 예약해놓았어. 함께 갈 거지?"

"그럴게요…."

"질베르를 구하기 위해 영향력을 발휘하는 대가로 내가 제시한 조건은 기억하고 있겠지?"

"예."

"그럼 그 조건을 받아들이는 건가?"

"예…."

"내 여자가 되어준다는 말이지?"

"예…."

정말로 끔찍했다. 클라리스는 정신을 놓고 멍한 상태로 대답했다. 일단 도브레크가 파리로 가게 해야 하니 대답부터 한 것이다. 흉측한 도브레크를 질베르와 떼어놓는 것이 급선무였다. 그다음은 나중에 생각하기로 했다.

도브레크가 웃음을 터뜨렸다.

"클라리스, 귀여운 것, 드디어 대답했군…. 이제 모든 것을 받아들일 준비가 된 건가? 제일 중요한 건 질베르를 구하는 일이겠지? 그래서 일단 대답했을 테고. 순진하기 이를 데 없는 이 도브레크가 결혼반지를 건넬 때 언제 그랬냐는 듯이 딴소리를 하는 건 아닌가? 그러니 모호한 말은 하지 마! 지키지도 않을 약속을 듣는 것도 이젠 지긋지긋하니까…. 바로 이루어질 사실이 중요하지."

도브레크가 클라리스 곁으로 다가갔다.

"내 제안은 이래…. 당연히 받아들여야 하고…. 내 뜻대로 될 테니까 말이야…. 내가 질베르의 사면을 요청하는 건 아니고 약 3~4주 정도 형 집행을 미뤄달라고 할 거야. 구실은 뭐가 되었든 중요하지 않지. 메르지 부인이 도브레크 부인으로 정식으로 바뀌는 날에 질베르는 사면이나 감형을 받게 될 거야. 내 뜻대로 될 테니 결과에 대해서는 안심해도 좋아."

"좋아요…. 조건을 받아들일게요…." 클라리스가 중얼거렸다.

그런 클라리스를 보며 도브레크는 기분 나쁘게 웃었다.

"받아들이겠다…? 모든 것이 정리되려면 한 달은 걸릴 텐데 그동안 딴생각을 하는 건 아니겠지? 속으로 누군가의 도움을 바라거나…. 예를 들어 아르센 뤼팽….”

“내 아들의 머리를 두고 약속하지요.”

“아들의 머리라니 딱하군. 아들의 머리가 떨어지지만 않는다면 지옥이라도 갈 태세군….”

“물론이에요! 내 영혼도 바칠 수 있어요!” 클라리스가 몸을 떨며 울부짖었다.

도브레크가 클라리스에게 다가가 조용히 말했다. “클라리스, 내가 원하는 건 당신의 영혼이 아니야…. 당신을 얻기 위해 20년 넘게 주변을 맴돌았어. 당신은 내가 사랑하는 유일한 여자야…. 당신이 날 싫어해도 상관없어…. 날 증오해도 상관없고…. 그래 봐야 별로 달라질 게 없으니까. 내가 원하는 건 날 거부하지 말라는 거야…. 기다린다? 한 달을 더 기다려달라고? 그건 안 될 말이지, 클라리스. 난 그동안 너무 오랫동안 기다리기만 했으니까….”

도브레크가 클라리스의 손을 만지려 했다. 클라리스가 화들짝 놀라며 손을 빼자 도브레크는 버럭 화를 냈다.

“사형 집행인이 질베르를 다룰 때는 이 정도로 점잖지 않을걸! 아직도 상황 파악을 못하고 도도하게 구는 거야? 잘 생각해. 마흔여덟 시간이면 모든 것이 끝난다고! 딱 마흔여덟 시간이야. 그런데 아직도 주저하고 있다? 아들의 목숨이 오늘이냐 내일이냐 하는데 아직도 준비가 덜 된 건가? 눈물이나 흘리고 있을 때가 아니잖아? 쓸데없는 감상은 거두고 현실을 잘 봐…. 분명 당신은 내 여자가 되겠다고 약속했어. 그러니 이제 내 여자, 내 아내란 말이야…. 클라리스, 이제는 입술을 허락해도 되잖아….”

클라리스는 도브레크를 밀어냈지만 힘이 들어가지 않았다. 도브레크는 느글느글한 미소를 지으며 욕정과 야비함이 뒤섞인 말투로 말했다.

“아들을 구해야 하지 않겠어…. 최후의 날 아침을 생각해봐…. 죽을 준비를 마치고 브이 자로 셔츠를 자른 후 머리를 짧게 깎는 사형수의 마지막 준비…. 클라리스, 그런 처지에 있는 아들을 구해주겠다는 거야…. 걱정하지 않아도 돼…. 난 당신을 위해 인생을 바칠 거니까, 클라리스….”

클라리스는 더는 반항하지 않았다. 이제 정말로 모든 것이 끝났다. 도브레크의 더러운 입술이 클라리스의 입술로 점점 가까이 다가왔다. 모든 것이 도브레크가 원하는 대로 이루어질 게 뻔했다. 운명을 따르는 일밖에 남지 않은 것이다. 도브레크가 어떤 인간인지는 이미 예전부터 알고 있지 않았던가! 클라리스는 다가오는 그 역겨운 얼굴을 보지 않기 위해 눈을 감고 생각했다. ‘내 아들, 불쌍한 내 아들….’

10초가 흐르고 20초가 흘렀지만 도브레크는 더 이상 말하지 않았고 움직이지도 않았다. 클라리스는 문득 주위를 감싼 고요함에 놀랐다. 도브레크가 마지막 순간에 마음을 고쳐먹기라도 한 걸까?

천천히 눈을 뜬 클라리스는 소스라치게 놀랐다. 야비한 웃음을 짓고 있으리라고 상상했는데 정작 도브레크는 겁에 질려 잔뜩 굳은 얼굴이었다. 두꺼운 이중 안경을 낀 도브레크는 클라리스가 앉아 있는 안락의자보다 좀 더 위쪽을 바라보고 있었다. 클라리스가 서서히 고개를 돌려 뒤를 바라봤다. 의자 등받이 바로 위 오른쪽에 두 개의 총이 도브레크를 겨누고 있었다. 누군가 움켜쥔 두 개의 총…. 도브레크는 겁에 질려 납빛이었다. 클라리스는 두려움이 가득한 그 얼굴을 보았다. 갑자기 도브레크의 등 뒤로 누군가 달려들더니 한쪽 팔로 도브레크의 목을 휘어잡고 두꺼운 헝겊으로 얼굴을 덮었다. 클로로폼의 강한 냄새가 가득했다.

클라리스는 니콜로 분장한 뤼팽을 알아봤다.

"내가 잡았어, 그로냐르!" 뤼팽이 외쳤다. "내가 잡았어, 르발뤼! 총은 치워도 돼. 내가 놈을 잡았다! 이제 놈은 축 늘어졌으니 단단히 묶도록!"

정말로 도브레크는 줄 끊어진 꼭두각시처럼 흐느적거리며 풀썩 주저앉았다. 독하기 이를 데 없는 도브레크도 클로로폼 마취제에는 허무하게 뻗은 것이다. 그로냐르와 르발뤼는 침대 시트로 도브레크를 둘둘 말아 단단히 묶었다.

"됐어! 그만하면 됐다!" 뤼팽이 일어나 유쾌하게 말했다.

뤼팽은 신이 났는지 캉캉과 마트시슈를 섞은 지그댄스를 추기도 했고 마치 무용수처럼 제자리에서 돌거나 광대처럼 공중제비를 넘는가 하면 술꾼처럼 사방을 휘젓고 다녔다. 그러다 마치 콘서트장의 공연을 소개하듯 큰 소리로 외쳤다. "자, 이어서 죄수의 춤을 보시겠습니다! 그다음은 포로가 추는 캉캉! 싸늘하게 식은 의원 나리의 몸 위에서 춤 좀 춰볼까? 다음으로 클로로폼에 취한 폴카를 보시겠습니다…. 안경 낀 패배자의 보스

턴 왈츠도 있고요! 워! 워! 협박자가 춤을 추겠습니다! 그다음
은 곰이 재주를 부리며 추는 춤을 보시겠습니다! 랄랄라! 자,
신나게 놀아보자고! 쿵쿵쿵….”

그동안 실패와 불안감만 맛봤던 뤼팽이기에 목표를 이루자
주체할 수 없이 흥분한 것이다. 뤼팽은 통쾌함을 절제하지 못
하고 어린아이처럼 익살스럽게 한바탕 놀았다. 마지막으로 힘
차게 뛰어올라 앙트르샤를 시도한 뤼팽은 공중에서 빙그르르
돌고는 두 주먹을 허리에 대고 착지했다. 착지하면서 한쪽 발
을 쓰러진 도브레크의 가슴 위에 얹었다.

“못된 용을 밟고 있는 착한 천사를 그린 그림 같지 않습니
까?”

뤼팽은 꼬장꼬장하고 소심한 니콜의 모습으로 분장한 터라
이 광경이 더 우습게 보였다.

클라리스는 처음으로 입가에 미소가 번졌다. 슬프면서도 화
사한 미소였다. 그러나 이내 현실을 인식한 듯 슬픈 목소리로
뤼팽에게 말했다. “부탁이에요…. 질베르를 생각해주세요.”

뤼팽은 달려가 클라리스를 안고는 갑자기 볼에 쪽 소리가 나
도록 입을 맞추었다. 뤼팽의 행동이 너무나 천진난만해 클라리
스는 미소를 지었다.

“이것은 정직한 남자의 입맞춤입니다. 도브레크와는 비교할
수 없는 아르센 뤼팽의 진지한 입맞춤이지요. 무례하다고 화를
내도 어쩔 수 없습니다. 한마디만 더 하고 다시 예의를 차리겠
습니다. 난 지금 아주아주 통쾌합니다!”

뤼팽은 클라리스 앞에 무릎을 꿇고는 공손한 태도로 말을 이

었다. "너그럽게 봐주시길 바랍니다, 부인. 방정맞은 헛짓은 이제 끝났으니까요."

뤼팽은 여전히 장난기 가득한 표정이었다. 클라리스는 어리둥절했다.

"부인, 무엇을 원하시나요? 아드님의 사면이겠지요? 낙찰되었습니다! 내가 나서서 부인의 아드님을 사면하겠습니다. 먼저 종신노동형으로 감형한 후 나중에 탈옥시킬 겁니다. 그로냐르, 르발뤼, 잘 들었지? 자, 막내보다 먼저 누메아로 출발해야 한다. 그래야 완벽하게 준비할 수 있어. 도브레크 의원님, 덕분에 큰 은혜를 입었습니다. 보답이 이렇게 엉망이라 죄송하지만요. 그래도 지금의 모습이 꽤 편안해 보입니다. 그때 뭐라고 했지? 뤼팽에게 감히 애송이라 했던가? 문 뒤에서 다 엿들었지. 겉만 번지르르한 애송이라 했겠다? 이제 다시 말해보게나. 번지르르한 애송이가 한 건 했다고 말이야. 국민의 대리인인 도브레크 의원은 왠지 쩔쩔매고 있는 것 같군. 불쌍한 표정 하며…. 무얼 달라고? 드롭스 하나? 됐다고? 그럼 마지막으로 파이프 담배 한 대를 피우게 해주지. 좋아, 그 정도는 해주겠네…."

뤼팽이 벽난로 위에 있는 파이프 담배 중 호박으로 만든 것을 집었다. 그런 뒤 도브레크의 얼굴을 가린 클로로폼 천을 살짝 걷어 올리고 잇새에 담배를 끼웠다.

"실컷 피우게! 참으로 처량한 모습이군! 코는 축축한 헝겊으로 덮여 있고 입에는 파이프 담배를 문 꼴이라니, 퍽 볼만하군…. 어서, 피우라고! 아, 담뱃가루를 드리는 걸 깜빡했네. 담배 어디 있나? 메릴랜드가 좋을까? 여기 있군…."

뤼팽은 두리번거리다가 벽난로 위에 있는 노란색 담뱃갑을 집었다. 뜯지도 않은 새 담뱃갑이었다. 뤼팽은 얼른 담뱃갑을 개봉했다.

"여러분, 이 신사께서 담배를 피우십니다! 이 엄숙한 순간을 보십시오! 담뱃가루부터 넣어야 하겠지요? 내 동작을 잘 보십시오! 손에도 주머니에도 아무것도 없습니다….."

뤼팽은 담뱃갑 뚜껑을 열었다. 그러고는 넋을 잃고 구경하는 관객들 앞에서 묘기를 부리는 마술사처럼 엄지와 검지로 검은색 담뱃가루 속에서 반짝이는 무언가를 꺼냈다.

클라리스는 너무 놀라 비명을 질렀다.

뤼팽이 꺼낸 것은 수정마개였다!

클라리스는 달려들어 수정마개를 낚아챘다.

"이거예요! 이거라고요! 주둥이 부분에 긁힌 자국이 없어요! 그리고 황금색으로 단면이 끝나는 곳에서 반을 가르는 선을 보세요! 여기가 돌아가는 거예요! 전 힘이 없어서….."

클라리스는 손을 떨었다. 뤼팽은 수정마개를 건네받아 돌려 봤다. 정말로 내부에는 공간이 있었고 거기에는 돌돌 만 종이 쪽지가 들어 있었다.

"역시 타이프 용지군."

뤼팽 역시 그토록 찾아 헤매던 수정마개를 이렇게 코앞에서 보자 손이 떨리고 흥분되기는 마찬가지였다.

오랫동안 침묵이 흘렀다. 뤼팽과 두 부하, 클라리스 모두 달아올랐고 동시에 앞으로 무슨 일이 일어날지 몰라 불안한 생각도 들었다.

"아, 제발… 명단이…." 클라리스가 중얼거렸다.

뤼팽이 종이를 꺼내 펼쳤다. 많은 이름이 깨알처럼 작게 적혀 있었다.

모두 스물일곱 명의 유명 인사들이었다. 랑즈루, 드쇼몽, 보랑글라드, 알뷔펙스, 래바흐, 빅토리앵 메르지 등…. 명단 뒷장에는 되메르 프랑스 운하 이사회 회장의 사인이 붉디붉은 핏빛으로 적혀 있었다. 뤼팽이 시계를 봤다.

"12시 45분이니… 20분의 여유가 있군…. 자, 이제 식사나 하지요."

클라리스가 불안한 표정으로 뤼팽에게 말했다. "잊, 잊으면 안 돼요."

"배고파 쓰러질 지경입니다." 뤼팽이 담담하게 말했다.

뤼팽은 외발 원탁 뒤에 있는 의자에 앉아 커다란 파이를 자른 후 부하들을 불렀다.

"그로냐르, 르발뤼! 식사 안 할 건가?"

"당연히 해야지요, 대장!"

"그럼 이리 와서 앉게. 샴페인부터 한잔 해야지. 클로로폼에 마취된 저분이 한턱내는 거라고! 도브레크를 위해 건배! 참, 도브레크, 자네는 무얼 좋아하나? 달달한 두스? 약간 단 세크? 아니면 전혀 달지 않은 엑스트라 드라이?"

11
로렌의 십자가

뤼팽은 식사를 마치자 절제되고 진지한 평소 모습으로 돌아왔다. 농담할 시간은 끝났다. 더는 사람들 앞에서 쇼를 보이고 마술을 부릴 때가 아니다. 예상했던 곳에서 수정마개를 찾아냈고 스물일곱 명의 명단까지 손에 넣었으니 앞으로는 깔끔하게 문제를 마무리 짓는 일이 중요하다. 물론 남은 일은 지금까지의 일에 비하면 수월한 편이다. 그렇다고 해도 신속하고 실수가 없어야 한다. 조그만 실수도 허락되지 않는다. 뤼팽은 이 점을 잘 알았고 모든 가능성을 염두에 두었다. 이제는 심사숙고한 말과 행동을 해야 할 때다.

"그로냐르, 심부름꾼 한 명이 지금 강베타 대로변에서 기다리고 있네. 우리가 산 여행용 대형 트렁크를 짐수레에 싣고 있지. 그 심부름꾼을 이리로 데리고 와 트렁크를 방으로 올리라고 하게. 호텔에서 물으면 130호에 투숙한 부인에게 배달된 것이라고 둘러대고. 그리고 르발뤼, 중고차 영업소에서 리무진 한 대를 빌리게. 가격은 1만 프랑으로 합의했네. 운전기사용 챙모자와 가운을 사 입고 호텔 정문 앞에서 대기하도록!"

"대장, 돈은요?"

뤼팽은 아까 도브레크의 윗옷에서 빼낸 지갑을 열었다. 지폐가 두둑하게 들어 있었다. 뤼팽은 지폐 열 장을 꺼내 르발뤼에게 주었다.

"1만 프랑이네. 우리 친구가 클럽에서 한몫 단단히 챙겼나 보군. 서둘러, 르발뤼!"

그로냐르와 르발뤼는 클라리스의 방에서 나갔다. 뤼팽은 클라리스가 다른 곳을 보는 사이에 도브레크의 지갑을 얼른 자신의 호주머니에 넣고 뿌듯해했다.

'별로 나쁜 짓은 아니지. 그동안 내가 들인 돈이 얼마인데! 이 정도는 챙겨야지. 물론 앞으로 더 챙겨야겠지만….'

뤼팽이 클라리스에게 물었다.

"가방은 있습니까?"

"예, 니스에 도착하자마자 가방을 샀어요. 정신없이 파리를 떠나느라 준비도 제대로 안 한 바람에 여기서 속옷 몇 벌과 화장품을 마련했고요."

"지금 짐을 꾸리십시오. 그리고 프런트로 내려가 심부름꾼이 수하물 보관소에서 트렁크 하나를 가지고 올 것이라고 알리세요. 곧 방을 비울 거라 짐 꾸릴 트렁크가 필요했다고 하시면 됩니다."

클라리스가 나가자 뤼팽은 도브레크와 단둘이 남았다. 뤼팽은 도브레크를 뚫어지게 쳐다보다가 호주머니를 뒤져 괜찮은 것들을 슬쩍 챙겼다.

그로냐르가 맨 먼저 도착했다. 버들가지로 짠 검은색 인조

가죽으로 만들어진 커다란 트렁크가 클라리스의 방에 들어왔다. 뤼팽은 클라리스와 그로냐르의 도움을 받아 도브레크를 트렁크 안에 넣었다. 뚜껑을 닫아야 해서 도브레크의 머리를 아래로 깊이 숙이게는 했지만 그래도 꽤 편안하게 앉은 자세였다.

"침대칸만큼 편하지는 않겠지만 관보다는 훨씬 나을 거야. 트렁크 양쪽에 구멍이 세 개씩 뚫려 있어서 숨은 쉴 수 있으니까. 잘 참아보게!"

이어서 클로로폼 병 뚜껑을 열며 말했다. "클로로폼을 좀 더 원하나? 자네가 이걸 지나치게 좋아하는 것 같아…."

뤼팽은 도브레크의 코를 덮은 천 위에 클로로폼을 좀 더 뿌렸다. 클라리스와 그로냐르는 남은 공간에 여행용 시트, 쿠션, 속옷 등을 넣어 트렁크가 자연스럽게 차 있는 것처럼 보이게 했다.

"좋아! 이 정도면 세계 일주를 해도 되겠어! 이제 뚜껑을 닫고 버클을 채웁시다!" 뤼팽이 말했다.

르발뤼는 운전기사 차림으로 들어왔다.

"대장, 자동차를 아래에 대기해놓았습니다."

"좋아. 둘이서 이 트렁크를 가지고 내려가는 게 좋겠어. 호텔 사환에게 맡기는 건 좀 불안해."

"그러다 누구와 마주치기라도 하면요?"

"그게 무슨 문제인가? 르발뤼, 자넨 지금 운전기사야. 130호 부인의 운전사가 트렁크를 가지고 내려가는데 이상할 게 있나? 부인도 자동차에 탈 건데…. 일단 출발하고 여기서 200미터 떨어진 곳에서 나를 기다리게. 그로냐르는 짐 싣는 것 좀 도와주고. 참, 저 중간 문은 제대로 꽉 닫아야지."

뤼팽이 옆방으로 가서 문을 닫고 빗장을 채운 후 엘리베이터를 탔다.

뤼팽은 프런트로 가서 말했다. "도브레크 씨는 급한 연락을 받고 몬테카를로로 떠났습니다. 모레까지는 호텔로 돌아올 수 없을 것 같다며 대신 전해달라고 부탁했습니다. 방은 물론 소지품도 그대로 놔두라고 하셨습니다. 여기 열쇠가 있습니다…."

뤼팽은 아무 일도 없는 사람처럼 자연스럽게 호텔에서 나와 자동차에 올랐다. 클라리스는 또 우울한 표정이었다.

"내일 아침까지는 파리에 도착할 수 없을 거예요! 불가능하다고요! 만일 자동차가 조금이라도 고장 난다면…."

"그래서 나와 부인은 기차를 탈 겁니다…. 그게 훨씬 안전하지요."

뤼팽은 클라리스 먼저 마차에 오르게 한 후 부하들에게 마지막 지시를 내렸다.

"평균 시속 50킬로미터로 달려야 한다는 건 알겠지? 서로 교대로 운전하게. 그럼 월요일인 내일 저녁 6시에서 7시 사이에 파리에 도착할 수 있어. 도브레크는 볼모로 삼기 위해 데려가기로 하겠네. 미리미리 모든 것에 대비해야 하니까. 며칠 동안은 도브레크를 붙잡아두는 게 낫지. 잘 감시하고 사나흘에 한 번은 클로로폼을 떨어뜨리게. 도브레크에게는 퍽 괴로운 일이겠지만 다 자업자득이지. 르발뤼, 그럼 출발하게. 참, 도브레크,

너무 불안해하지 않아도 돼. 차 지붕은 단단한 편이니까. 혹시 멀미라도 나면 체면 차리지 말고 그 안에서 일을 보라고. 르발 뤼, 이제 출발해!"

뤼팽은 자동차가 멀어져가는 모습을 바라봤다. 그리고 우체 국에 들러 다음과 같은 내용의 전보를 쳤다.

파리 시 경찰청의 프라스빌 사무국장 앞.

그자를 붙잡았음. 내일 아침 11시까지 명단을 가지고 갈 예정 임. 급히 연락 바람.

— 클라리스

클라리스와 뤼팽은 오후 2시 30분에 역에 도착했다.

"좌석이 있어야 하는데!" 클라리스가 초조하게 중얼거렸다.

"좌석이라니요! 우리 침대칸은 이미 예약되어 있지 않습니 까?"

"누가 예약했다는 거예요?"

"도브레크의 지시에 따라 자콥이 예약했겠지요."

"그걸 어떻게 아셨어요?"

"아까 호텔을 나올 때 프런트에서 도브레크 앞으로 온 급한 전보라며 내게 봉투 하나를 건네주었습니다. 자콥이 보낸 침대 칸 표였습니다. 내게 도브레크의 신분증이 있어서 프런트에서 는 내가 도브레크인 줄 안 거예요. 이제 우리는 도브레크 부부 처럼 여행하는 겁니다. 그에 걸맞은 서비스도 있겠지요. 부인, 모든 게 이미 준비되어 있습니다."

뤼팽에게 이번 여행은 무척 짧게 느껴졌다. 뤼팽은 클라리스에게 그동안 한 일을 물었고 클라리스는 자세히 설명했다. 뤼팽도 어떻게 해서 이탈리아에 계속 있지 않고 이곳 호텔로 올 수 있었는지를 설명했다.

"기적이라고 할 수는 없습니다. 다만 산 레모에서 제노바로 출발하기 직전, 무언가 알 수 없는 직감이 들었습니다. 나는 열차 문을 열고 뛰어내리려 했는데 르발뤼가 말렸어요. 그래서 일단 자리에 앉아 창문을 내리고 클라리스 씨의 메시지를 전달해준 앰배서더 팔라스 호텔의 짐꾼을 유심히 보았는데 그자가 아주 만족스러운 표정으로 기쁜 듯이 손바닥을 비비더군요. 그 순간 모든 것을 깨달았습니다. 내가 속고 있다는 것을요. 클라리스 씨와 나, 우리 둘이 도브레크의 함정에 걸려들었다고 생각한 겁니다. 그러면서 그동안 무심하게 지나친 세부 사항들이 하나씩 떠올랐습니다. 도브레크의 계획이 전체적으로 머릿속에 그려지더군요. 만일 그때 조금만 지체했어도 돌이킬 수 없는 결과로 이어졌을 겁니다. 이미 저지른 실수를 만회하기 어렵다는 생각에 잠시 절망적인 기분이 들었거든요. 다시 산 레모 역으로 돌아오면 열차 시간표에 따라 도브레크를 볼 수도 있고 못 볼 수도 있는 상황이었습니다. 다행히 이번에는 우리 쪽에 운이 닿았는지 기차역에서 내렸을 때 마침 프랑스행 기차가 막 출발하려고 하더군요. 산 레모로 돌아와 보니 아까 그 짐꾼이 그대로 있었는데 역시 예상한 것처럼 가짜 짐꾼이었습니다. 챙모자와 유니폼을 벗고 중절모와 양복을 걸치고 있었거든요. 그자가 이등칸에 서둘러 올라타는 것을 봤습니다. 그때부터 우리의 승리를 예감했습니다."

클라리스는 여러 생각으로 머리가 어지럽기는 했지만 뤼팽의 이야기를 흥미롭게 들었다.

"하지만… 어떻게… 여길….."

"클라리스 씨가 있는 곳으로 어떻게 왔느냐고요? 자콥을 감시하면 도브레크의 지시 내용을 알 수 있겠다고 생각했습니다. 자콥은 니스의 어느 낡은 호텔에서 하룻밤을 보내고 오늘 아침 앙글레즈 산책로에서 도브레크를 만나더군요. 둘은 오랜 시간 이야기를 나누었습니다. 나는 두 사람을 미행하기로 했고요. 마침내 도브레크가 묵는 호텔이 보였고 도브레크는 1층에 자콥을 기다리게 하고는 혼자 엘리베이터를 타더군요. 도브레크가 투숙한 방 번호를 알아내는 데 10분이면 충분했습니다. 그리고 옆방인 130호에 전날부터 어느 부인이 투숙하고 있다는 사실도 알아냈습니다. 그래서 그로냐르와 르발뤼에게 드디어 도브레크와 클라리스 씨가 있는 곳을 알아낸 것 같다고 알렸습니다. 먼저 클라리스 씨의 방문을 노크했는데 응답이 없었습니다. 문도 열쇠로 잠겨 있더군요."

"그래서 그다음에는요?"

"문을 열었습니다. 자물쇠를 여는 열쇠가 하나만 있는 건 아니잖아요? 방에 들어가 보니 당신은 없었습니다. 그런데 옆방을 연결하는 중간 문이 약간 열려 있는 걸 발견했습니다. 조용히 다가가 봤더니 휘장 너머로 당신과 도브레크의 말소리가 들렸습니다. 벽난로 대리석 위에 놓인 담뱃갑도 보이더군요."

"수정마개가 숨겨진 곳을 이미 알고 계셨던 건가요?"

"일전에 파리에서 도브레크의 서재를 살펴봤는데 유독 담뱃갑만 없어졌더군요. 그리고….""

"그리고요?"

"두 연인의 탑에서 도브레크가 고문받으며 내뱉은 말 중 '메리'라는 단어가 있었습니다. 메리라는 단어에 수수께끼의 열쇠가 있는 게 분명했지요. 도브레크의 서재에서 없어진 담뱃갑에 생각을 집중하자 메리가 어느 문구의 일부라는 것을 알게 되었습니다."

"어떤 문구지요?"

"바로 메릴랜드Maryland… 메릴랜드 담뱃갑이었습니다. 도브레크가 유일하게 피우는 담배지요."

뤼팽은 갑자기 웃음을 터뜨렸다.

"하하하! 재미있지 않습니까? 도브레크의 기발함이 느껴지지요. 그것도 모르고 수정마개를 찾으려고 온갖 곳을 뒤진 생각을 하면 웃음이 나옵니다. 수정마개가 있나 해서 전구의 구리 소켓까지 돌려본 적도 있으니까요. 아무리 기발한 생각을 한들 메릴랜드 담뱃갑이 수정마개를 숨긴 곳이라고 그 누가 상상했겠습니까? 당당하게 간접세까지 내고 국가의 인지까지 찍힌 새 담뱃갑을 말입니다. 국가가 이번 일의 공범 역할을 한 셈이지요. 수입품을 담당하는 '간접세 행정 당국'이 공범 역할을 한 겁니다. 이 나라의 전매공사도 실수는 할 수 있습니다. 불이 잘 안 켜지는 성냥을 만들거나 중간에서 타버리는 불량 담배를 만들 수도 있지요. 하지만 전매공사가 명단을 빼돌리기 위해 정부와 아르센 뤼팽의 눈을 속이고 도브레크 같은 자를 도왔다면 총체적인 난국이지요! 도브레크가 담뱃갑 안에 어떻게 수정마개를 넣었을까요? 조금 힘을 써서 봉인된 띠를 느슨하게 한 후 살짝 떼어낸 다음 가루를 조금 비우고 원상 복귀하면 모든 것이 끝납니다. 파리에서부터 우리가 그 담뱃갑을 좀 더 신경 써서 조사했다면 비밀을 쉽게 풀 수 있었을 겁니다. 하지만 이미 국가와 간접세 행정 당국의 검사를 통과한 메릴랜드 담뱃갑을 의심할 사람은 아무도 없었지요. 신성한 물건이니 아무도 열어볼 생각을 안 했던 겁니다."

그리고 뤼팽은 말을 이었다.

"도브레크는 매우 약아빠진 자였어요. 파이프들, 그리고 여러 새 담뱃갑들과 함께 문제의 메릴랜드 담뱃갑을 수개월 동안 책상에 그대로 두었던 겁니다. 아무리 머리 좋은 사람이라도 흔하디흔한 담뱃갑에 의문을 품고 관찰할 생각은 하지 못했을 겁니다. 만일 클라리스 씨가 담뱃갑을 의심했다면 그 당시의 나는 지나친 생각이라고 만류했을 거예요."

뤼팽은 메릴랜드 담뱃갑과 수정마개에 관한 이야기를 오랫동안 했다. 교활하고 머리 좋은 상대에게서 얻은 승리를 그만큼 강조하고 싶었던 것이다. 하지만 클라리스의 관심은 질베르를 구할 방법에 더 집중돼 있었다.

클라리스는 뤼팽에게 연거푸 질문했다.

"정말 성공할 수 있을까요?"

"성공할 겁니다."

"하지만 프라스빌은 지금 파리에 없잖아요."

"지금은 르아브르에 있다고 어제 자 신문에서 읽었습니다.

하지만 우리가 보낸 전보를 읽고 즉시 파리로 올 겁니다."

"프라스빌이 힘을 발휘할 수 있을까요?"

"혼자서는 보슈레이와 질베르를 사면할 수 없을 겁니다. 그랬다면 우리가 프라스빌만 공략했겠지요. 하지만 프라스빌은 우리가 찾은 명단이 얼마나 가치 있는 것인지 잘 알고 있습니다. 똑똑한 사람이니까 필요한 조처를 취할 겁니다."

"그런데 우리가 찾은 게 정말 가치 있을까요?"

"도브레크가 여태까지 가치도 없는 것을 가지고 있었다고 생각하십니까? 도브레크야말로 명단이 가진 엄청난 영향력을 정확히 아는 위치에 있었습니다. 이를 증명할 증거도 한두 개가 아니고요. 도브레크는 이 명단을 소유했다는 이유 하나만으로 많은 사람을 쥐고 흔들었습니다. 명단을 공개하지 않았는데도 모든 것을 누렸지요. 클라리스 씨의 부군도 그 명단 때문에 목숨을 내놓았고요. 도브레크는 스물일곱 명을 협박해 개인적인 이득을 취했습니다. 그나마 대담한 성격의 알뷔펙스마저 감옥에서 스스로 목숨을 끊었으니까요. 그러니 가치에 대해서는 걱정할 필요가 없습니다. 이 명단만 있으면 성공하지 못할 이유가 없습니다. 더구나 우리가 조건으로 내건 요구는 대단하지 않습니다. 정말로 작은 것을 요구할 뿐이에요. 스무 살 청년의 사면만을 원하니까요. 다른 사람들에게는 우리가 지나치게 욕심 없는 바보처럼 보일 수도 있습니다. 그만큼 우리가 가진 수정마개는 대단한…." 뤼팽은 말을 멈추었다.

클라리스는 긴장이 풀렸는지 어느새 잠들어 있었다.

오전 8시, 뤼팽과 클라리스가 탄 열차가 파리로 들어오고 있

었다. 클리시 광장의 숙소에 도착한 뤼팽에게 두 장의 전보가
와 있었다. 하나는 르발뤼에게서 온 전보로 현재 아비뇽을 지
나고 있으며 일이 잘 풀려 약속한 저녁 시간에는 정확히 도착
할 것이라는 내용이었다. 또 하나는 르아브르에서 프라스빌이
클라리스에게 보낸 전보로 내용은 다음과 같았다.

월요일 아침까지 파리로 돌아가기는 불가능합니다.
5시까지 내 사무실로 와주길 바랍니다.
클라리스 씨만 믿습니다.

"5시면 너무 늦잖아요!" 클라리스가 걱정하듯 말했다.
"아닙니다, 시간은 괜찮습니다." 뤼팽이 말했다.
"그렇지만…."
"내일 아침에 사형 집행이 있을까 봐 그러십니까? 그 때문에
그러시지요? 하지만 소문일 뿐입니다. 사형 집행은 내일 아침
에 일어나지 않습니다."
"그러나 신문에서는…."
"직접 읽은 것도 아니지 않습니까? 신문은 아예 안 읽는 게
좋습니다. 신문에서 내놓은 예상은 별 의미가 없으니까요. 오
히려 프라스빌과의 면담이 더 중요합니다. 그리고…." 뤼팽이
말했다.
뤼팽은 찬장 속에서 작은 병을 꺼내더니 클라리스의 어깨를
잡았다.
"여기 소파에 편히 누워 이 약을 조금 마셔보세요."

"이게 무엇인가요?"

"이 약을 마시면 몇 시간 동안 푹 주무실 겁니다…. 쓸데없는 걱정도 없어지고요…."

"안 마실래요! 싫어요! 질베르는 걱정에 휩싸여 한숨도 못 잘 텐데…."

"얼른 마시세요." 뤼팽이 공손하게 말했다.

사실 클라리스는 이미 지칠 대로 지쳤고 정신적으로도 고통받고 있었기에 간신히 버티고 있었던 것이다. 클라리스는 뤼팽이 권한 대로 약을 마신 후 소파에 가만히 누웠고 이내 깊은 잠에 빠졌다. 뤼팽이 벨을 눌러 하인을 불렀다.

"어서 신문들 좀 가져다주게…. 신문은 전부 구해놓았지?"

"여기요."

뤼팽은 신문 하나를 펼쳐 기사를 읽었다.

아르센 뤼팽의 공범들

확실한 소식통이 전한 내용에 따르면, 아르센 뤼팽의 두 공범인 질베르와 보슈레이의 사형 집행은 화요일인 내일 오전에 있을 예정이다. 사형 집행을 위해 데블레 씨가 단두대를 점검했고 모든 준비가 끝났다.

뤼팽이 고개를 들어 심각한 표정으로 말했다.

"아르센 뤼팽의 공범들이라고? 아르센 뤼팽의 공범들을 사형시킨단 말이지. 참 볼만한 구경거리겠어! 사람들이 엄청나게 몰려들겠군. 그런데 흥을 깨서 어쩌나? 구경거리가 없을 테니 말이야! 윗선의 지시로 그날의 흥미로운 무대는 쉬기로 했지. 여기서 말하는 윗선이란 당연히 아르센 뤼팽이야!"

뤼팽은 가슴을 두드리며 외쳤다. "내가 바로 윗선이란 말이다!"

정오가 되자 리옹에서 르발뤼가 보낸 새로운 전보가 도착했다.

일은 잘되고 있음.
물건은 상한 곳 없이 도착할 예정.

오후 3시, 클라리스가 깊은 잠에서 깨어났다.

"내일이지요?" 클라리스가 눈을 뜨자마자 한 말이다.

뤼팽은 아무 대답도 하지 않았다. 그러나 표정은 매우 차분했고 은근한 미소까지 떠올라 있었다. 그런 뤼팽을 보니 왠지 모든 일이 뤼팽의 뜻대로 잘 풀릴 것 같아 클라리스는 한결 마음이 편안해졌다.

오후 4시 10분, 뤼팽과 클라리스가 출발했다. 프라스빌의 비서는 이미 상사에게서 연락을 받았다며 두 사람을 사무실로 안내했다. 4시 45분, 프라스빌이 서둘러 사무실로 들어와 물었다.

"명단은 가지고 계십니까?"

"예."

"이리 주십시오." 프라스빌이 손을 내밀며 말했다.

하지만 클라리스는 자리에서 일어나기만 했을 뿐 명단을 건네주지는 않았다.

프라스빌은 클라리스를 잠시 바라보다가 의자에 앉았다. 대충 상황을 파악한 것이다. 프라스빌은 클라리스가 단순히 증오와 복수심 때문에 도브레크를 뒤쫓은 게 아니라 또 다른 이유가 있음을 눈치챘다. 당연히 아무 조건 없이 순순히 명단을 내놓지는 않으리라는 생각이 들었다.

"일단 앉으시지요." 프라스빌이 차분히 이야기하려는 듯 클라리스에게 앉으라고 권했다.

프라스빌은 매우 마른 체격에 각진 얼굴이었다. 눈을 자주 깜박이고 입술을 일그러뜨리는 버릇이 있어서 신뢰가 안 가고 어딘가 불안해 보이는 인상을 주었다. 사실 프라스빌은 경찰청에서도 잦은 실수를 저질러 업무 처리가 미숙하다는 평가를 들었다. 한마디로 특별한 업무에만 투입되며 적당한 이유만 있으면 언제라도 해고될 그런 사람이었다.

클라리스는 다시 자리에 앉았다. 프라스빌은 클라리스가 여전히 아무 말도 없자 답답한 마음이 들었다.

"말씀 좀 해주십시오. 솔직하게 말씀해주세요. 저부터 솔직히 말씀드리면 우리 모두 그 명단을 간절히 원했습니다."

하지만 뤼팽에게 이미 세세한 지시를 받은 클라리스는 프라스빌의 말에 순순히 넘어가지 않았다.

"사무국장님께서도 간절히 원한 명단이라면 우리가 원하는 바가 서로 다를 수도 있겠군요."

"그만큼 간절히 원한 명단이니 어느 정도 대가도 치를 수 있습니다."

"어느 정도 대가로는 안 되고 그 어떤 대가도 치를 수 있어야 합니다." 클라리스가 세세하게 따지고 들었다.

"어떤 대가인가에 따라 다르지만, 한계를 넘지 않는 대가라면 치를 준비가 되어 있습니다."

"한계를 넘는다고 해도 대가는 치러야 합니다."

클라리스가 지지 않고 나오자 프라스빌은 초조했다.

"일단 말씀부터 들어보겠습니다. 말씀해보십시오."

"양해하시길 바랍니다. 저로서는 사무국장님이 이 명단을 얼마나 중요하게 생각하는지 미리 알아보고 싶었습니다. 거래를 해보면 알겠지만요…. 제가 가진 명단이 얼마나 가치 있는 것인지 좀 확인해보고 싶어요. 정말 가치 있는 것이라면 엄청난 대가를 조건으로 걸어야겠지요."

"잘 알겠습니다." 프라스빌이 신경질적으로 대답했다.

"그렇다면 명단과 관계된 내력은 물론이거니와 사무국장님이 이 명단을 가지고 얼마나 많은 문제를 피할 수 있고 또 얼마나 큰 이익을 얻는지는 말하지 않아도 되겠지요."

프라스빌은 아무 말 없이 듣고 있었지만 클라리스의 말에 일일이 예의 바르게 대꾸하는 게 엄청나게 힘들어 보였다.

"전적으로 동감합니다. 이제 됐습니까?"

"다시 한 번 양해를 구하지만 사무국장님과 저는 이야기를 명확히 짚고 갈수록 좋습니다. 한 가지 더 분명하게 짚고 넘어갈 문제가 있습니다. 사무국장님은 그만큼의 영향력을 발휘하실 수 있는지요?"

"무슨 뜻입니까?"

"이번 일을 처리할 영향력을 가졌는가를 알고 싶은 게 아니라 이 일에 연관되었으며 실질적인 권한을 쥔 사람들을 확실히 대표하실 수 있는지가 궁금합니다."

"그야 물론입니다." 프라스빌이 말했다.

"그럼 제가 조건을 제시하면 한 시간 후에 그에 대한 답을 받을 수 있겠지요?"

"그렇습니다."

"정부를 대변하는 답으로 생각해도 되겠지요?"

"그렇습니다."

"물론 엘리제 궁을 대변하겠지요." 클라리스가 프라스빌 쪽으로 몸을 기울여 조그만 목소리로 말했다.

프라스빌은 꽤 당황한 얼굴이었다. 그러나 잠시 무언가를 생각하더니 곧장 대답했다.

"그렇다고 할 수 있습니다."

클라리스는 다짐을 받으려는 듯 말을 이었다.

"제가 제시하는 조건은 하나입니다. 이 조건이 아무리 이상하게 보여도 자세하게 캐내지 않겠다고, 명예를 걸고 분명하게 약속해주세요. 조건은 그저 조건으로만 받아들여 주시길 바랍니다. 이에 대해 '예'와 '아니오' 둘 중 하나로만 대답해주세요."

"내 명예를 걸고 약속합니다." 프라스빌이 또렷한 목소리로 대답했다.

클라리스는 감정에 북받친 듯 얼굴이 더욱 창백해졌다. 잠시 후 기운을 되찾은 클라리스는 프라스빌의 눈을 똑바로 바라보며 말했다.

"스물일곱 명의 명단을 드릴 테니 대신 질베르와 보슈레이를 사면해주세요."

"뭐라고요?" 프라스빌은 깜짝 놀라며 되물었다. "아르센 뤼팽의 공범들인 질베르와 보슈레이를 사면해달라고요?"

"그렇습니다."

"마리 테레즈 별장에서 살인 사건을 저지른 범인들을 말입니까? 내일 사형하기로 되어 있는 죄수들을요?"

"그래요! 그 사람들입니다! 두 사람을 사면해주세요." 클라리스가 목소리를 높였다.

"그건 절대 안 됩니다! 이유가 있습니까? 왜 그러시는 겁니까?"

"프라스빌 사무국장님, 약속을 잊으셨나요?"

"아, 참… 깜빡했습니다…. 하지만 생각지도 않은 일이라…."

"왜지요?"

"이유야 얼마든지 있습니다!"

"어떤 이유인가요?"

"생각해보십시오! 질베르와 보슈레이는 사형수입니다."

"도형수로 만들 수 있겠지요."

"안 될 말입니다. 마리 테레즈 별장 살인 사건은 이미 엄청난 파문을 일으켰습니다. 두 사람은 아르센 뤼팽의 부하들입니다. 어떤 판결이 났는지는 세상 사람들이 모두 알고 있어요."

"그게 문제가 되나요?"

"문제가 되느냐고요? 재판부가 한번 내린 판결에 반대할 수는 없습니다."

"반대하라는 것이 아니라 사형 대신 사면권을 달라는 뜻입니다. 사면권도 법적인 판결이고요."

"하지만 사면위원회도 이미…."

"그렇지만 대통령의 결정이 남아 있습니다."

"역시 사면을 거부했습니다."

"다시 바꾸면 되지요."

"그건 안 됩니다."

"왜 그렇지요?"

"명분이 없잖아요."

"명분은 필요 없습니다. 사면권은 절대적인 고유 권한이니까요. 여기에는 통제, 이유, 명분, 해명이 필요 없습니다. 군주의 특권이니까요. 대통령이 군주에 해당하니 그 특권을 이용할 수 있고 국가에 이익이 된다는 점을 생각해 나서주시길 바랍니다."

"하지만 이미 너무 늦었습니다. 사형은 이미 정해졌어요. 몇 시간 후면 집행이 이루어지는데…."

"조금 전에 한 시간이면 충분히 답해주실 수 있다고 하셨잖아요."

"이런… 너무나 말도 안 되는 부탁을 하고 있지 않습니까. 반대가 만만치 않을 겁니다. 다시 한 번 말하지만 불가능합니다. 절대 안 될 일입니다!"

"결국 안 된다는 말씀이군요?"

"예, 안 되는 건 안 되는 겁니다!"

"그럼 그만 가볼 수밖에 없겠군요."

클라리스는 짐짓 문 쪽으로 발걸음을 옮겼다. 뤼팽이 분장한 니콜 역시 클라리스의 뒤를 따랐다. 예상대로 프라스빌이 놀라며 막아섰다.

"지금 어딜 가십니까?"

"우리 이야기는 끝나지 않았나요? 대통령께서도 이 명단을 보잘것없게 생각한다고 말씀해주셨으니 우리로선…."

"가지 마십시오."

프라스빌은 문을 열쇠로 잠그더니 고개를 숙인 채 왔다 갔다 했다.

그때까지 아무 말도 하지 않던 뤼팽은 이렇게 생각했다. '어차피 정해질 결말인데 거쳐야 할 것도 많군그래. 프라스빌은 천재도 아니고 바보도 아니긴 한데, 과연 철천지원수인 도브레크에 대한 복수를 포기할까? 지금 내가 무슨 생각을 하는 거지? 당연히 도브레크를 망하게만 한다면 무척 관심을 보일 프라스빌인데 말이야…. 게임은 이긴 거나 다름없어!'

바로 그때였다. 프라스빌이 개인 비서가 있는 사무실 안쪽 문을 열고 큰 소리로 말했다. "라르티그 씨, 엘리제 궁으로 전화를 걸어주십시오. 아주 중대한 사안을 보고하기 위해 면담을 요청한다고 전해주십시오."

그러고 나서 프라스빌은 문을 닫고 클라리스에게 다가왔다.

"클라리스 씨의 제안을 그대로 전하는 것만이 내가 할 수 있는 일입니다."

"제안을 올리면 그대로 받아들여질 거예요."

오랫동안 침묵이 흘렀다. 그러나 클라리스의 얼굴은 점점 밝아졌다. 그런 모습에 놀란 프라스빌은 좀 더 호기심 어린 시선으로 클라리스의 얼굴을 자세히 살펴보기 시작했다. 도대체 무슨 비밀이 있길래 질베르와 보슈레이 같은 사람들을 구해달라고 하는 걸까? 도대체 클라리스와 이 두 남자는 어떤 보이지 않는 선으로 연결되어 있을까? 세 사람과 도브레크는 어떻게 얽혀 있을까?

한편 뤼팽도 이런저런 생각을 하고 있었다. '프라스빌, 열심히 생각해봐라. 어차피 나오는 것은 없을 테니까. 만일 클라리스가 질베르만 사면해달라고 했다면 이상한 낌새를 챘겠지. 하지만 보슈레이가 포함되었으니 일단 의심은 피했어. 거칠기 이를 데 없는 보슈레이와 클라리스 사이에 도대체 무슨 관계가 있겠어? 내가 나서야 할 때가 온 것 같군…. 마침 날 보고 있어. 나를 보며 머릿속으로 이런저런 생각을 해보겠지. 그렇다면 평범한 시골 가정교사인 니콜은 어떤 태도를 보여야 할까? 이자가 클라리스 메르지에게 정성을 다하는 이유는 무엇일까? 갑자기 끼어든 이 작자의 진짜 모습은 무엇일까? 제대로 조사해보지 않은 게 잘못이었어…. 제대로 봐야 해…. 가면을 벗기고 진짜 모습을 봐야 해…. 자기 일도 아닌데 이토록 애쓰는 게 이상하잖아. 도대체 무슨 이유로 이자도 질베르와 보슈레이를 구하고 싶어 할까. 도대체 왜….'

뤼팽은 슬쩍 고개를 돌렸다.

'이런, 저 형사 나리가 무슨 생각을 떠올린 것 같은데…. 무언지 모르지만 심상치 않은 게 떠오른 것 같아…. 곤란해졌군….'

다행히 새로운 상황이 일어났다. 프라스빌의 비서가 문을 열고 들어오더니 대통령의 면담이 한 시간 뒤로 잡혔다고 전했다.

"잘하면 가능성이 있을 것 같습니다. 하지만 나도 구명을 요청하려면 정확한 정보를 알고 있어야 합니다. 명단을 정확히 분석하고 있어야 하지요. 명단은 어디에 있었습니까?"

"예상대로 수정마개 안에 있었습니다." 클라리스가 프라스빌을 바라보며 말했다.

"수정마개는요?"

"라마르틴 광장에 있는 도브레크의 집, 서재 책상 위에 있는 어떤 물건 안에 숨겨져 있었습니다. 도브레크가 며칠 전에 가져갔다가 일요일인 어제 제가 차지했습니다."

"그 물건이라는 게 무엇이었습니까?"

"담뱃갑이었습니다. 책상 위에 아무렇게나 놓여 있던 담뱃갑이요."

그 말을 듣고 프라스빌이 놀라 중얼거렸다. "이런… 세상에…. 메릴랜드 담뱃갑이라면 내가 수도 없이 만졌던 건데, 이 바보 같은!"

"다 지나간 일입니다…. 지금은 그것을 찾아냈다는 사실이 중요합니다." 클라리스가 말했다.

하지만 프라스빌은 불만스러운 표정이었다. 아마도 자신이 찾아냈으면 더 좋았으리라고 생각하는 듯했다.

"그러니까 지금 명단을 가지고 있다는 거지요?"

"그래요."

"가져오셨습니까?"

"예."

"보여주십시오."

클라리스는 주저하는 모습을 보였다. 그러자 프라스빌이 말했다.

"걱정하지 마십시오! 명단은 클라리스 씨의 것입니다. 꼭 돌려드리겠습니다. 다만 저도 확신할 수 없는 물건을 두고 협상을 벌이기가 어려우니 조금만 확인해보겠다는 겁니다."

프라스빌은 클라리스와 니콜을 번갈아 쳐다봤다. 프라스빌이 보기에 클라리스와 니콜이 눈빛을 교환하는 듯했다.

"여기 있습니다."

프라스빌은 명단을 받자 손을 떨며 한참이나 유심히 바라봤다.

"맞습니다…. 맞아요…. 회계 관리인의 필체입니다…. 맞아요…. 사주의 서명도 맞습니다…. 붉은색 서명… 그 외에도 명단을 입증할 증거가 여러 개군요…. 왼쪽 모서리가 약간 찢긴 것도 그렇고요."

프라스빌은 개인 금고를 열어 특수 제작된 듯한 작은 상자를 꺼냈고 상자 안에서 작은 종잇조각을 집어 명단의 왼쪽 모서리에 갖다 대었다.

"이것 보십시오. 정확히 들어맞아요. 이로써 진짜 명단이라는 게 확실해졌습니다. 추가로 확인할 사항은 타이프 용지의 재질입니다."

클라리스의 표정이 밝아졌다. 그동안 클라리스는 엄청난 정신적 고통에 시달려왔기 때문에 얼굴에 화색이 남아 있다는 것 자체가 신기할 정도였다.

프라스빌이 종이를 유리창에 바짝 갖다 대고 살폈다. 그동안 클라리스는 뤼팽을 돌아보며 작은 목소리로 중얼거렸다.

"오늘 저녁에 당장 이 사실을 질베르에게 알려야 해요. 질베르에게 메시지를 전해주어야 한다고요! 질베르가 지금 얼마나 힘들겠어요."

"그러지요. 질베르의 변호사를 따로 만나서 이야기를 전해주십시오."

"그리고 내일 바로 질베르를 만나고 싶어요. 프라스빌이야 무슨 생각을 하든 상관없습니다."

"알겠습니다. 하지만 그전에 엘리제 궁의 승인을 먼저 얻어야 합니다."

"승인받는 거야 그리 어려운 일은 아닐 것 같아요."

"그렇긴 합니다. 방금 프라스빌이 순순히 협조적으로 나온 모습을 보면 말이지요."

프라스빌은 돋보기를 사용해 찢긴 종잇조각과 명단의 종이 재질을 비교했다. 그리고 명단을 다시 유리창에 대고 비추었고 상자 속에서 또 다른 타이프 용지 몇 장을 꺼내 그중 하나를 역시 유리창에 대고 비추어 보았다.

"이제 다 됐습니다…. 드디어 확신이 섭니다. 시간이 걸려 죄송합니다. 워낙 상세하게 살펴봐야 해서요…. 여러 방법으로 비교하고 대조해봤지만… 사실 몇 가지가 의심스럽습니다."

"무슨… 말씀인가요?" 클라리스가 더듬거리며 물었다.

"잠깐만요, 그전에 지시할 게 있습니다."

프라스빌은 비서를 불러 지시를 내렸다.

"지금 당장 대통령 관저에 전화를 넣어 이렇게 전해주십시오. 죄송하지만 먼저 사과부터 드린다고 하고 나중에 알게 된 몇 가지 사실 때문에 면담은 일단 취소하겠다고 해주십시오."

프라스빌은 문을 닫고 태연하게 책상 앞으로 왔다. 하지만 뤼팽과 클라리스는 영문을 몰라 멍한 표정을 지었다. 생각지 못한 갑작스러운 일이다. 이게 웬 황당한 상황인가? 프라스빌에게 꿍꿍이가 있는 걸까? 명단을 손에 넣었으니 약속을 어기겠다는 걸까?

"가져가셔도 됩니다." 프라스빌이 명단을 내밀었다.

"가져가라니요?"

"도브레크에게 돌려주십시오."

"도브레크에게요?"

"그냥 태워버리시든가요…."

"지금 무슨 말씀을 하고 계신 건지…."

"저라면 아예 태워버리겠습니다."

"무슨 말인지 이해할 수 없군요! 황당합니다!"

"아니요, 당연한 말씀을 드리고 있는 겁니다."

"갑자기 이러시는 이유가 무언가요?"

"이유요? 원하신다면 말씀드리겠습니다. 우리 쪽도 증거물로 몇 장 가지고 있긴 한데 스물일곱 명의 명단은 운하건설회사 사주가 가지고 있던 타이프 용지 위에 작성되었습니다. 아까 보신 작은 상자 안에도 그 용지 견본이 몇 장 있습니다. 견본에는 작은 로렌의 십자가 문양이 찍혀 있습니다. 지폐나 종이에 찍는 투명한 무늬라서 햇빛에 비추어 보아야만 보입니다. 그런데 클라리스 씨가 가져온 종이에는 로렌의 십자가(일반적인 십자가와 달리 가로대가 두 개 그려져 있으며 가톨릭에서는 대주교 십자가라고 부름 – 옮긴이) 문양이 없습니다."

뤼팽은 갑자기 신경이 마비되는 듯했다. 클라리스가 엄청난 충격을 받았을 것이란 사실을 알기에 뤼팽은 차마 클라리스 쪽을 돌아보지 못했다.

"그, 그럼… 도브레크도… 속은 건가요?" 클라리스가 더듬거리며 물었다.

"그건 아닙니다!" 프라스빌이 큰 소리로 말했다. "클라리스 씨가 속은 겁니다! 도브레크는 진짜 명단을 가지고 있습니다. 죽어가는 사람의 금고에서 훔쳐낸 진짜 명단을 가지고 있어요."

"그럼 이 명단은?"

"가짜입니다."

"가짜라고요?"

"예, 가짜입니다. 도브레크의 기발한 속임수에 속아 넘어간 겁니다. 도브레크가 수정마개에 남다른 관심을 보이자 클라리스 씨는 그 안에 뭐가 들어 있는지도 모르고 껍데기에 불과한 수정마개만 손에 넣고 기뻐한 셈이지요. 수정마개 안에는 쓸데없는 종잇조각만 들어 있었을 뿐입니다. 진짜 명단은 도브레크가 가지고…."

프라스빌이 말을 멈추었다. 클라리스가 자동인형처럼 뻣뻣한 몸으로 조금씩 다가오며 멍한 표정으로 중얼거렸기 때문이다.

"그, 그럼… 어떻게 하실… 건가요?"

"어떻게 하다니요?"

"제안을 거절하는 건가요?"

"그야 물론이지요. 저로서도 어쩔 수가….'

"아까 이야기한 협상은 없는 것으로 하겠다는 건가요?"

"지금 이 상황에서 협상이 무슨 의미가 있습니까? 가짜 명단으로는 그렇게 할 수 없….'

"그러면… 겨, 결국… 내일 아침에… 몇 시간… 후에… 질베르는….'

잔뜩 일그러진 클라리스의 얼굴은 죽음을 앞둔 사람처럼 창백해졌다. 그뿐만 아니라 눈이 퀭했고 턱을 덜덜 떨었다.

뤼팽은 클라리스가 쓸데없는 말을 할까 봐 얼른 클라리스를 부축해 데리고 나가려 했다. 하지만 클라리스는 뤼팽의 팔을 뿌리쳤고 비틀비틀 두세 걸음 더 걷더니 절망감 때문에 정신이 어떻게 되었는지 프라스빌을 붙잡고 소리쳤다.

"당장 교섭해주세요…! 지금 시작해야 해요…. 질베르를 반드시….'

"진정하세요."

갑자기 클라리스가 크게 웃음을 터뜨렸다.

"하하하하…. 진정하라고요? 나더러… 내일 아침에… 질베르가… 아… 안 돼…. 끔찍해요…. 무섭다고요…. 어떻게든 해보라고! 이 비겁한 인간! 사면권을 얻으라고요…! 질베르는… 내 아들이라고요! 내 아들!"

프라스빌이 깜짝 놀라 소리를 질렀다. 클라리스가 갑자기 칼을 들고 자기 자신을 찌르려고 한 것이다. 뤼팽이 얼른 팔을 잡아 칼을 빼앗은 다음 클라리스를 꼼짝 못하게 했다.

"이게 무슨 짓입니까? 내가 구하겠다고 약속하지 않았습니까? 아들을 위해서라도… 살아야 합니다…. 질베르는 죽지 않을 겁니다…. 나는 맹세한 일은 반드시 지킵니다."

"질베르… 내 아들…."

클라리스가 정신을 놓은 듯 중얼거렸다.

뤼팽은 어쩔 수 없이 클라리스를 안아 손으로 입을 틀어막았다.

"그만해요, 그만…! 질베르는 죽지 않아요!"

뤼팽은 클라리스를 달랬다. 클라리스도 그런 뤼팽의 행동에 마음이 안정되었는지 얌전한 아이처럼 뤼팽을 따랐다. 뤼팽은 클라리스를 데리고 문 쪽으로 갔다. 니콜로 분장한 뤼팽은 문을 열고 나가기 전에 프라스빌을 바라보며 강하게 말했다.

"기다려주십시오! 스물일곱 명의 명단에 아직 관심이 있다면… 진짜 명단에 관심이 있다면 기다려주십시오. 앞으로 한시간, 길어야 두 시간 후에 다시 오겠습니다. 그때 다시 이야기해봅시다."

뤼팽은 클라리스에게 말했다. "부인, 힘을 내십시오. 질베르의 이름으로 부탁드리는 겁니다."

뤼팽은 클라리스를 인형 다루듯 옆구리에 안고 복도와 계단을 지나갔다. 그렇게 파리 시 경찰청의 안마당 두 곳을 거쳐 거리로 나왔다.

처음에는 깜짝 놀라 멍했던 프라스빌도 점차 냉정함을 되찾고 생각했다. 니콜의 태도에 놀라운 점이 있었다. 클라리스 곁에서 이런저런 조언만 해주던 니콜이 갑자기 단호하고 강한 모습을 보여주었다. 자신과 클라리스의 앞길을 방해하는 장애물이 무엇이든 반드시 제거하겠다는 의지를 보여주었다. 이런 행동을 할 수 있는 인물이라면? 갑자기 프라스빌은 놀라움에 휩싸여 몸을 떨었다. 의심에 대한 답이 바로 나왔기 때문이다. 그러고 보니 뒷받침할 증거들도 생각나기 시작했다.

다만 니콜의 얼굴이 그동안 프라스빌이 사진으로 본 뤼팽의 얼굴과는 아주 다르다는 점이 혼란스러웠다. 키, 체격, 얼굴 윤곽, 입술 모양 등이 완전히 달랐다. 눈빛, 혈색, 머리 색깔도 마찬가지였다. 뤼팽의 인상착의와 이토록 다르니 뤼팽과는 관계없는 인물로 보는 게 맞을 듯했다. 하지만 프라스빌은 뤼팽이 변신의 천재라는 사실을 알고 있었다. 그러므로 니콜이라는 인물도 뤼팽이 변신한 존재일 수 있다는 생각이 들었다.

프라스빌은 서둘러 사무실에서 나와 맨 먼저 마주친 치안국 경감을 잡고 물었다.

"지금 들어오는 길입니까?"

"그렇습니다."

"오다가 어떤 신사분과 부인을 못 봤습니까?"

"봤습니다. 몇 분 전에 마당을 지나가더군요."

"그 신사분의 얼굴은 다시 봐도 기억할 것 같습니까?"

"예, 기억할 것 같습니다."

"그럼 됐습니다. 시간이 없습니다. 어서 형사 여섯 명을 데리고 당장 클리시 광장으로 가십시오. 니콜 씨라는 사람에 대해 탐문 수사를 벌이십시오. 그리고 그 사람의 집을 감시하세요. 조금 있으면 니콜 씨가 집으로 돌아올 겁니다."

"집에 돌아오지 않으면요?"

"수소문해서 즉시 체포하십시오. 체포 영장을 발부해주겠습니다."

프라스빌은 사무실로 돌아와 책상 의자에 앉았고 서류에 누군가의 이름을 적었다.

그 이름을 본 경감은 깜짝 놀랐다.

"니콜 씨라고 하시지 않았습니까?"

"그런데요?"

"체포 영장에는 아르센 뤼팽을 적으셨잖아요?"

"아르센 뤼팽과 니콜은 동일 인물입니다."

12
단두대

"내가 구해낼 겁니다! 반드시! 내가 구해낼 겁니다!"

자동차를 타고 이동하면서 뤼팽은 클라리스의 귀에 대고 연거푸 말했다.

하지만 클라리스는 아무 소리도 듣지 못하는 듯했다. 외부의 감각은 아무것도 느끼지 못하고 끔찍한 악몽에만 사로잡힌 사람 같았다.

"아직 게임에서 진 게 아닙니다. 희망은 있습니다. 엄청나게 유리한 패가 하나 남아 있어요. 전직 하의원 보랑글라드가 도브레크에게 보냈다는 편지와 문서들이 있습니다. 니스에서 도브레크가 말한 적이 있는 편지와 문서들이지요. 내가 스타니슬라스 보랑글라드에게 그 서류를 전부 사들일 겁니다. 값은 요구하는 대로 쳐줄 생각입니다. 그리고 보랑글라드와 경찰청으로 가서 프라스빌에게 '당장 대통령 관저로 가서 마치 진짜 명단인 것처럼 교섭을 벌이고 질베르를 구해라. 그다음 날에 명단이 가짜임이 밝혀지더라도 일단 질베르를 구해라. 만일 거절하면 보랑글라드의 편지와 모든 서류가 화요일인 내일 아침,

주요 일간지 1면에 실릴 것이다. 그렇게 되면 보랑글라드가 체포되는 것은 물론 프라스빌 당신도 무사하지 못할 것이다!'라고 말할 겁니다."

뤼팽은 언젠가부터 혼자 중얼거렸다. "그래, 이렇게 말하면 통할 거야! 통할 거라고! 프라스빌의 표정을 보면서 느꼈지. 마침 도브레크의 지갑 속에서 보랑글라드의 주소도 발견했고. 라스파이 대로로 가자!"

라스파이 대로에 도착하자 뤼팽은 혼자 자동차에서 내렸다. 그리고 곧바로 세 개 층을 뛰어 올라갔다.

그러나 하녀는 현재 보랑글라드 의원이 집에 없고 다음 날 저녁에 식사하러 올 것 같다고 했다.

"어디에 계신지 아십니까?"

"런던에 계십니다."

뤼팽은 다시 자동차에 올라탔고 한마디도 하지 않았다. 옆에 앉은 클라리스도 아무것도 묻지 않았다. 클라리스는 질베르가 죽을 것이라고 확신했기에 그저 망연자실할 뿐이었다. 자동차는 클리시 광장에서 멈추었다. 뤼팽이 집에 들어오자 느닷없이 남자 두 명이 관리실에서 뛰어나오고 있었다. 두 남자는 뤼팽을 지나쳤다. 뤼팽은 생각에 잠긴 상태라 별 관심을 두지 않았다. 남자 두 명은 프라스빌이 보낸 형사들이었다.

"전보 온 것 없나?" 뤼팽이 아실에게 물었다.

"없습니다, 주인님." 아실이 대답했다.

뤼팽은 클라리스를 향해 별일 아니라는 듯 말했다.

"아직 7시밖에 안 되어서 전보가 도착하지 않았을 겁니다.

빨라야 8시나 9시는 되어야 도착할 테니까요. 프라스빌에게 좀 더 기다려달라고 전화를 좀 해야겠습니다."

뤼팽은 통화를 끝내고 수화기를 내려놓았다. 그런데 갑자기 등 뒤에서 이상한 신음이 들려 고개를 돌렸다. 클라리스가 탁자 옆에 기대어 석간신문을 보다가 신음한 것이었다. 뒤이어 클라리스는 가슴을 잡고 비틀거리다가 기절하고 말았다.

"아실! 아실! 어디에 있나? 이리로 와보게. 부인을 침대에 눕혀야 하니 도와주게…. 그리고 벽장 속에 있는 약병을 가져오게. 4번이라고 적힌 약병이네. 마취제 말이야."

뤼팽은 칼끝으로 클라리스의 잇새를 억지로 벌리고는 약을 반병 정도 부었다.

"내일이 되어야 이 불쌍한 여인이 잠에서 깰 거야…. 일단 이렇게라도 해야지…."

뤼팽은 뻣뻣하게 경직된 클라리스의 손에 들린 구겨진 신문을 빼내어 읽어보았다.

아르센 뤼팽이 공범들을 구하기 위해 이런저런 시도를 할 수 있기 때문에 질베르와 보슈레이의 사형 집행은 사상 유례가 없을 만큼 빈틈없는 조치가 동원될 것이다. 예를 들어 자정 이후부터는 상테 교도소 주변의 거리마다 군병력이 배치된다. 교도소의 기다란 벽이 마주 보이는 아라고 대로의 광장에서 사형 집행이 있을 것으로 알려졌다. 최근 두 사형수의 정신 상태에 관한 정보를 입수했다. 평소 냉소적이던 보슈레이는 마지막 운명에 맞서 애써 오기를 부린다고 한다. "뭐, 그리 기분

좋은 일은 아니지만 어차피 맞이 할 일이라면 담담해야지." 그
런 후 이렇게 덧붙였다. "죽는 것은 상관없는데 목이 떨어져 나
간다고 생각하니 오싹해. 비명을 지를 새도 없을 만큼 고통 없
이 죽을 방법을 대장이 알려주면 좋겠는데. 대장, 신경 자극제
스트리크닌 좀 보내주십시오."

한편 질베르는 차분한 모습을 보였는데 중죄재판소에서 보여
준 가련한 모습과는 사뭇 대조적이라 이채롭다. 아르센 뤼팽
의 힘을 믿는 듯했다. 질베르는 이렇게 말했다고 한다. "대장은
전에 사람들 사이에서 내게 무서워하지 말라고, 내 곁에 함께
있다고 했습니다. 대장이 모든 것을 책임지겠다고 했지요. 그
래서 두렵지 않습니다. 최후의 날과 시간이 다가와 단두대 앞
에 서는 순간에도 나는 대장을 믿을 것입니다. 대장이 어떤 사
람인지 잘 아니까. 대장과 함께라면 두려울 게 없습니다. 대장
은 약속을 반드시 지키니까요. 내 목이 잘려나가도 대장은 그
목을 내 어깨 위에 붙여 이전보다 더 단단한 목을 만들어줄 분
입니다. 아르센 뤼팽이 부하 질베르를 죽게 내버려 둔다고요?
배꼽을 잡고 웃을 일이에요." 질베르의 확고한 믿음에는 고귀
하게 느껴지는 순수함과 감동이 있다. 정말로 아르센 뤼팽이
질베르의 맹목적인 신뢰를 받을 만한 인물인지 관심이 집중되
고 있다.

기사를 다 읽은 뤼팽은 눈물이 앞을 가렸다. 질베르가 가여
워서이기도 했지만 절망과 비통함을 느끼며 흘리는 눈물이었
다. 과연 자신이 어린 질베르의 맹목적인 신뢰를 받을 만한 인

물일까? 뤼팽은 지금까지 살아오면서 불가능해 보이는 작업을 숱하게 해왔다. 그러나 세상을 살다 보면 단순히 불가능한 일뿐만 아니라 그 이상의 일도 해야 할 상황이 있고, 그럴 때면 아주 강하게 버텨야 하는 것 같다. 하지만 지금의 뤼팽은 그저 당하고만 있을 뿐이었다. 이번 모험은 처음부터 지금까지 뤼팽의 예상과는 완전히 반대 방향, 상식적인 논리에 어긋나는 방향으로 굴러갔다. 예를 들어 클라리스와 뤼팽은 서로 같은 목표를 가졌으나 서로 오해하느라 몇 주나 에너지와 시간을 낭비했다. 클라리스와 힘을 합한 뒤에도 어이없는 일들이 일어나 상황이 더욱 꼬였다. 자크가 납치되는가 하면 도브레크가 실종되었고 도브레크를 두 연인의 탑에서 구하자 이번에는 뤼팽이 중상을 입어 꼼짝하지 못했다. 또 클라리스는 물론 자신도 도브레크의 함정에 걸려 남프랑스와 이탈리아를 쓸데없이 헤매고 다니지 않았는가! 마지막으로 끈질긴 노력과 집념으로 목표하던 바를 얻었으나 모든 것이 다시 수포로 돌아갔다. 겨우 얻어낸 스물일곱 명의 명단은 가짜였던 것이다.

"이제 인정하자고. 분명 패배한 거야. 아무리 앙갚음하고 도브레크를 몰락시키려 해봤자 소용없어…. 질베르가 죽음을 눈앞에 둔 지금, 이 모든 게 무슨 소용이겠어…. 정작 패배한 사람은 내가 아닌가."

뤼팽은 계속 눈물을 흘렸다. 분함보다는 절망에 빠져 흘리는 눈물이었다. 질베르가 죽을지도 모른다는 생각에 절망했다. 친자식처럼 아꼈고 부하 중 최고였던 질베르가 몇 시간 후면 저세상으로 가버릴 것이다. 더는 막을 방법이 없다. 방법이 전혀 생각나지 않았다. 생각한다고 해서 달라질 것도 없지 않은가?

죄를 지으면 언젠가는 사회에 그 대가를 치르고 속죄해야 할 시간이 찾아온다는 사실을 뤼팽도 안다. 죄를 저지르면 언젠가는 꼭 벌을 받는다. 하지만 아무 죄도 없는 질베르가 억울한 누명을 쓰고 죽음을 맞이할지도 모른다니, 정말 끔찍한 일이다! 이런 상황에서 뤼팽은 자신의 무능함을 뼈저리게 느꼈다.

마침 르발뤼의 전보가 도착했다.

엔진에 이상이 생김. 차체도 많이 훼손됨. 수리하는 데 시간이 오래 걸릴 듯함. 내일 아침에나 도착할 수 있을 것 같음.

르발뤼에게 차질이 생겼지만 뤼팽은 화도 나지 않았다. 이미 자신의 무능함을 자책하는 중이었기 때문이다. 이번 전보도 운명이 뤼팽을 버렸음을 또다시 증명해줄 뿐이었다. 이제는 저항할 힘도 없었다. 뤼팽은 클라리스를 바라봤다. 모든 것을 잊고 아무 생각도 없이 편안하게 잠든 클라리스를 보니 부럽다는 생각마저 들었다. 뤼팽은 갑자기 약병에 반쯤 남은 마취제를 입안에 털어 넣었다. 뤼팽은 침대에 쓰러지듯 누워 하인 아실을 불렀다.

"아실, 자네도 눈 좀 붙여. 그리고 어떤 일이 있어도 날 깨우지 말게."

"하지만 주인님, 질베르와 보슈레이 문제는요?"

"아무것도….'"

"둘은 죽는 겁니까?"

"죽는 거지…."

20분 후 뤼팽은 잠에 빠져들었다.

밤 10시, 교도소 주변은 아주 혼잡했다. 새벽 1시, 상테 도로와 아라고 대로, 교도소로 연결된 모든 주변 도로에 경찰들이 쫙 깔려 지나가는 사람들을 철저하게 검문했다. 비가 많이 내리고 있어서 사람 목이 잘려나가는 끔찍한 장면을 보러 올 사람들은 그리 많을 것 같지 않았다. 두 개의 보병 중대가 보도마다 서 있었고 만일을 대비해 아라고 대로는 대대급 병력이 지키고 있었다. 군인들 사이로 파리 시 경찰들과 공무원들을 포함한 비상동원 인력들이 감시의 끈을 늦추지 않고 오갔다. 거리가 서로 만나는 광장 한가운데에는 단두대가 세워졌다. 단두대 쪽에서 음산한 망치질 소리가 들려왔다.

새벽 4시, 비가 오는 중이었으나 사람들이 꽤 모여들었다. 흥청거리는 소리도 들렸다. 조명용 등이 켜졌고 장막도 걷혔다. 하지만 거리가 멀고 방책이 쳐져 있어 단두대는 볼 수 없었다. 그러자 여기저기서 야유와 고함이 들렸다. 검은 옷을 입은 사람들이 탄 자동차 여러 대가 속속 도착했다. 사람들이 잔뜩 흥분해 항의하며 시끌벅적하게 굴자 파리 시 기마경찰대가 사람들을 분산시켰고, 그 덕분에 광장 주변으로 300미터 정도의 여유 공간이 마련되었다. 즉시 두 개의 군인 중대가 일사불란하게 정렬했다. 순간 아주 조용해졌다. 희미한 어둠 속에서 흰색 장벽이 서서히 모습을 드러냈다. 비도 갑자기 멈췄다. 장벽 안쪽에는 사형수의 감방이 있었는데 감방이 있는 복도에는 검은 옷을 입은 사람들이 모여 수군거렸다. 프라스빌은 걱정으로 심 각해진 표정의 검사와 이야기를 나누고 있었다.

"괜찮을 겁니다. 무사히 진행될 거예요." 프라스빌이 말했다.

"수상한 기미를 보고받지는 않으셨습니까, 사무국장님?" 검 사는 여전히 불안한 표정으로 물었다.

"아직 없습니다. 우리가 뤼팽을 붙잡고 있으니 수상한 일이 일어날 리가 없습니다."

"뤼팽을 붙잡고 있다니 정말입니까?"

"정말입니다. 뤼팽의 은신처가 어디인지 알고 있습니다. 클 리시 광장입니다. 클리시 광장은 현재 봉쇄했습니다. 뤼팽은 어제저녁 7시에 돌아온 후 밖을 나오지 않고 있습니다. 무엇보 다 부하 두 명을 구하기 위해 어떤 계획을 세웠는지도 알고 있 습니다. 다행히 마지막 순간에 수포로 돌아갔지요. 아무것도 걱정할 게 없습니다. 모든 것은 법대로 처리될 겁니다."

"하지만 바로 그 점에 대해 후회할지도 모릅니다." 질베르의 변호사가 말했다.

"고객인 질베르가 결백하다고 생각합니까?"

"예, 확실히 그렇다고 생각합니다, 검사님. 결백한 사람이 죽 는 겁니다."

검사는 잠시 아무 말도 하지 않다가 자신의 생각을 말했다.

"이번 사건이 너무 빠르게 처리되기는 했습니다."

그리고 이렇게 말을 이었다.

"결국 결백한 사람이 죽는 거군요."

사형 집행 시간이 점점 다가왔다.

보슈레이가 먼저였다. 교도소장이 보슈레이의 감방을 열라고 지시했다.

보슈레이가 침대에서 벌떡 일어나 두려움이 깃든 눈으로 두리번거렸다. 보슈레이는 감방에 들어오는 사람들을 바라봤다.

"보슈레이, 오늘….'

보슈레이가 불쑥 공격적인 말투로 말했다.

"입 닥쳐요, 입 다물란 말입니다. 아무 말도 하지 마세요. 오늘이 어떤 날인지 아니까요. 자, 어서 갑시다."

보슈레이는 될 수 있으면 빨리 끝내고 싶었다. 평소에 마음의 준비를 단단히 했다. 그럼에도 누군가 이에 대해 말하는 것을 싫어했다.

"아무 말도 하지 마십시오. 고해성사라도 하라고요? 그런 기대는 하지 마시지. 나는 사람을 죽였고, 그러니 나도 죽는 겁니다. 법이 그렇다면 어쩔 수 없지."

그런 뒤 보슈레이가 물었다.

"잠시만요, 내 동료도 같이 갑니까?"

보슈레이는 같은 시각에 질베르도 사형장으로 간다는 말을 듣고 잠시 주변 사람들을 바라보더니 무언가를 말할 듯 주저했다. 하지만 그저 어깨를 으쓱하며 중얼거렸다.

"그게 나을 거야. 같이 일을 저질렀으니 같이 가야지."

한편 질베르는 사람들이 감방으로 들어올 때 이미 잠에서 깬 상태였다. 질베르는 침대에 앉아 입회인들이 하는 이야기를 조용히 들었다. 그리고 겨우 몸을 일으키더니 머리부터 발끝까지 심하게 떨다가 다시 털썩 주저앉아 흐느꼈다.

"불쌍한 어머니… 어머니…."

질베르는 울먹이며 어머니를 찾았다.

어머니를 언급한 건 처음이었다. 입회인들이 어머니에 대해 묻자 질베르는 눈물을 멈추고 큰 소리로 말했다.

"난 사람을 죽이지 않았습니다. 난 죽기 싫습니다. 난 사람을 죽이지 않았어요."

"질베르, 용기를 가져야 합니다."

"알고 있습니다…. 알아요…. 하지만 난 사람을 죽이지 않았습니다. 그런데 내가 왜 죽어야 합니까? 맹세코 살인한 적이 없습니다…. 죽인 적이 없어요…. 난 죽고 싶지 않아요…. 죽고 싶지 않다고요…. 이러면 안 되는 겁니다…."

질베르는 이를 덜덜 떨며 우물거렸다. 잠시 후 질베르는 순순히 절차를 따르기 시작했다. 고해성사한 후 미사를 받았다. 질베르는 마음이 다소 안정되었는지 얌전해졌다. 그러고는 어린아이처럼 중얼거렸다.

"어머니에게 날 용서해달라고 하고 싶은데…."

"어머니 말입니까?"

"예…. 제 말이 신문에 나오면 어머니는 무슨 뜻인지 이해할 겁니다…. 어머니는 내가 사람을 죽이지 않았다는 것을 잘 알고 계십니다. 하지만 제가 지금까지 어머니에게 잘못한 일, 잘못했을지도 모르는 일에 대해서 용서를 빌고 싶습니다. 그리고…."

"그리고 또 무엇이 있습니까, 질베르?"

"제가 절대로 믿고 있음을 대장이 알아주었으면 합니다…."

질베르는 입회인들을 한 사람씩 쳐다봤다. 혹시 어딘가에 변장한 대장이 있어서 자신을 데리고 이곳을 탈출시킬 준비를 하는 게 아닐까 하고 기대한 듯했다.

질베르는 마치 종교적인 믿음에 관해 이야기하는 것처럼 차분하게 중얼거렸다.

"지금 이 순간에도 믿고 있습니다…. 대장도 잘 알고 있을 겁니다…. 대장은 절대로 날 이렇게 죽게 내버려 두지 않을 겁니다…. 그럴 것이라고 믿습니다."

질베르는 한곳에 시선을 고정했다. 마치 주변에서 서성이며 다가올 준비를 하는 뤼팽의 실루엣을 보고 있는 듯했다. 팔다리가 묶인 청년 질베르의 이런 모습은 정말로 가슴 아픈 광경이었다. 수많은 사람이 보는 가운데 돌이킬 수 없는 사형을 앞두고도 여전히 희망을 잃지 않은 모습이….

가만 보고 있자니 너무나 불쌍해서 마음이 아프고 눈물이 나올 듯했다.

"불쌍한 사람!"

누군가 중얼거렸다.

프라스빌도 은근히 가슴이 아프긴 마찬가지였다. 프라스빌은 클라리스를 생각하며 중얼거렸다. "그래요, 불쌍하지요."

질베르의 변호사는 눈물을 보이며 옆에 있는 사람들에게 말했다. "죄 없는 사람이 죽어가고 있습니다."

하지만 사형 집행의 시간은 어김없이 다가왔고 모든 준비가 끝났다. 모두 감방에서 나오기 시작했다.

보슈레이와 입회인 그룹, 질베르와 입회인 그룹이 만났다.

보슈레이는 질베르를 흘끔 쳐다보며 말했다. "이봐, 애송이. 대장이 우릴 버렸잖아, 안 그래?"

그런 뒤 말을 이었다. "혼자 수정마개를 독차지해 이익을 보고 싶었을 수도 있지."

수정마개의 존재를 아는 프라스빌만이 이해할 수 있는 말이었다.

모두 계단을 내려가 절차를 밟기 위해 기록실 앞에 멈추었다. 그런 후 교도소 마당을 지나갔는데, 흡사 고문받는 것처럼 괴로웠다.

정문 출입구에 도착했다. 정문 출입구는 활짝 열려 있었다. 조명이 희미하게 비추는 가운데 빗줄기와 거리 풍경, 집들, 저 멀리에서 웅성대는 구경꾼들의 모습이 음산하게 펼쳐졌다.

모두 장벽을 지나 대로와 만나는 지점까지 천천히 걸었다.

이제 조금만 더 가면 된다. 갑자기 보슈레이가 걸음을 멈추었다. 보슈레이는 무언가를 보았다. 순간 질베르 역시 고개를 푹 숙인 채 곧 쓰러질 것처럼 다리를 떨었다. 사제가 질베르에게 십자가에 입을 맞추라고 했다. 사형 집행 조수들과 사제가 질베르를 부축했다. 저 앞에 단두대가 서 있었던 것이다.

질베르가 덜덜 떨며 중얼댔다. "싫어⋯. 싫습니다⋯. 난 죽이지 않았습니다⋯. 도와주세요! 살려주세요!"

허공에 질베르의 외침이 울려 퍼졌다.

사형 집행인이 신호를 보냈다. 사형 집행 조수 여러 명이 보슈레이를 붙들었고 거의 안다시피 들어 빠르게 단두대 앞으로 데려갔다.

바로 그때였다. 총소리가 한 발 울렸다. 맞은편 건물에서 들려온 총소리였다.

보슈레이를 데려가던 사형 집행 조수들은 깜짝 놀랐다. 그런데 더욱 놀라운 일이 벌어졌다. 보슈레이가 앞으로 고꾸라진 것이다.

"뭐지? 어떻게 된 거야?"

"총에 맞은 것 같은데…."

사형 집행 조수들이 웅성거렸다. 보슈레이의 이마에서 피가 철철 흘렀다.

보슈레이는 중얼거렸다. "정확히 명중이야…. 정확히 맞았어…. 고마워요, 대장…. 이젠 목이 잘리지 않아도 되겠지…. 대장, 고마워요…. 대장은 멋지다니까…."

사람들은 충격을 받았지만 그러는 와중에도 외침이 터져 나왔다.

"마무리해야지! 단두대로 올려라!"

"하지만 이미 죽었습니다."

"그래도 올려! 마무리는 지어야지!"

특히 사법관과 경찰 간부들이 있는 곳이 혼란스러웠다. 모두 각자 지시를 내리며 소리를 높였다.

"형을 집행하라고…. 정의는 끝까지 지켜야 해…. 이대로 물러서면 안 돼…. 비겁한 일이라고…. 얼른 형을 집행해…."

"하지만 이미 죽었습니다."

"상관없어! 법은 그대로 집행되어야 한다! 어서 형을 집행하도록!"

경호원 두 명과 경찰들이 질베르를 감시했고 사제는 이미 죽은 사람을 사형하면 안 된다고 맞섰다. 사형 집행 조수들은 보슈레이의 시체를 단두대로 끌고 가려고 했다.

사형 집행인이 쉰 목소리로 계속 외쳤다. "어서! 서둘러! 얼른 데려와! 다른 한 사람도 빨리 처리해야…."

그런데 말을 채 끝맺지 못했다. 총소리가 다시 한 번 울렸고 사형 집행인이 그 자리에서 빙그르르 돌더니 쓰러진 것이다. 그런 상황에서도 계속 소리를 질렀다.

"어깨에 맞았으니… 괜찮아…. 그대로 진행해…. 다른 죄수도 어서…."

그러나 조수들은 사형 집행인이 총에 맞은 모습을 보고는 놀라 소리를 지르며 도망쳤다. 단두대로 다가오려는 사람은 아무도 없었다. 그나마 경찰청장이 유일하게 침착함을 잃지 않았고 계속 소리를 높여 부하들에게 지시했다. 사법관, 경찰 간부, 사형수와 사제 일행은 마치 패한 병사들처럼 교도소 안으로 우르르 들어갔다.

경찰관, 형사, 군인들은 언제 총알이 날아올지도 모르는 상황에서도 총알이 날아온 건물 쪽으로 몰려갔다. 4층짜리 아담한 건물이었는데 맨 아래층에 가게가 두 개 있었다. 목격자들은 처음 총소리가 났을 때 3층의 여러 창문 중 하나에서 어느 남자가 장총을 들고 희미한 연기 사이로 모습을 드러냈다고 말했다.

경찰들이 권총을 쏘았지만 남자는 오히려 여유로운 모습으로 탁자 위로 올라가 목표를 겨눠 두 번째로 총을 쏜 뒤 안으로 사라졌다고 했다.

사형 집행으로 가게가 미리 닫혀 있는 상태였기 때문에 아무리 벨을 눌러도 가게 문은 열리지 않았다. 어쩔 수 없이 경찰과 군인 일행은 문을 부수고 들어갔다.

진입하자마자 계단으로 몰려들었으나 앞을 가리는 장애물 때문에 나아가지 못했다. 2층으로 오르는 계단 쪽에 안락의자, 침대, 가구들이 빼곡하게 쌓여 있었던 것이다. 이 모든 장애물을 치우고 통로를 만들기까지 4~5분이나 걸렸다. 이러한 상황에서 4~5분은 꽤 긴 시간이다. 결국 총 쏜 남자를 뒤쫓는 일은 물 건너간 셈이 되었다. 하지만 경찰과 군인 일행은 일단 장애물을 모두 치우고 2층으로 올라갔다. 바로 그때 위쪽에서 빈정거리는 누군가의 목소리가 들렸다.

"이쪽이라고! 아직 계단이 열여덟 개나 남았군그래. 고생시켜 미안해서 어쩌나!"

경찰과 군인 일행은 분해하며 열여덟 계단을 단숨에 올라갔다. 4층에 도착하자 누군가 천장에 사다리를 기대 뚜껑문을 열고 지붕 밑 다락방으로 급히 사라지는 모습이 보였다. 그곳으로 몰려갔지만 이미 사다리를 치우고 뚜껑문을 닫아버린 뒤였다.

이날 벌어진 엄청난 소란은 사람들의 기억 속에 뚜렷하게 남았다. 신문마다 이번 사건이 대문짝만 하게 실렸고, 신문팔이 소년들이 거리마다 특종이라며 소리치고 다녔다. 분노하거나 호기심을 품거나, 도시의 모든 사람이 엄청난 관심을 보였다.

특히 혼란스러워한 곳은 파리 시 경찰청이었다. 경찰청 건물은 그야말로 혼란 그 자체였다. 편지, 전보, 전화가 정신이 없을 정도로 끊임없이 쏟아졌다.

오전 11시, 경찰청장의 집무실에서 비공식 회의가 열렸다. 프라스빌도 이 회의에 참석했다. 치안국장이 지금까지 조사한 사항을 보고했고 보고 내용은 다음과 같았다.

사건이 일어나기 전날 밤, 즉 자정에 조금 못미친 시간이었다. 누군가 아라고 대로에 있는 건물의 벨을 눌렀다. 가게 뒤, 1층에서 잠을 자던 관리인은 자동 장치를 작동시켜 문을 열어주었다. 그러자 어떤 남자가 관리인이 자던 곳까지 와서 문을 두드렸다. 남자는 경찰에서 나왔다고 말하며 다음 날 있을 사형 집행과 관련해 급한 일이 있다고 했다. 관리인 여자는 문을 열어주었는데 눈 깜짝할 사이에 남자에게 재갈이 물리고 손발이 묶였다. 그로부터 10분 뒤였다. 2층에 살던 어느 부부도 관리인과 똑같은 일을 당했다. 부부는 각각 1층의 빈 가게 안에 따로 갇혔다. 4층 세입자도 같은 일을 당했다. 세입자는 자신의 방에 갇혔다. 남자는 아무도 살지 않는 3층에 머물며 건물 전체를 장악했다.

"생각보다 기발한 방법은 아니군…." 경찰청장이 쓸쓸한 웃음을 지으며 말했다. "범인이 너무 쉽게 도망친 게 더 놀랍습니다."

"경찰청장님, 문제의 남자는 새벽 1시부터 건물을 장악하고 있었으므로 새벽 5시까지는 어느 정도 탈출구를 미리 확보해놓았을 겁니다."

"탈출구라면?"

"지붕입니다···. 이 지역은 서로 이웃하는 건물들이 그리 멀리 떨어져 있지 않습니다. 문제의 건물도 옆에 있는 글라시에르가의 가까운 건물과 넓이 3미터, 높이 1미터에 불과한 거리입니다. 여기저기 건너다닐 수 있는 거리지요."

"그래서요?"

"범인은 지붕 밑 다락방과 연결된 사다리를 떼어 구름다리처럼 사용해 옆 건물로 건너갔고, 사람이 없는 곳을 골라 천창으로 몰래 들어온 겁니다. 그리고 아무 일도 벌어지지 않은 것처럼 호주머니에 손을 넣고 여유 있게 나왔습니다. 분명히 어떻게 도망칠지에 대한 계획을 미리 세워두었기에 다음 날 쉽게 도망칠 수 있었을 겁니다."

"하지만 이쪽도 사형 집행일을 위해 나름대로 잘 준비하지 않았습니까?"

"경찰청장님의 지시대로 모든 것이 착오 없이 이루어졌습니다. 어제저녁에도 경찰들이 세 시간 동안 주변 건물들에 수상한 사람이 없는지 살펴봤습니다. 마지막 건물까지 살펴보고 나서 거리를 통제했고요. 그런데 그 사이 불과 몇 분 동안에 범인이 침입한 것 같습니다."

"범인의 수법이 보통이 아니군요! 그런데 이번 사건에서 짚이는 게 있는데, 혹시 범인이 아르센 뤼팽입니까?"

"그렇습니다! 처음에는 뤼팽의 공범이 벌인 일이 아닐까 생각했지만, 계획이 매우 치밀하고 대담한 것으로 봐서 아르센 뤼팽이라고 결론지었습니다.”

“그렇다면….”

경찰청장이 프라스빌을 쳐다보며 말을 이었다.

“프라스빌 사무국장, 그렇다면 어제저녁부터 클리시 광장의
아파트에 붙잡아놓고 있다고 한 사람은… 아르센 뤼팽이 아니
란 말인가요?”

“분명 아르센 뤼팽이었습니다.”

“그렇다면 왜 간밤에 아파트에서 나온 뤼팽을 체포하지 못한
겁니까?”

“뤼팽은 그곳에서 나온 적이 없습니다.”

“문제가 복잡하군요….”

“경찰청장님, 간단하게 생각하면 이렇습니다. 뤼팽이 사용하
는 여러 건물처럼 그곳 역시 이중 출입구가 설치되어 있을 겁
니다.”

“그렇다면 그 사실을 몰랐다는 겁니까?”

“솔직히 알지 못했습니다. 방금 그곳에 들러 조사한 후 알았
습니다.”

“지금은 아무도 없는 상태입니까?”

“예. 오늘 아침에 하인 아실이 뤼팽, 그리고 같이 머문 어떤
여인을 데리고 나갔다고 합니다.”

“여인은 누구입니까?”

경찰청장의 질문에 프라스빌은 잠시 머뭇거리며 대답했다.

“이름은 잘 모르겠습니다.”

“아르센 뤼팽이 그 아파트에서 어떤 정체로 살았는지는 알

수 있겠지요?"

"예. 문학사 자유직 교수인 니콜이라는 이름으로 살고 있었습니다. 여기 명함이 있습니다."

프라스빌이 말을 마치자마자 경비원이 들어왔다. 경비원은 엘리제 궁에서 경찰청장을 급히 찾고 있다며 총리도 같이 있다고 전해왔다.

"알겠습니다. 곧 가겠습니다." 그런 뒤 경찰청장이 중얼거렸다. "질베르 문제를 이야기하려는 거겠지."

프라스빌이 경찰청장에게 물었다. "경찰청장님, 질베르가 사면될 거라고 보십니까?"

"말도 안 되지요! 어젯밤에 일어난 사건은 오히려 질베르의 신변을 악화시킬 뿐입니다. 내일 날이 밝자마자 질베르는 대가를 치를 것입니다."

그때 경비원이 와서 프라스빌에게 명함 한 장을 건네주었다. 명함을 본 프라스빌은 깜짝 놀라며 중얼거렸다. "이런, 뻔뻔한 인간이…."

"무슨 일입니까?" 경찰청장이 물었다.

"아… 아무것도 아닙니다…. 누가 찾아온 것 같습니다…. 나중에 보고하겠습니다." 프라스빌이 말했다. 프라스빌은 자신이 이번 일을 끝까지 맡고 싶었기에 경찰청장에게 사실대로 알리지 않았다.

"정말… 뻔뻔하기가 이를 데 없군…. 보통이 아니야…." 프라스빌은 어이없다는 표정으로 중얼거렸다. 그런 뒤 자리에서 물러났다.

프라스빌이 손에 든 명함에는 이렇게 적혀 있었다.

니콜, 자유직 교수, 문학사

13
최후의 결투

프라스빌은 사무실로 돌아왔다. 대기실에 앉아 있는 사람은 니콜이었다. 니콜은 여전히 구부정했고 안색이 창백했다. 면포 우산, 구겨진 모자, 외짝 장갑도 여전했다.

순간 프라스빌은 뤼팽이 또 다른 가짜 니콜을 보낸 게 아닐까 생각했다가 이내 생각을 고쳤다. '분명 니콜이 맞아…. 여길 이렇게 혼자 찾아온 걸 보니, 여전히 변장술에 자신 있나 보군….'

덧붙여 다시 한 번 이렇게 중얼거렸다.

'뻔뻔한 자 같으니….'

프라스빌은 사무실 문을 닫고 비서를 불렀다.

"라르티그 씨, 곧 내 사무실에 들어올 사람은 아주 위험한 사람입니다. 사무실을 나가자마자 수갑을 채워야 할 정도로 말이지요. 일단 그 사람을 들여보내고 필요한 조치를 취하도록 하십시오. 대기실과 비서실에 형사 열 명이 배치되도록 연락하십시오. 그다음은 간단합니다. 호출벨이 울리면 권총을 가지고 모두 들어와 포위하는 겁니다. 알아들었습니까?"

"알겠습니다. 사무국장님."

"서둘러야 합니다. 권총을 들고 곧바로 포위해야 합니다. 조금이라도 틈이 있으면 안 됩니다. 알아들었겠지요? 자, 이제 니콜 씨를 들어오라고 하십시오."

비서가 나가자 프라스빌은 책상 위에 있는 호출벨을 종이들로 덮어 가렸고 쌓여 있는 여러 권의 책 뒤에 권총 두 자루를 숨겨놓았다.

'한판 붙어보는 거야. 명단을 가져왔으면 명단을 빼앗는 거고 명단이 없으면 뤼팽을 체포하는 거지. 뤼팽과 스물일곱 명의 명단을 한꺼번에 얻을 수 있을지도 몰라. 특히 오늘 아침처럼 엄청난 사건이 일어난 직후에 말이지. 그렇게만 되면 내 앞길은 창창할 테지.' 프라스빌은 생각했다.

그때 노크 소리가 들렸다.

"들어오십시오!" 프라스빌이 말했다.

프라스빌은 자리에서 일어나 손님을 맞았다.

"니콜 씨, 어서 오십시오."

니콜은 주저하며 안으로 들어왔고 프라스빌이 권한 의자에 걸터앉았다.

"제가 이렇게 다시 온 이유는… 어제 일어난 일을 이어 하기 위해서입니다. 늦었지만 이해해주십시오."

"저, 잠시 실례해도 될까요?"

프라스빌이 이야기를 듣다 말고 자리에서 일어나 비서실로 갔다. 그리고 비서에게 작은 목소리로 말했다.

"라르티그 씨, 근처 복도와 계단도 철저하게 감시하라고 해주십시오. 혹시 일당이 숨어 있을 수도 있으니까요."

프라스빌은 사무실로 다시 돌아와 편안한 자세를 취했다. 니콜의 이야기를 여유롭게 듣겠다는 뜻이었다.

"니콜 씨, 방금 뭐라고 하셨지요?"

"어젯밤에 온다고 해놓고 기다리시게 해서 죄송합니다. 여러 일이 있어서 오지 못했습니다. 메르지 부인도 그렇고요…."

"아, 메르지 부인은 충격으로 쓰러져 니콜 씨가 겨우 부축하셔야만 했지요."

"밤새 부인을 돌봤습니다. 부인은 큰 충격을 받았습니다. 아들 질베르가 곧 죽음을 맞이할 테니 당연히 충격을 받았겠지요. 더구나 사형을 당하는 거니까요. 우리로서는 기적만을 바랄 뿐입니다…. 일어날 수 없는 기적이긴 하지만요…. 저는 단념하고 있었습니다. 안 좋은 일들이 여러 번 일어나면 낙담할 수밖에 없으니까요." 니콜이 말했다.

"하지만 지난번에 사무실을 나가면서 어떻게든 도브레크의 명단을 가져온다고 하지 않으셨습니까?"

"그랬습니다. 하지만 그때 도브레크는 파리에 없었습니다."

"이런…."

"도브레크를 자동차로 실어 오는 중이었다는 뜻입니다."

"자동차도 가지고 계십니까?"

"꼭 필요할 때만 사용하고 있습니다. 고물 자동차이긴 하지만요. 도브레크는 자동차로 원 없이 여행하고 있습니다. 커다란 여행용 트렁크 속에 갇혀 자동차 여행을 하고 있지요. 그런데 안타깝게도 그 자동차가 질베르의 사형이 집행된 다음에야 도착한다고 합니다. 그래서….” 니콜이 배짱을 부리며 말했다. 프라스빌은 놀란 표정으로 니콜을 바라봤다. 니콜의 진짜 정체에 약간의 의혹을 품긴 했는데 방금의 이야기로 그 모든 의혹이 사라졌다. 도브레크를 여행용 트렁크에 넣어 자동차에 싣고 온다는 이야기는 뤼팽만이 할 수 있는 이야기다.

“그래서 어떻게 하기로 했습니까?”

“다른 방법을 사용하기로 했습니다.”

“그게 무엇인가요?”

“사무국장님도 알고 있는 방법일 것 같은데요.”

“예?”

“사형장에 안 계셨습니까?”

“있었습니다.”

“보슈레이와 사형 집행인이 당하는 모습을 보셨겠지요. 보슈레이는 죽었고 사형 집행인은 가벼운 상처를 입었고요. 그건….”

“오늘 아침 사형장에서 총을 쏜 사람이 니콜 씨라는 말씀입니까?” 프라스빌이 물었다. 갑작스러운 말에 프라스빌은 놀란 눈치였다.

“잘 생각해보십시오…. 내겐 다른 방법이 없잖아요? 스물일곱 명의 명단은 사무국장님에 의해 가짜로 판명이 났고, 진짜 명단을 가진 도브레크는 사형 집행이 이루어진 후 몇 시간 뒤에나 도착합니다. 그러니까 질베르를 구하고 사면하기 위해서는 사형을 조금이라도 늦추는 방법밖에 없지 않습니까?”

“그렇긴 하지만….”

"그렇긴 하지요. 일단 나는 못된 보슈레이를 처단하고 사형 집행인도 상처를 입혀서 사형장을 혼란스럽게 했습니다. 덕분에 질베르의 사형 집행을 방해할 수 있었지요. 동시에 귀한 시간도 벌었습니다."

"그렇군요⋯." 프라스빌이 멍한 표정으로 중얼거렸다.

"이렇게 해서라도 정부, 대통령, 나 자신이 이 문제를 좀 더 제대로 볼 시간적인 여유가 생긴 겁니다. 결백한 젊은이의 목이 떨어져 나가는 것을 그대로 보고 있을 수만은 없었습니다. 그래서 어떤 일이 있어도 그 일을 반드시 막아야 했습니다. 이를 위해 행동에 나선 거고요. 어떻게 생각하십니까, 사무국장님?" 니콜이 말했다.

프라스빌은 여러 생각으로 머리가 복잡해졌다. 니콜이 너무나 태연하고 말발이 좋아서 계속 듣고 있자니 이 사람이 진짜 뤼팽인지 아닌지 혼란스러울 지경이었다.

"그런데 니콜 씨, 150보 거리에서 목표 대상을 명중시켜 죽이거나 상처를 입히려면 대단한 솜씨를 가져야 한다고 생각합니다."

"조금 연습했습니다." 니콜이 겸손하게 말했다.

"그리고 니콜 씨의 계획은 꽤 오래전부터 세운 것처럼 보입니다."

"아니요, 즉흥적으로 세운 계획이었습니다. 정확히 말하면 내 하인, 아니, 클리시 광장의 아파트를 빌려준 친구의 하인 덕분에 이 같은 계획을 세울 수 있었습니다. 하인이 날 억지로 깨우더니 전에 아라고 대로의 작은 가게에서 점원으로 일했던 적이 있다며 세입자가 별로 없으니 질베르의 사형 집행이 있기 전에 무엇이든 행동해보라고 권했습니다…. 내 생각에도 아무 것도 안 하고 있다가는 메르지 부인이 죽어버릴 것만 같았습니다."

"그게 정말입니까?"

"하인도 부인이 안쓰러워서 그런 제안을 했고요. 그런데 작전을 세우면서 사무국장님이 걸림돌이 되었습니다."

"내가요?"

"예. 사무국장님은 의심 때문에 우리 집 문 앞에 부하 열 명 가량을 배치하셨습니다. 그래서 어쩔 수 없이 비상계단으로 다섯 층을 올라갔다가 다시 하인 전용 통로를 통해 이웃집으로 빠져나가느라 고생 좀 했습니다."

"유감이군요, 니콜 씨, 다음번에는…."

"오늘 아침도 그랬습니다…. 8시 정도에 도브레크를 실은 자동차가 오기를 기다리는데 클리시 광장을 벗어날 수가 없었습니다. 혹시 내가 자리를 비우면 자동차가 경찰들이 감시 중인 집 정문 앞에 설 수도 있어서 말입니다. 경찰들이 이 일에 끼어들면 모든 것이 수포로 돌아갈 수 있지요. 자칫 질베르와 메르지의 목숨도 끝이고요."

"하지만 사형 집행은 길어야 하루나 이틀, 사흘 정도밖에 연기할 수 없습니다. 상황을 완전히 변화시키려면…."

"진짜 명단이 필요하다는 거지요?"

"그렇습니다. 하지만 니콜 씨는…."

"명단을 가지고 있습니다."

"진짜 명단 말입니까?"

"예, 틀림없는 진짜 명단입니다."

"로렌의 십자가 문양도 있습니까?"

"있습니다."

프라스빌이 입을 다물었다. 우위에 있는 상대와 한판 붙으리라는 생각에 흥분되었다. 아르센 뤼팽… 결코 만만한 상대가 아닌 뤼팽이 침착하게 목표를 향해 다가오고 있었다. 마치 모든 무기는 자신이 가지고 있고 상대는 방어벽이 없는 것처럼 여유만만한 태도였다.

프라스빌은 받아치지 못하고 위축될 뿐이었다.

"도브레크가 진짜 명단을 내놓았습니까?" 프라스빌이 물었다.

"뺏었습니다."

"결국 힘을 좀 썼군요…."

"그렇지는 않습니다." 니콜이 미소 지었다. "나도 어느 정도는 각오하고 있었습니다. 도브레크가 클로로폼에 취해 잠든 채로 트렁크 속에 실려 자동차 여행을 하다가, 만일 잠에서 깨어나면 여기서도 한판 붙을 수 있도록 만반의 준비를 하고 있었습니다. 쓸데없이 고통만 주는 게 아니라 죽음을 안겨주려는 계획이었습니다. 바늘 끝을 심장부에 찔러 넣기만 하면 되니까요. 메르지 부인이 할 계획이었습니다. 어미란 자식의 죽음 앞에서는 물불을 가리지 않지요. '도브레크, 말하지 않으면 바늘을 찔러 넣겠다. 말하지 않겠다고? 그럼 일단 바늘 1밀리미터를 찔러 넣겠다. 그래도 말하지 않으면 1밀리미터를 더 찔러 넣겠다.' 말하지 않고 버티면 바늘이 심장을 파고들어 죽음을 맞게 됩니다. 이런 상황에서는 아무리 독한 인간도 안 불 수가 없지요. 메르지 부인과 나는 이 방법을 생각하며 도브레크가 깨어나기를 기다렸습니다. 클로로폼 냄새 속에서 몸이 묶인 채가슴을 드러내놓고 소파에 축 늘어진 도브레크를 한번 상상해보십시오. 도브레크의 호흡이 점차 빨라졌습니다. 정신이 돌아오는 것이지요. 입술이 움직였습니다. 그러자 메르지 부인이 다그쳤습니다. '나다, 클라리스. 자, 어서 말해' 하면서 도브레크의 가슴 위에 손가락을 갖다 댔습니다. 마치 작은 짐승이 숨어 있는 것처럼 뛰고 있는 심장 부위에요. 메르지 부인이 나를 돌아보며 말했습니다. '도브레크의 눈을 보고 싶어요…. 지금까지 검은 안경 때문에 눈을 제대로 본 적이 없어서요.' 나도 보고 싶었습니다. 도브레크의 눈동자를 본 적이 없었지요. 도브레크의 눈동자를 통해 놀라운 비밀을 알고 싶었습니다. 그자의 눈동자를 보면 희미하던 모든 것이 분명히 드러나 어떤 진실을 알 것 같았습니다. 도브레크는 코안경 없이 두꺼운 안경만 낀상태였습니다. 그 안경을 벗겼습니다. 그런데 순간 생각지도 못한 광경에 깜짝 놀라 그만 웃음이 터졌습니다. 내가 손가락을 까딱하자 도브레크의 왼쪽 눈알이 튀어나왔거든요."

니콜이 껄껄대며 웃었다. 소심한 시골 선생 같았던 니콜은 놀라운 장면을 아무렇지도 않게 설명하는 대담한 남자가 되어있었다. 니콜이 너무나 호탕하게 웃자 프라스빌은 오히려 불편해졌다.

"그래, 어서 나와라, 어서 튀어나오라고! 눈이 두 개일 필요는 없으니까. 하나만 있으면 되지. 나는 메르지 부인에게 '조심해요, 지금 양탄자에 굴러가는 건 도브레크의 눈알이에요. 눈알이 공격해올 수도 있어요'라고 말했습니다."

니콜은 사무실을 돌아다니며 바닥에 굴러다니는 무언가를 쫓아가는 흉내를 내다가 자리에 앉았다. 이어 호주머니에서 무언가를 꺼내 이리저리 손안에서 굴리는가 하면 공중으로 던졌다가 잡았다. 그다음에는 그것을 조끼 호주머니 속에 넣고 이렇게 말했다.

"도브레크의 눈알입니다!"

프라스빌은 너무 놀라 할 말을 잊었다. 도대체 무슨 소리인지, 이토록 이상한 말은 도저히 알아들을 수가 없었다.

"그게 무슨 말입니까?"

프라스빌이 창백한 얼굴로 물었다.

"다 설명한 것 같은데요. 사실 얼마 전부터 생각해온 추리가 있긴 한데 딱 맞아떨어졌습니다. 도브레크가 잔꾀만 안 부렸어도 더 일찍 알아냈겠지요. 명단이 도브레크의 소지품 어디에서도 나오지 않는다면 옷 속에 있을 텐데, 아무리 옷을 뒤져도 나오지 않았습니다. 그렇다면 몸속 어딘가 깊은 곳에 숨긴 것은 아닐까 하고 생각했습니다."

"눈알에 박혀 있다고 생각하신 겁니까?" 프라스빌이 농담 삼아 물었다.

"바로 맞히셨습니다. 눈알이었습니다."

"뭐라고요?"

"눈알이었어요. 우연히 발견한 건 아니고, 이미 어느 정도 추측하고 있던 부분입니다. 도브레크가 어느 영국인 기술자에게 편지를 보낸 적이 있습니다. 아무도 모르게 수정 내부를 파달라고 요청하는 편지였지요. 메르지 부인이 그 편지를 우연히 읽은 적이 있는데 도브레크도 그 사실을 알았습니다. 그래서 이참에 명단이 숨겨진 진짜 장소를 아무도 추적하지 못하도록 속이 빈 수정마개를 주문해 함정을 파놓은 거지요. 그것도 모르고 지난 몇 달 동안 사무국장님과 나, 우리 모두 고생만 했습니다. 결국 내가 담뱃갑 속에서 꺼낸 것은 가짜 명단이었고요. 그때 바로 나섰어야 했는데 말입니다."

"그때 바로 나섰어야 했다니요?" 프라스빌이 물었다.

"그때 도브레크의 눈알을 공략했어야 한다는 뜻입니다. 내부를 파서 아무도 찾지 못하게 한 이 눈알 말입니다."

니콜은 호주머니 속에서 아까의 물건을 다시 꺼내 탁자에 놓고 몇 번 두드렸다. 그러자 무언가 단단한 물체가 부딪히는 소리가 났다. 프라스빌은 그제야 알아차렸다.

"의안이었군요."

"하하, 그렇습니다." 니콜이 웃으며 말했다. "의안이지요. 별것 아닙니다. 평범한 수정마개를 자신의 죽은 눈알 속에 끼우고 다녔지요. 다만 도브레크는 검은 안경을 이중으로 겹쳐 쓰고 눈동자를 가렸지요. 의안 속에는 명단이 들어 있었고요."

프라스빌이 고개를 숙이며 얼굴을 감쌌다. 흥분하여 붉게 물든 얼굴을 가리기 위해서였다. 이제 스물일곱 명의 명단이 거의 손에 들어온 것이나 마찬가지였다. 바로 눈앞에, 탁자 위에 있었다. 프라스빌은 흥분을 가라앉히고 아무렇지 않은 척하며 말했다.

"정말 명단이 있었다는 거지요?"

"적어도 내 생각에는 그렇습니다." 니콜이 말했다.

"생각이라니요?"

"아직 열어보지는 않았습니다. 열어보는 영광은 사무국장님께 드리고 싶어서요."

프라스빌이 팔을 뻗어 의안을 쥐고 들여다보았다. 눈동자, 홍채, 각막까지 실물과 매우 가깝게 제작된 수정 의안이었다. 의안 내부에 마련된 공간에는 돌돌 말린 종이가 들어 있었다. 프라스빌은 그것을 꺼내 펼쳤고 이름, 필체, 서명 확인에 앞서 일단 팔을 들어 창문으로 새어 들어오는 빛에 종이를 비추었다.

"로렌의 십자가 문양이 있지요?" 니콜이 물었다.

"있습니다…. 진짜 명단이군요."

프라스빌은 팔을 내리지 않은 채 앞으로 어떻게 할 것인지를 생각했다. 잠시 후 프라스빌은 종이를 다시 돌돌 말아 수정 의안 속에 넣고 호주머니 속에 집어넣었다.

"이제 믿으시지요?" 니콜이 물었다.

"물론입니다."

"그럼 이제 합의가 이루어진 건가요?"

"그렇습니다."

두 사람은 아무 말 없이 은근히 서로를 관찰했다. 니콜은 계속 대화를 원하는 표정이었다. 프라스빌은 책상 위에 쌓은 책들 뒤로 한 손을 가져가 권총을 잡으려 했고, 나머지 손은 호출벨에 갖다 대었다. 프라스빌은 승리감에 취해 있었다. 명단을 차지했으니 뤼팽을 마음대로 다룰 수 있는 것이다.

'여차하면 총을 겨누며 부하를 부르고, 그래도 공격을 해오면 총을 쏘는 거야.' 프라스빌이 생각했다.

"사무국장님, 이제 합의도 보았으니 어서 서둘러주셔야겠습니다. 사형 집행이 내일이지요?"

"예…."

"그럼 여기서 기다리겠습니다."

"무엇을 기다린다는 겁니까?"

"엘리제 궁의 결정이요."

"누가 그 결정을 알리기 위해 오고 있나요?"

"사무국장님이 하셔야지요."

그러자 프라스빌은 고개를 저었다. "니콜 씨, 그렇게 나만 믿고 있지 마십시오."

"진심입니까?" 니콜이 놀란 표정으로 물었다. "이유를 알 수 있을까요?"

"생각이 바뀌었습니다."

"그게 전부입니까?"

"예, 이게 전부입니다. 어젯밤 사건으로 질베르를 구하기 위한 새로운 시도를 하기가 어려워졌습니다. 더구나 엘리제 궁을 상대로 이런 방식으로 교섭한다는 것 자체가 협박이나 공갈로 간주될 수 있기에 보기에도 좋지 않고요. 나는 이런 방식으로 일을 끌고 나가고 싶지 않습니다." 프라스빌이 말했다.

"그렇다면 어쩔 수 없지요. 원하시는 대로 하십시오. 어제는 충동적으로 일을 벌였지만 오늘은 조심성을 갖추었군요. 알았습니다. 우리 사이의 계약은 깨졌으니 스물일곱 명의 명단은 돌려주세요."

"왜요?"

"다른 분에게 중재를 요청하려고요."

"소용없습니다. 질베르 건은 가망이 없습니다."

"천만의 말씀입니다! 무고한 질베르에게 누명을 씌운 보슈레이가 사망했으니 질베르가 사면된다면 사람들은 정당하고 인간적인 선처라고 생각할 겁니다. 명단을 어서 돌려주십시오."

"싫습니다."

"이런, 기억력이 안 좋으시군요. 자주 깜빡하시는 모양입니다. 어제 한 약속이 기억나지 않으십니까?"

"어제는 니콜 씨를 상대로 약속한 거지요."

"그래서요?"

"댁은 니콜 씨가 아닙니다."

"그렇다면 내가 누굴까요?"

"내 입으로 그 말을 해야겠습니까?"

니콜이 갑자기 웃음을 터뜨렸다. 이야기가 재미있게 돌아간다고 생각하는 듯했다. 상대방의 웃음이 신경 쓰인 프라스빌은 총을 움켜쥐고 사람을 불러야겠다고 생각했다. 니콜은 의자를 책상 앞으로 당겨 앉고는 책상 위 서류 더미에 팔꿈치를 괴고 프라스빌을 뚫어지게 바라봤다.

"사무국장님, 내가 누구인지 알면서도 이런 장난을 치는 겁니까? 눈에 보이는 게 없나 보군요?"

"이제 나도 이런 배짱쯤은 부릴 입장이 됩니다." 프라스빌이 애서 태연한 척하며 중얼거렸다.

"그러니까 나를 아르센 뤼팽…. 그래요, 이름 그대로 아르센 뤼팽이라고 생각하는데…. 그런데도 내가 순순히 '나 잡아가시오' 하고 있을 만큼 멍청하다고 보는 겁니까…?"

"그런데 말입니다. 도브레크의 의안과 그 안에 있는 스물일곱 명의 명단은 여기에 있습니다. 이것이 없다면 댁에게 어떤 힘이 있을지 궁금하군요." 프라스빌이 말했다.

프라스빌은 도브레크의 수정 의안을 넣은 조끼 주머니를 툭툭 치며 비꼬았다.

"내게 어떤 힘이 있느냐고요?"

"그렇습니다. 명단이 없으니 당신은 그저 경찰청 안에 있는 힘 없는 사람에 불과합니다. 문 뒤에는 열 명가량의 힘센 형사들이 있고 내가 신호만 내리면 경찰 수백 명이 들이닥칠 겁니다."

그러자 니콜은 어깨를 으쓱했고 안타까운 눈빛으로 프라스빌을 바라봤다.

"사무국장님, 지금 어떤 상황인지 알고 계십니까…? 명단을 가지니 머리가 어떻게 된 것 같군요…. 마치 도브레크나 알뷔펙스처럼 말입니다. 그 명단을 얼른 윗선에 제출해서 혼란스러운 이 상황을 해결하는 게 맞는데 그럴 생각이 없는 것 같습니다. 명단을 손에 넣고 보니 엉뚱한 생각이 떠오르나 봅니다. '명단이 호주머니 안에 있다. 명단만 있으면 난 전지전능한 사람이 된다. 엄청난 부와 권력을 가질 수 있다. 한번 이 명단을 사용해볼까? 질베르를 사형시키고, 클라리스 메르지를 죽게 만들고, 뤼팽을 가둬볼까? 하늘이 준 기회를 사용해볼까?' 이렇게 생각하고 있겠지요."

니콜은 프라스빌 쪽으로 몸을 기울여 조용한 음성으로 충고하듯 말했다. "그러지 마십시오. 그러면 안 좋습니다…."

"안 될 이유가 있나요?"

"사무국장님에게 득이 될 게 없으니까요."

"그런가요?"

"그렇습니다. 못 믿겠다면 스물일곱 명의 명단 중 세 번째 이름을 주의 깊게 보십시오."

"세 번째 이름?"

"친구분 중 한 명의 이름이지요."

"누구 말입니까?"

"전직 하의원 스타니슬라스 보랑글라드!"

"그, 그래서…?" 프라스빌이 놀란 듯 말을 더듬었다.

"그래서라니요? 보랑글라드의 뒤를 캐면 함께 이익을 누린 배후의 이름도 밝혀지겠지요."

"그, 그 배후가 누구입니까?"

"당연히 루이 프라스빌이지요."

"지금 무슨 소리를… 하는 겁니까?" 프라스빌은 여전히 말을 더듬었다.

"충고하는 겁니다. 사무국장님은 내 가면을 벗기고 싶겠지만 그러면 사무국장님의 가면도 조만간 벗겨질 겁니다. 그런데 사무국장님 가면 뒤의 진짜 모습은 그리…"

프라스빌이 자리에서 일어났다. 니콜은 책상을 주먹으로 내리쳤다.

"자, 이제 어리석은 짓을 그만두십시오! 우리 두 사람이 이 일로 승강이를 벌이는 동안 벌써 20분이 흘렀습니다. 이제 그만하고 결론을 내릴 시간입니다. 우선 권총을 내려놓으세요. 설마 그 장난감 같은 총으로 내게 겁을 줄 수 있으리라 생각한 건 아니겠지요? 난 아주 바쁘니까 얼른 이야기를 끝냅시다."

니콜은 프라스빌의 어깨를 잡고 분명한 어조로 말을 이었다.

"만일 한 시간 내로 대통령 서명이 담긴 문서를 들고 대통령 관저를 나오지 않는다면… 그리고 그로부터 10분 후에 나 아르센 뤼팽이 무사히 이곳을 나가지 못한다면 파리의 4대 신문사에 편지가 한 통씩 배달될 겁니다. 스타니슬라스 보랑글라드와 사무국장님의 뒷거래 내용이 적힌 편지지요. 오늘 아침, 스타니글라스 보랑글라드가 내게 팔아넘긴 편지들 가운데 골랐습니다. 여기 사무국장님의 모자와 지팡이, 외투가 있으니 어서 다녀오십시오! 여기서 기다리고 있겠습니다."

프라스빌로서는 움찔할 상황이었다. 더는 버티기 어려웠다. 아르센 뤼팽의 능력과 지략이 어느 정도인지 깨달을 수 있었다. 마음 같아서는 보랑글라드가 편지를 없애 버렸을 것이고, 자신과의 거래 내용이 담긴 편지를 뤼팽에게 넘겼을 리 없다고 끝까지 맞서고 싶었지만, 왠지 용기가 나지 않았다. 프라스빌은 한마디도 하지 못했다. 그야말로 위기에 몰린 것이다. 프라스빌은 얌전히 뤼팽의 말을 따를 수밖에 없다고 생각했다.

"한 시간 안입니다." 니콜이 다시 한 번 말했다.

"한 시간 안에…." 프라스빌은 풀이 죽은 목소리로 중얼거렸다.

"질베르가 사면되면 내게 그 편지들을 줄 겁니까?"

"아니요."

"왜지요? 그땐 그 편지들이 별로 쓸모가 없을 텐데."

"나와 내 친구들이 질베르를 완전히 탈옥시키고 두 달이 지나면 편지들을 드릴 겁니다. 질베르에 대한 감시가 소홀해진 틈을 타 탈옥이 진행될 겁니다."

"그거면 됩니까?"

"아니요, 두 가지 조건이 더 있습니다."

"또 무엇이 남았습니까?"

"첫째, 수표로 4만 프랑을 내놓으십시오."

"4만 프랑!"

"보랑글라드에게 편지들을 사들인 값이지요…."

"알겠습니다. 그다음은요?"

"둘째, 6개월 후 사무국장 자리에서 물러나십시오."

"그건 무슨 이유입니까?"

"사무국장은 파리 시 경찰청에서 최고의 요직인데 그 자리에 뒤가 깨끗하지 못한 인물이 앉아 있는 게 바람직한 일은 아니지요. 하의원, 장관, 건물 관리인처럼 양심이 깨끗하지 못해도 성공을 누릴 수 있는 자리를 알아보세요. 경찰청 사무국장은 안 될 말입니다. 절대 말도 안 되는 일이지요."

프라스빌은 잠시 생각에 잠겼다. 마음 같아서는 상대방을 완전히 없애 버리고 싶지만 그럴 수 있는 상황이 아니었다.

마침내 프라스빌은 사무실 문 쪽으로 가 비서를 호출했다.

"라르티그 씨."

이어서 낮은 목소리로 비서에게 무언가를 속삭였으나 니콜의 귀에도 들어왔다.

"라르티그 씨, 경찰들은 해산시키십시오. 착오가 있었습니다. 내가 없는 동안 아무도 내 사무실에 들어가지 못하게 하십시오. 손님 혼자 기다리게 해야 합니다."

프라스빌은 니콜이 넘겨 준 모자, 지팡이, 외투를 착용한 후 사무실을 나갔다. 니콜은 홀로 남아 중얼거렸다.

"잘 생각하신 겁니다, 사무국장님. 대단하시군요…. 나도 너무 빈정대고 예의 없게 굴었습니다. 하지만 이런 일일수록 과감하게 나와야 대화가 통하니 어쩔 수 없었습니다. 그저 순진하게 나오면 당신 같은 인간은 한없이 기어오르니까요. 뤼팽, 고개를 들어, 이젠 도덕을 바로잡는 인물이 된 거야. 뿌듯함을 느끼라고. 그리고 편히 자둬. 결투에서 충분히 승리한 셈이니까."

프라스빌이 돌아왔다. 니콜은 깊이 잠들어 있었다. 어깨를 두드려야 잠에서 깰 정도였다.

"일은 잘되었습니까?" 니콜이 눈을 비비고 물었다.

"예, 사면 문서가 곧 나올 겁니다. 서면으로 약속을 받았습니다."

"4만 프랑은요?"

"여기, 수표입니다."

"좋습니다. 감사하다고 인사할 일만 남았군요."

"편지는…."

"스타니슬라스 보랑글라드의 편지는 정해진 조건에 따라 전달될 겁니다. 우선 감사 표시를 해야 하니까 신문사에 보내려던 편지들을 먼저 드리겠습니다."

"그 편지들을 지금 가지고 있다는 겁니까?"

"사무국장님이 내 말을 따르리라는 사실을 처음부터 알고 있었습니다."

니콜은 모자 안감에 핀으로 고정한 두툼한 봉투를 꺼냈다. 봉투는 다섯 개의 붉은 봉인으로 접혀 있었다. 니콜이 봉투를 내밀자 프라스빌은 얼른 챙겨 주머니에 넣었다.

"사무국장님, 언제 또 뵐 수 있을지 모르겠습니다. 만일 내게 연락할 일이 있으면 〈르 주르날〉에 작은 광고 한 줄만 적으세요. 수신자는 니콜로 하면 되고요. 그럼 이만…."

니콜은 사무실을 나갔다.

프라스빌은 사무실에 혼자 남자 마치 악몽에서 가까스로 깨어난 기분이었다. 호출벨을 울려 아무나 붙잡고 답답한 심정을 이야기하고 싶을 정도였다. 바로 그때 문을 두드리는 소리가 났고 경비원이 들어왔다.

"무슨 일입니까?"

"도브레크 하의원께서 급히 뵙자고 합니다."

"도브레크!" 프라스빌은 깜짝 놀랐다. "도브레크가 여기에 와 있다니! 어서 들어오라고 하십시오!"

도브레크는 이미 사무실 문을 열고 들이닥치는 중이었다. 프라스빌 앞으로 가까이 다가온 도브레크는 넥타이와 셔츠 칼라도 없이 엉망인 옷차림에 한쪽 눈을 붕대로 가리고 정신없이 헉헉거렸다. 어딘가에서 도망쳐온 몰골이었다. 도브레크는 퉁퉁한 두 손으로 프라스빌의 멱살을 움켜쥐었다.

"명단은 가지고 있지?"

"그래."

"대가를 치른 거겠지?"

"그래."

"질베르의 사면인가?"

"그렇다."

"이미 결정된 건가?"

"그렇다."

"바보 같은 놈! 그렇게 해주다니! 내게 앙심을 품어서 그렇게 했겠지? 내게 복수할 참인 건가?"

"그렇고말고. 니스의 내 애인을 기억하나? 오페라 극장의 무용수…. 이젠 자네가 당할 차례야."

"날 감옥에라도 보내겠다는 건가?"

"그럴 필요도 없어. 자넨 이미 망했으니까. 명단이 없는데 무슨 힘이 있겠나. 난 그저 자네가 망하는 꼴을 보고 즐길 생각이네. 내 복수는 이거야."

"과연 그렇게 될까? 병아리 목을 분지르듯 날 마음대로 할 수 있다고 생각하는 건가? 내가 방어도 못 할 만큼 이빨과 발톱이 모두 빠졌다고 생각하는 모양이지? 이보게, 그런데 어쩌나? 혼자서는 절대로 안 망해. 누군가를 물고 늘어질 생각이거든. 바로 스타니슬라스 보랑글라드와 손을 잡은 프라스빌 사무국장을 말이지. 지금이라도 당장 자네를 감옥으로 보내버릴 수 있지! 자네는 내 손아귀에 있어. 그 편지들이 있으면 자넨 끝장이야. 도브레크는 아직 죽지 않았다고. 왜, 우스워? 편지가 내게 없을 것 같아서 그래?" 도브레크가 씩씩거렸다.

"물론 편지야 있지만 보랑글라드에게 있는 건 아니지." 프라스빌이 어깨를 으쓱한 뒤 말했다.

"그게 무슨 소리인가?"

"오늘 아침, 한두 시간 전에 보랑글라드가 그 편지들을 4만 프랑에 팔았고 내가 똑같은 값을 주고 다시 샀네."

그러자 도브레크가 크게 웃었다.

"정말 멍청하군! 4만 프랑이라니! 4만 프랑에 샀다고? 스물일곱 명의 명단 이야기를 한 니콜이란 사람에게서 말이야? 니콜의 진짜 이름이 뭔지 아나? 아르센 뤼팽이야!"

"알고 있네."

"그렇겠지. 하지만 이건 모르고 있을걸. 내가 방금 스타니슬라스 보랑글라드의 집을 다녀오는 길이야. 그런데 보랑글라드는 파리를 떠난 지 이미 나흘째더군. 거참, 쓸모없는 휴짓조각을 4만 프랑에 사다니! 참으로 멍청하군." 도브레크가 말했다.

프라스빌은 놀란 표정으로 멍하니 있었다. 도브레크가 사무실을 나갔다.

아르센 뤼팽은 편지를 가지지 않았단 말인가? 아르센 뤼팽이 떠든 말은 죄다 장난이며 허풍이었단 말인가?

"아니야…. 그럴 리가 없어…. 여기 이렇게 봉인된 봉투를… 열어보기만 하면 돼."

하지만 프라스빌은 열어볼 용기가 나지 않았다. 그저 봉투를 만지작거리며 들었다 놓았다 하거나 눈앞에 가까이 대고 들여다볼 뿐이었다. 그러면서 어느 정도 현실을 눈치챈 듯했다. 봉투를 열어보니 백지 네 장만 들어 있었다. 프라스빌은 이미 예상한 일이라서 더 이상 놀라지도 않았다.

'그래, 내겐 더 이상 힘이 없어. 하지만 그렇다고 모두 다 끝난 건 아니지.' 프라스빌이 중얼거렸다.

뤼팽이 당당하게 나올 수 있었던 이유는 보랑글라드의 편지 때문이었다. 보랑글라드에게서 편지를 살 생각을 하고 있는 것이다.

하지만 보랑글라드가 파리에 없는 바람에 뤼팽도 그 편지를 손에 넣지 못한 상태가 아닌가! 이제 프라스빌이 해야 할 일은 분명했다. 뤼팽보다 먼저 보랑글라드와 접촉해 어떤 대가를 치르더라도 뒷거래 내용이 담긴 편지를 손에 넣어야 한다.

먼저 편지를 차지하는 자가 승리한다.

프라스빌은 모자를 쓰고 외투를 걸친 후 지팡이를 쥐고 밖으로 나갔다. 자동차를 타고 보랑글라드의 숙소로 향했다. 숙소에 도착한 프라스빌은 관리인에게서 보랑글라드가 당일 저녁 6시쯤에 런던에서 돌아올 예정이라는 말을 들었다. 지금 시각은 오후 2시였다.

오후 5시, 프라스빌은 경찰관 삼사십 명을 대동한 채 노르 역으로 가서 대기실과 개찰구 사방에 경찰관들을 배치했다. 드디어 프라스빌은 안도의 숨을 내쉬었다. 니콜이 보랑글라드에게 접근하는 모습이 포착되는 순간 뤼팽은 체포될 것이다. 프라스빌은 조금이라도 뤼팽으로 보이거나 뤼팽의 부하로 보이는 자들은 일단 다 잡아들일 생각이었다. 그리고 더욱 만전을 기하기 위해 직접 역 안을 돌아다니며 살폈다. 하지만 의심스러운 점은 발견되지 않았다. 6시 10분쯤, 함께 여기저기를 감시하던 블랑숑 경감이 갑자기 말을 꺼냈다.

"저기, 도브레크가 갑니다!"

정말이었다. 프라스빌은 당장에라도 도브레크를 체포하고 싶었으나 명분이 없었다.

도브레크가 이 역에 나타난 것만 봐도 보랑글라드에게 모든 문제를 해결할 열쇠가 달렸다는 사실을 확실히 알 수 있었다. 프라스빌에게는 오히려 다행인 상황이었다. 아직 보랑글라드에게 문제의 편지들이 있다는 뜻이기 때문이다. 편지는 과연 누가 차지하게 될까?

도브레크? 뤼팽? 프라스빌? 뤼팽은 역에 나타나지 않았고 나타날 수도 없을 것이다. 도브레크는 편지를 두고 승강이를 벌일 입장이 아니다. 그렇다면 결론은 하나다. 프라스빌이 편지를 차지할 테고, 도브레크와 뤼팽의 협박에서 벗어나 둘을 마음대로 조종할 수 있을 것이다.

기차가 도착했다.

프라스빌이 미리 지시한 대로 플랫폼은 사람들의 통행이 완전히 통제되었다. 프라스빌은 기차를 맞이하기 위해 뒤로는 블랑숑 경감과 경찰들이 줄줄이 대기했다. 일등칸 중간쯤 어느 객실 창문에서 보랑글라드의 얼굴이 보였다.

보랑글라드는 기차에서 먼저 내렸고 같이 여행한 듯한 나이 든 신사를 부축했다.

프라스빌이 재빨리 보랑글라드 앞으로 달려갔다. "할 말이 있네, 보랑글라드!"

이때 도브레크도 다가왔다. 용케 통제를 뚫은 듯했다.

"보랑글라드 의원님, 편지는 잘 받았습니다. 뜻에 따르겠습니다."

보랑글라드는 갑자기 달려든 두 사람을 차례로 보더니 미소를 지었다.

"이런, 내가 오기를 기다리는 사람이 꽤 많았나 봅니다. 무슨 일입니까? 편지 때문인가요?"

"그렇다네!"

"그렇습니다!"

프라스빌과 도브레크가 동시에 대답했다.

"너무 늦었는데…." 보랑글라드가 담담하게 말했다.

"뭐라고요? 무슨 소리입니까?"

"벌써 팔았습니다."

"팔다니, 누구에게?"

보랑글라드가 옆에 있는 나이 든 신사를 가리켰다. "이분에게 팔았습니다. 기꺼이 내가 있는 먼 길까지 올 만큼 편지의 가치를 충분히 알고 계셨거든요. 신사분께서 아미앵까지 찾아오셨습니다."

나이 든 신사는 점잖게 눈으로 인사했다. 신사는 모피 코트

깃을 귀까지 올리고 지팡이에 의지한 채 구부정한 몸을 하고 있었다.

'뤼팽이야. 틀림없어, 뤼팽이라고!' 프라스빌이 생각했다. 프라스빌은 형사들을 흘끔 바라봤다.

바로 그때 나이 든 신사가 입을 열었다. "그렇습니다. 편지들이 충분히 가치가 있다고 생각해 몇 시간의 기차 여행을 할 만하다고 느꼈고, 그래서 두 사람분의 왕복 열차표를 샀습니다."

"두 사람이요?"

"예, 하나는 내 표고 또 하나는 친구의 표였습니다."

"친구라면?"

"방금 헤어졌습니다. 몇 분 전에 복도를 지나 열차 앞칸으로 달려가는 걸 보니 꽤 급한 일이 벌어진 것 같았습니다."

프라스빌은 상황을 알아챘다. 뤼팽이 공범 한 명을 대동한 것이다. 만일 일이 생기면 편지는 공범이 가지고 도망칠 수 있도록 만반의 준비를 해놓은 것이다. 뤼팽과의 결투에서 완전히 패한 거나 마찬가지였다. 뤼팽이 확실한 승리를 거머쥐었으니 프라스빌은 어쩔 수 없이 패배를 인정하고 승자의 조건을 받아들일 수밖에 없었다.

"좋습니다. 나중에 다시 보지요. 잘 있게, 도브레크! 언젠가 또 소식이 전해지겠지."

그러고는 잠시 보랑글라드를 한쪽 구석으로 데려가 이렇게 말했다. "보랑글라드, 무척 위험한 도박을 하는 거라고."

"그게 무슨 소리인가?" 보랑글라드는 천연덕스럽게 되물었다.

프라스빌과 보랑글라드는 일단 먼저 떠났고 플랫폼에는 도브레크와 나이 든 신사만 남았다. 서로 아무 말도 하지 않은 채 서 있었다.

"이보게, 도브레크, 잠에서 깨는 게 어떻겠나? 클로로폼 생각이 더 나나?" 신사가 입을 열었다.

도브레크는 주먹을 쥐고 이를 갈았다. 그 모습을 본 신사가 말을 이었다. "이제야 날 알아보는군. 몇 달 전에 우리 사이에 있었던 결투도 기억하겠지? 내가 라마르틴 광장의 자네 집으로 찾아가 질베르를 도와달라고 부탁한 적이 있지. 질베르를 구하면 가만히 놔두겠지만 그러지 않으면 스물일곱 명의 명단을 빼앗아 망하게 하겠다고 한 말을 기억할 거야. 정말로 자네는 망한 것 같군. 겁도 없이 뤼팽에게 대항하면 그렇게 되는 거라네. 빈손으로 이 세상에서 완전히 매장된다는 사실을 명심하라고. 이번 일로 자네가 배운 게 있을 거야. 참, 자네 지갑을 돌려주는 일을 깜박했네. 지갑이 좀 가벼워진 것 같아도 이해해주게. 지갑 안에는 두둑한 지폐 다발 외에 가구 창고 영수증도 있더군. 내게서 되찾은 앙기앵 가구들을 보관해둔 창고 말이야. 자네가 그것을 직접 처분하기 어려울 테니까 내가 대신 해줘야겠다는 생각이 들더군. 이미 처분되었을 거야. 그렇다고 내게 고마워할 필요는 없어. 별일 아니니까. 잘 있게, 도브레크. 아참, 그리고 자네 의안 말이네…. 새로운 수정마개를 구할 때 돈이 필요하면 내가 조금은 도와주겠네. 잘 있어, 도브레크." 신사는 천천히 멀어져갔다.

신사가 쉰 걸음쯤 갔을까, 총소리가 한 발 울렸다. 신사가 뒤를 돌아봤다.

도브레크가 자신의 머리에 총을 쏜 것이다.

"깊은 구렁 속에서 부르짖사오니 제 기도를 들어주십시오, 주여…" 뤼팽이 중얼거렸다. 그리고 애도의 뜻으로 모자를 살짝 올렸다.

그로부터 한 달 뒤 질베르는 사형에서 종신 노동형으로 감형되었고 기아나로 압송되기로 결정됐다. 그리고 압송되기 하루 전, 일 드 레에서 탈출에 성공했다. 질베르가 어떻게 탈출했는지는 여전히 수수께끼였으나 아라고 대로에서 일어난 총격 사건과 마찬가지로 이번에도 아르센 뤼팽이 개입한 것만은 분명했다.

뤼팽은 내게 이번 모험의 여러 가지 일들을 세세히 이야기해주었다. 그리고 이렇게 덧붙였다.

"이번 모험만큼 갖은 고생을 하고 힘들었던 적은 없었네. 하지만 절대 용기를 잃으면 안 된다는 교훈을 준 모험이었지. 이번 모험의 이름을 '수정마개'라고 부르려고 하네. 일이 꼬이고 실수하느라 6개월이나 줄곧 실패만 거듭했으나 결국 오전 6시부터 저녁 6시까지, 즉 열두 시간 만에 이 모든 것을 만회했지. 그 열두 시간은 내 인생에서 가장 멋지고 대단한 시간이었어."

"질베르는 어떻게 되었나?"

"현재 알제리에서 앙투안 메르지라는 진짜 이름으로 농사를 지으며 살고 있어. 영국 여성과 결혼해 아들을 하나 두었는데 이름을 아르센으로 지었다고 하더군. 요즘도 질베르는 쾌활하고 다정한 편지들을 종종 보내오고 있어. 오늘도 편지가 왔네."

대장님, 정직하게 사는 것은 즐겁습니다. 대장님도 이런 즐거
움을 알 수 있었으면 좋겠습니다. 아침에 눈을 뜨면 하루의 노
동이 기다리고 있고 밤이 되면 피로한 몸을 이끌고 잠자리에
드는 게 참 뿌듯합니다. 대장도 모르시지는 않지요? 대장님은
비록 평범하지는 않아도 나름의 방법으로 뿌듯한 삶을 살고
계실 테니까요. 부디 최후의 심판 날에는 대장님이 행한 선한
일들이 책 한 권을 가득 채워서 나머지 행동들을 용서받았으
면 합니다. 사랑합니다, 대장.

"착한 녀석이지…." 뤼팽이 말했다. 뤼팽은 깊은 생각에 잠겼
다.

"메르지 부인은?"

"막내아들 자크와 잘 살고 있어."

"다시 만난 적은 있는가?"

"아니."

"이런!"

뤼팽은 잠시 머뭇거렸고 미소를 지으며 말했다.

"이보게, 재미있는 비밀 하나 알려줄까? 내게는 가끔 순진한
초등학생에게서나 찾아볼 수 있는 감상적인 면이 있잖아. 사실
그날 하루에 일어난 일을 알려주기 위해 메르지 부인을 찾아갔
네. 부인도 물론 일부는 알고 있었고. 그때 나는 두 가지를 느꼈
어. 하나는 부인에 대한 내 마음이 훨씬 강렬하다는 것, 또 하나

는 나에 대한 부인의 감정에 여전히 거부감, 의심, 원망 같은 게 남아 있다는 것이지."

"아니, 왜 그런 건가?"

"왜냐고? 클라리스 메르지는 정말로 정직하고 순수한 여인이고, 나는… 아르센 뤼팽이니까…."

"이런!"

"기사도적인 의로움과 정열이 있다 해도, 또 호감이 가고 근본적으로는 그리 나쁜 사람이 아니라고 해도 도둑은 도둑이지. 바른 심성을 가진 단정한 여인이 보기에는 그저… 불량배인 걸세."

티를 내지는 않았지만 속으로는 뤼팽의 마음이 무척 아프리라고 짐작할 수 있었다.

"메르지 부인을 사랑했군?" 내가 물었다.

"내가 청혼한 것이나 마찬가지. 안 될 것도 없지 않은가? 아들도 구해주었고…. 하지만 생각해보니… 정신이 들었어! 우리가 서로 맞지 않는다는 것을…. 그래서 그 이후는…." 뤼팽이 농담하듯 말했다.

"그 후로는 잊었나?"

"어려운 일이었지만 잊었지. 게다가 메르지 부인에게 더는 미련을 갖지 않을 마음으로 아예 다른 사람과 결혼했네."

"뭐? 자네가 결혼했다고?"

"아주 합법적으로 결혼했지. 프랑스 최고의 명문가이자 어마어마한 지참금을 가진 여인이야. 모르고 있었나? 들어볼 만한 이야기야."

뤼팽은 신이 나서 말을 이었다. 부르봉 콩데 가문 출신이고 현재는 마리 오귀스트라는 이름으로 도미니크 수녀원의 종신 수녀로 있는 앙젤리크 드 사르조 방돔과 결혼한 과정을 줄줄이 늘어놓았다. 하지만 이내 재미가 없어졌는지 입을 다물었다.

"왜 그러나, 뤼팽?"

"아무것도 아니네…."

"실실 웃고 있잖아…. 도브레크의 의안 때문에 그러나?"

"아니."

"그럼 왜 그러나?"

"별것 아니네. 그저 생각나는 게 있어서."

"기분 좋은 기억인가 보군."

"그래…. 기분 좋은 기억이지. 감미로운 기억이야. 일 드 레의 바다에서 배를 띄워 클라리스와 질베르를 탈출시키고 나오던 밤이었어. 클라리스와 단둘이 있었네. 나는 계속 고백했어. 마음속의 이야기를 말이야. 그다음에 침묵이 흘렀는데 꽤 마음이 설레었네."

"그리고?"

"클라리스를 잠깐 안았지…. 시간은 중요하지 않지만. 클라리스는 아들을 구해줘서 고맙다고 인사하는 어머니가 아니었네. 친구도 아닌 여자로서 내 품에서 떨었지." 뤼팽은 미소를 지으며 말을 이었다. "그리고 다음 날 바로 떠나더군. 다시는 나를 안 볼 생각을 한 것 같아."

뤼팽은 잠시 침묵을 지키다가 다시 혼잣말로 중얼거렸다. "클라리스… 클라리스…. 언젠가 사는 게 지쳐 환멸을 느낄 때 당신을 찾아가겠습니다…. 아라비아풍의 아담한 집으로…. 클라리스, 당신이 날 기다릴… 그 하얀 집으로…. 나를 기다리고 있을 거라고 믿습니다."